Dorothea Kleine * Das fünfte Gebot

Vorwort

Horst Helbig ist ein bemerkenswerter Mann. Er hat den Zweiten Weltkrieg, die Kriegswirren und die Teilung Deutschlands bewußt erlebt. In der Wendezeit war er verantwortlich für die Auflösung der Bezirksbehörde der Staatssicherheit in Cottbus. Er war fast dreißig Jahre – länger als jeder andere Staatsanwalt in den neuen Bundesländern – zunächst in der DDR und später in der Bundesrepublik Deutschland für die Bearbeitung von Verfahren wegen Mordes, Totschlag und anderer Kapitalverbrechen zuständig und verfügt in diesem Bereich über einen unglaublich großen Erfahrungsschatz. Er ist nicht nur Strafjurist, sondern besitzt auch umfangreiche kriminalistische, kriminaltechnische und rechtsmedizinische Kenntnisse. Seine Befähigung zu Teamarbeit und Menschenführung und seine Sachkompetenz haben entscheidend dazu beigetragen, daß schwerste Straftaten aufgeklärt und die Täter der gerechten Strafe zugeführt werden konnten.

Alle von ihm bearbeiteten Fälle tragen seinen Stempel. Ein nicht unbeträchtlicher Teil dieser Verfahren hätte einen völlig anderen – die Gerechtigkeit auf den Kopf stellenden – Verlauf genommen, wenn er nicht gewesen wäre. Stellvertretend für viele seiner Fälle will ich zwei Beispiele aus der Zeit nach der Wiedervereinigung benennen, die dies belegen.

Der Fall eines Mannes, der seine Familie in seinem PKW Trabant verbrannt hat, wäre als bedauerlicher Unfall zu den Akten genommen worden, hätte es Horst Helbig nicht gegeben. Auch ein anderer Täter, der zwei junge Mädchen auf bestialische Weise ermordet hat, wäre ohne das kriminalistische Gespür und die Zähigkeit und Beharrlichkeit von Staatsanwalt Helbig nie ermittelt worden.

Horst Helbig ist von kleiner Gestalt und wirkt auf den ersten Blick fast unscheinbar. Dieser Eindruck verschwindet, wenn man ihn genauer betrachtet. Seine wachen Augen und sein scharfer Verstand beeindrucken jeden Gesprächspartner.

Ich habe Horst Helbig im April 1991, als ich von Bochum nach Cottbus kam, um die Leitung der Staatsanwaltschaft, die damals noch Bezirksstaatsanwaltschaft hieß, zu übernehmen, kennen und schätzen gelernt. Er ist von untadeligem Charakter, besitzt ein ausgeprägtes Gefühl für Gerechtigkeit und hohe soziale Kompetenz. Seinen Beruf hat er nie als Job betrachtet, sondern als eine Aufgabe, der er sich mit Leidenschaft, unermüdlichem Einsatz, Standfestigkeit, großem persönlichen Einfühlungsvermögen, aber auch mit Objektivität und Fairness verschrieben hat. Im privaten Bereich kümmert er sich aufopferungsvoll um seine behinderte Enkeltochter.

In der Zeit, in der sich Horst Helbig in einer tiefen Krise befand, über die dieses Buch berichtet, kannte ich ihn weniger gut, als ich ihn jetzt kenne. Ich habe zwar nie ernsthaft an ihm gezweifelt, werfe mir aber vor, daß ich ihm damals in viel stärkerem Maße hätte beistehen sollen. Ich bitte dafür um Entschuldigung und schreibe dieses Vorwort, um meine Achtung vor der Lebensleistung dieses Mannes, der es verdient, gewürdigt zu werden, Ausdruck zu verleihen.

Cottbus, 5. September 2005
Wilfried Robineck
Leitender Oberstaatsanwalt

Der Tod der Kinder

Am Nachmittag des 11. Mai 1986, es ist ein Sonntag, findet Herbert Weinbuch, Mieter eines Hauses in der Cyrankiewicz-Straße, in einer unbewohnten Dachwohnung zwei tote Kinder. Ein drittes Kind gibt schwache Lebenszeichen von sich. Er alarmiert den Notarzt und ruft die Polizei.

An diesem Sonntag hält sich Staatsanwalt Helbig mit seiner Frau und der kleinen Enkeltochter im Garten auf. Sie spielen mit dem Kind, genießen den warmen Frühlingstag. Da erreicht ihn die Meldung, daß in einer kleinen Stadt an der Grenze zu Polen zwei Leichen gefunden wurden. Der Staatsanwalt verabschiedet sich, setzt sich in sein Auto und fährt los.

Zur gleichen Zeit etwa hat sich auch die Mordkommission Cottbus, mit ihrem Leiter Fritz Lützkendorf, auf den Weg gemacht.

Die Dämmerung hat schon eingesetzt, als Helbig dort ankommt. Er steigt in die oberste Etage des Wohnhauses, kommt in eine Dachwohnung, die aus Wohnzimmer und Küche besteht. Das Bild, das sich Helbig bietet, trifft ihn bis ins Herz. Auf dem nackten Holzfußboden liegen zwei tote Kinder. Ein Mädchen und ein Junge, Schulkinder noch. Sie liegen auf dem Rücken, ihre Augen sind geöffnet. Der Mund des Mädchens ist gerschlossen, der des blonden Jungen leicht geöffnet. Dort, wo sie liegen, sind sie nicht gestorben, sie sind nebenan, in der kleinen Küche gestorben. Zwei Hausbewohner haben sie in das Wohnzimmer getragen, sie still und unendlich sanft nebeneinander gelegt.

Der Verdacht liegt nahe, daß es sich um keinen natürlichen Tod handelt.

Der Raum, in dem die Kinder starben, ist 2,5 mal 2,5 Meter groß, hat schräge Wände, kein Fenster, in der Decke befindet sich eine Dachluke, die nur mit einer Schubstange zu öffnen ist. Im Raum steht ein Gasherd, auf dem Boden liegt eine Matratze, darauf Kinderspielzeug und eine weiße Sandalette, die dem toten Mädchen gehört. Es riecht nach Gas. Es ist kein leichter Gasgeruch, es ist eine dichte, tödliche Gaswolke. Die Gaszuleitung ist vom Herd getrennt worden. Die offene Mündung des Gasrohres weist in den Raum. Aus diesem Rohr ist das Gas geströmt, an dem die Kinder starben.

Wer sind diese Kinder? Wie sind sie in die leere Wohnung gekommen? Wo befanden sich die Eltern, während ihre Kinder starben?

Staatsanwalt Helbig fragt Lothar Weinbuch, der noch unter dem Eindruck des Erlebten steht.

„Sie haben die Kinder gefunden?"

„Es sind Zelinskis Kinder", sagt er, „aus der zweiten Etage."

„Wo sind die Eltern?"

„Die Mutter liegt im Krankenhaus. Ich habe sie am Freitag selbst hingebracht."

„Und der Vater?"

Lothar Weinbuch zögert. „Geflüchtet."

„Warum?"

„Ich denke, er hat die Kinder umgebracht."

„Eine schwere Anschuldigung."

„Ich habe gesehen, wie er abgehauen ist. Zwei Polizisten vom Kreisamt sind hinter ihm her. Er wird nicht weit kommen."

„Warum sollte er das getan haben?"

„Ich weiß es nicht. Fragen Sie seine Mutter, die wohnt hier im Haus, eine Etage tiefer."

Helbig überlegt, könnte es nicht so gewesen sein, daß die Kinder am Gasherd spielten, den Gashahn aufdrehten und so das Unglück herbeiführten? Er will nicht glauben, daß ein Vater seine eigenen Kinder tötet.

Die Ermittlung nimmt ihren Anfang. Sie wird sich über Monate hinziehen und manch skandalöses Nachspiel haben.

*

Fritz Lützkendorf, Leiter der Mordkommission, ist bei der alten Frau Zelinski. Sie wirkt krank und hinfällig. Der Tod der Kinder hat sie tief getroffen.

„Können wir reden?“ fragt Lützkendorf. „Soll ich später wiederkommen?“

„Nein, nein, bleiben Sie nur. Ich muß mit jemandem sprechen.“

„Die Kinder wurden mit Gas vergiftet. Können Sie sich denken, wie es geschehen ist?“

Die alte Frau schüttelt den Kopf. „Ich kann es nicht glauben, nein, ich kann es nicht glauben.“

„Was denn?“

„Mein Sohn ...“, sagt die Frau und erstickt an den beiden Worten.

„Was ist mit ihm? Hat er mit ihrem Tod zu tun?“

Die alte Frau nickt zaghaft.

„Warum?“

„Ich weiß es nicht.“ Tränen laufen über das runzlige Gesicht.

„Was ist Ihr Sohn für ein Mensch?“

Die Frau legt den Kopf in die Armbeuge. Der Körper wird von einem Weinkrampf geschüttelt. „Ich hatte sieben Kinder“, sagt sie, „er war das schwierigste. Ich hätte ihn in ein Heim geben sollen oder zu meiner Schwester, meine Kraft hat nicht ausgereicht.“

Steffen Winter, ein Mitarbeiter der Mordkommission, ist hereingekommen. „Wir haben ihn festgenommen.“

„Wo?“ fragt die Frau. „Wo ist er?“

„Er fuhr mit dem Fahrrad in Richtung Krankenhaus.“

„Gut“, sagt die Frau, „dann hat er es nicht mehr geschafft.“

„Was denn?“

„Er wollte Anna töten. Hatte er ein Messer bei sich?“

Die Kriminalisten sehen sich verblüfft an.

„Ein Küchenmesser“, sagt Winter. „Als er die Funkstreife kommen sah, sprang er vom Fahrrad und rannte in den kleinen Park. Dort versteckte er sich hinter einem Gebüsch. Als die Polizisten auf ihn zuliefen, schnitt er sich in den linken Unterarm.“

„Ist er tot?“ Die Frage der alten Frau klingt nicht sehr besorgt.

„Ein oberflächlicher Schnitt. Sie haben ihn ins Krankenhaus gebracht. Jetzt ist er auf der Polizeiwache.“

„Er wollte Anna, seine Frau, töten?“ fragt Lützkendorf.

„Anna kommt aus Polen. Zuerst war ich gegen diese Heirat. Ich habe mich getäuscht. Sie ist eine gute Schwiegertochter.“

„Warum wollte er sie umbringen?“

„Er drohte, wenn sie sich scheiden ließe, brächte er zuerst die Kinder, dann Anna, dann sich selbst um.“

„Hat sie einen anderen?“

„Sprechen Sie mit ihr. Sie liegt auf der Inneren, Zimmer vier.“ Die Frau fängt wieder an zu weinen. „Ich kann nicht mehr.“

„Brauchen Sie einen Arzt?“

„Ach, meine kleinen Mäuse, sie waren manchmal laut und ungezogen. Anna hat alles durchgehen lassen, zu mir waren sie immer lieb. Anja war sieben, Uwe elf, hatte Schwierigkeiten in der Schule, jetzt sind sie tot. Wird David durchkommen?“

Lützkendorf weiß es nicht, doch er nickt. „Er kommt durch, ganz bestimmt. Die Ärzte tun alles, ihn zu retten.“

David hat nur deshalb überlebt, weil er neben der Tür lag, durch die ein wenig Sauerstoff in den Raum kam.

*

Noch will niemand das Unglaubliche glauben. Doch je weiter die Ermittlungen kommen, desto dringender wird der Verdacht, daß der eigene Vater seine Kinder getötet hat. Es erscheint den Kriminalisten, die selbst Familienväter sind, unfaßbar, daß ein Vater dazu fähig ist.

Am Tatort stellen die Kriminaltechniker fest, daß das Gas, an dem die Kinder gestorben sind, aus einem Rohr gekommen ist, das der Täter vom Herd abmontiert hatte. Aus den Brennern hätte nicht genügend Gas ausströmen können. Für diese Montage braucht ein starker Mann gehörige Kraft und er muß mit einer Wasserpumpenzange umgehen können. Eine solche Zange wird im Nebenraumgefunden. Die Metallspuren am Werkzeug stimmen mit der Metalllegierung am Gasrohr überein.

Es ist ausgeschlossen, daß ein Kind mit einer Wasserpumpenzange umgehen kann. Es hat nicht die Kraft, das festgefügte, angerostete Gewinde dieser Eisenverbindung zu lösen. Doch warum sind die Kinder nicht geflüchtet, als ihnen schlecht wurde, als sie spürten, ihr Leben ist in Gefahr? Warum verließen sie nicht die kleine Küche?

Sie konnten nicht flüchten, weil sie die Tür nicht öffnen konnten. Der Mörder hatte die Klinke entfernt. Er hatte sie abgezogen und sie außerhalb der Küche abgelegt. Die Kinder konnten auch die Dachluke nicht öffnen. Ihre kleinen Ärmchen reichten nicht hinauf bis zur Decke. Den Stuhl, auf den sie hätten klettern können, hatte der Mörder ins Nebenzimmer getragen.

Wenn es stimmt, daß Zelinski seine Kinder getötet hat, muß man sich fragen: Warum hat er es getan? Was ist er für ein Mensch? Wo ist das Motiv?

Bevor Lützkendorf den Mann vernehmen kann, muß er mehr über ihn wissen.

Zunächst geht er ins Krankenhaus um mit Anna Zelinski zu reden. Sie ist eine Frau von ruhiger, dunkler Schönheit. Ihre Augen sind rotgeweint, ihr Gesicht blaß, die Haut durchsichtig. Die dunklen Haare, kurz geschnitten, stehen ungekämmt, verschwitzt vom Kopf ab. Die Nachricht vom Tod ihrer Kinder hat ihr das Herz gebrochen. Am Hals sind Spuren einer Strangulation zu sehen und Tränen laufen ungehemmt über ihr Gesicht.

„Eine Verletzung?“ fragt Lützkendorf, weist auf ihren Hals.

„Mein Mann“, sagt sie, „er hat mich töten wollen.“

„Erzählen Sie. Helfen Sie, den Mord an Ihren Kindern aufzuklären.“

„Es fällt mir schwer, eine schlimme Geschichte. Mein Mann ist gewalttätig und trinkt, hat zahllose Frauengeschichten. Sein Geschlechtstrieb ist unstillbar.“

Die Frau wird rot, dann sagt sie leise, verschämt, als müßte sie sich dafür entschuldigen: „Er verlangte den Geschlechtsverkehr nicht nur einmal am Tag, sondern vier- bis fünfmal. Ich gehorchte, lange, viel zu lange. Obwohl Demut nicht meine Stärke ist. Doch irgendwann wollte ich nicht mehr, ich verweigerte mich. Da prügelte er auf mich ein. Heute denk ich, ich hätte ihn einfach erschlagen sollen. Aber damals dachte ich an meine Kinder.

Immerhin, eines Tages, als er mich wieder einmal schlug, schlug ich zurück. Das verblüffte ihn so sehr, daß er wie ein Wahnsinniger auf mich losging. Mit Schlägen zwang er mich zum Geschlechtsverkehr. Ich dachte, daß ich mir das nicht gefallen lassen muß. Ich nahm mir vor, die Scheidung einzureichen. Seine erste Frau hatte sich auch scheiden lassen. Als sie ihn los war, war sie glücklich und zufrieden. Mit einem Gefühl von Erleichterung und unendlicher Hoffnung ging ich zum Gericht, füllte die Scheidungsunterlagen aus. Ich sehnte den Tag herbei, an dem ich diesen Mann los sein würde. Die Unterlagen versteckte ich im Wohnzimmerschrank. Ich wußte, wenn er sie fand, würde er wie ein Wahnsinniger reagieren. Er fand sie. Ich weiß nicht, ob es Zufall war oder ob er danach gesucht hat. Aber das ist ja auch gleichgültig.

Es war Abend, ich war gerade im Badezimmer, hatte nur ein Nachthemd an. Da stürzte er, ein Messer in der Hand, ins Bad. Er warf sich auf mich und stach fünfmal in meinen Rücken. „Wenn du dich scheiden läßt", schrie er, „bringe ich dich um. Die Stiche waren nicht lebensgefährlich. Ich ging nicht zum Arzt. Aber am nächsten Tag erstattet ich Anzeige wegen Körperverletzung. Das Nachthemd mit den Schnitt- und Stichstellen, habe ich gewaschen und aufgehoben."

Nicht jede glückliche Ehe ist nur glücklich und nicht jede unglückliche Ehe ist nur unglücklich, denkt Lützkendorf. Die Ehe von Hans und Anna Zelinski war vorwiegend unglücklich.

„Von einem Tag zum anderen, wandelte sich mein Mann. Er schlug mich nicht mehr, war höflich, entschuldigte sich. Er gebrauchte Worte, die ich vorher nie von ihm gehört hatte. Wie im Märchen, dachte ich, die Krise ist überwunden. Als ich ihn bat, sich einer psychiatrischen Behandlung zu unterziehen, um seine Trunksucht zu therapieren, stimmt er sogar zu. Er ging auch tatsächlich zur Behandlung, aber nicht lange, dann brach er ab. Das Wunder hatte nur ein paar Wochen gehalten. Er fiel in die Zeit seiner wilden Ausbrüche zurück."

„Warum, was war geschehen?"

„Ich weiß es nicht."

„Wie ging es weiter?"

„Er trank, prügelte, vergewaltigte mich. Es hatte sich nichts geändert."

„Kann es sein, daß der Mord an den Kindern mit der Situation in Ihrer Ehe zusammenhängt?"

„Er hat den Mord an den Kindern angekündigt", sagt sie. „Ich habe seine Drohungen auch ernst genommen."

„Wollen Sie mir das erklären?"

„Oh Gott", sagt die Frau, „es ist schwer, darüber zu reden. Im Frühjahr bekamen zwei aus unserem Betrieb als Prämie eine Urlaubsreise nach Thüringen. Irene Müller und ich. Mein Mann verbot mir die Reise. Gut, sagte ich, dann erzähl ich im Betrieb, warum ich nicht fahren darf. Die Kollegen werden staunen."

„Und, willigte er ein?"

„In den Augen anderer Leute will er der vorbildliche Ehemann sein. Er genehmigte die Reise, schenkte mir sogar 500 Mark.

Am 14. März kam ich zurück. Er saß betrunken in der Küche, sagte kein Wort. Ich war wieder im eisigen Klima der Feindseligkeit. Am 8. Mai eskalierte dann der Konflikt. Er war von der Vorstellung besessen, ich hätte dort einen Liebhaber gehabt. Eines Nachts, ich schlief schon, prügelte er plötzlich auf mich ein. 'Ich bringe dich um', sagte er. Er sagte es anders als sonst, er schrie nicht, war nicht wütend, nicht wie im Rausch. Er sagte es leise, mit einer sonderbar gequälten Intensität. Als wäre der Entschluß schon gefaßt.

Natürlich bekam ich Angst, sprang aus dem Bett, rannte aus der Wohnung auf die Straße, in meinen Betrieb, setzte mich in den Frauenruheraum, blieb bis zum Morgen. Dann ging ich zurück, hoffte, daß er sich beruhigt hat, machte Frühstück, holte die Kinder aus den Betten. Meine Schwiegermutter kam, ich lud sie ein, mit uns zu frühstücken. Meinen Mann sah ich nicht. Plötzlich stürzte er ins Zimmer, eine Axt in der Hand, zielte auf meine Hände und schlug zu. Mir blieb fast das Herz stehen. Ich hatte die Hände im letzten Moment wegziehen können. Und wieder schrie er, er wird mich und die Kinder erschlagen.

Ich war ratlos. Was sollte ich machen? Allein wurde ich mit dem Mann nicht mehr fertig. Ich lief zur Polizei. Zwei Polizisten brachten mich zurück. Sie stellten ihn zur Rede, drohten, er bekäme Ärger, wenn er mich und die Kinder nicht in Ruhe ließe.

Ein Wort in Gottes Ohr. Schon in der nächsten Nacht unternahm er einen neuen Versuch, uns zu töten. Ich schlief, wurde wach, mir war schlecht. Im Zimmer lag ein widerlich süßlicher Geruch. Als mein Mann spürte, daß ich wach war, sagte er: „Merkst du jetzt, du Hure, daß du bald krepierst?"

Ich stand auf, sah, daß er den Hahn der Gasheizung aufgedreht hatte, nicht nur in unserem Schlafzimmer, sondern auch im Wohnzimmer und in den Zimmern der Kinder. Ich riß die Kinder aus den Betten, flüchteten auf den Hof. Als ich zu unserer Wohnung hinaufblickte, sah ich, wie er das Fenster im Schlafzimmer weit öffnete. Ich dachte, er selbst will also am Leben bleiben, sterben sollen nur die Kinder und ich.

Ich hatte nun endgültig genug von ihm. Ich konnte nicht mehr. Es mußte etwas geschehen.

Am Morgen machte ich den Kindern das Frühstück, sagte zu meinem Mann: 'Ich gehe jetzt zum Gericht und reiche die Scheidung ein.' Mir war in diesem Moment alles egal, sollte er toben und mich schlagen. Ich wollte die Scheidung und sonst nichts. Ich ging ins Schlafzimmer, um mich für den Gang zum Gericht anzuziehen. Die Kinder saßen noch in der Küche und frühstückten.

Ich stand im Nachthemd vor dem Kleiderschrank, da spürte ich, wie mir jemand eine Schlinge um den Hals warf. Mein Mann war, ohne daß ich es bemerkt hatte, ins Zimmer gekommen. Ich riß das Ding, es war sein Hosengurt, mit beiden Händen von meinem Hals. Da begann er, mich mit seinen bloßen Händen zu würgen, drückte seine Daumen auf den Kehlkopf.

Ich schrie, was ich konnte. Die Kinder kamen angerannt. Ich wurde ohnmächtig. Als ich zu Bewußtsein kam, war ich allein im Zimmer. Ich versuchte aufzustehen, es gelang mir nicht. Ich hatte keine Kraft. Ich saß am Boden, hatte die Beine ausgestreckt, stützte mich mit beiden Armen nach hinten ab. Eine hilflose Position. Mir war schwindlig und entsetzlich schlecht. In diesem Moment kam er ins Zimmer, sagte: 'Verdammte alte Hure, du lebst ja immer noch.' Setzte sich auf meine Beine, würgte mich. Ich konnte mich nicht wehren. Wieder verlor ich das Bewußtsein. Als ich wach wurde, war ich völlig nackt, er lag auf mir, vergewaltigte mich. Es war widerlich. Er demütigte mich. Als er merkte, daß ich bei Bewußtsein war, sagte er: 'Du lebst ja noch.' Wieder würgte er mich. Ich fiel wieder in Ohnmacht. Und wieder vergewaltigte er mich. Ich erlebte ein Horrorszenarium. Mir war endgültig klar, er wird mich töten. Eine wahnsinnige Angst überkam mich. Ich flehte ihn an, bettelte um mein Leben, versprach, die Scheidung nicht einzureichen, nicht zum Gericht zu gehen. 'Gut', sagte er, 'jetzt wirst du alles machen, was ich von dir verlange.'"

*

Lützkendorf hatte der Frau zugehört, sie nicht unterbrochen. Welchen Langmut besaß diese Frau. „Mein Gott, was haben Sie ertragen. Was geschah dann?" fragt er.

„Die Kinder waren ins Zimmer gekommen, sahen wie er mich würgte. Sie hatten Angst, er würde mich töten. Sie rannten los, liefen in ihre Schule, sagten der Lehrerin, Vati will unsere Mutter umbringen. Die Direktorin zögerte nicht, benachrichtigte die Polizei.

Durch einen glücklichen Zufall hielten sich zu diesem Zeitpunkt zwei Männer in der Schule auf, zwei Bekannte von uns, Herbert Müller, der Mann von Irene Müller, meiner Arbeitskollegin und Lothar Weinbuch, ein Mieter aus unserem Haus. Die Direktorin sagte den Männern, sie sollten zu uns gehen, sehen, was da los ist.

Noch bevor die beiden Männer bei uns eintrafen, war die Polizei da. Die Polizisten klingelten in dem Augenblick, als mein Mann mich erneut vergewaltigte. Er stand auf, ging in den Korridor, sah durch den Spion, erkannte die Polizisten, ahnte, daß sie sich nicht abweisen lassen würden. Also kam er zu mir zurück, befahl, ich solle mir Nachthemd und Bademantel anziehen. Dann zündete er eine Zigarette an, steckte sie mir in den Mund, ordnete an, ich solle mich in die Küche setzen, drohte mich umzubringen, wenn ich den Polizisten etwas sage. Nachdem was ich erlebt hatte, zweifelte ich nicht daran, daß er es tun würde.

Die Polizisten fragten, was bei uns los sei. Mein Mann beteuerte, es wäre alles in bester Ordnung. Die Polizisten merkten wohl, daß es mir schlecht ging. Sie fragen, ob ich krank wäre. Bevor ich antworten konnte, sagte er. 'Ja, sie ist schon lange krank.' Die Polizisten hatten ihre Aufgabe erfüllt, wandte sich zum Gehen. Das war meine Chance, ich sprang auf und schlüpfte mit ihnen aus der Wohnung. Ich hatte nur ein Nachthemd und einen Bademantel an, die Füße stecken in Stofflatschen.

Mein Mann wagte es nicht, mich festzuhalten, noch waren die Polizisten da. Aber er kam hinter mir her. Ich lief über den Hof, zur Straße hin. Die Polizisten stiegen in ihr Auto und fuhren davon.

Mein Mann holte mich ein, griff mich, versuchte mich ins Haus zu zerren. Ich klammerte mich am Fallrohr der Dachrinne fest. In diesem Augenblick kam eine junge Frau mit einem Kinderwagen über den Hof. Sie steuerte direkt auf uns zu. Das ist die Rettung, dachte ich. In ihrer Gegenwart wird er es nicht wagen, mir Gewalt anzutun. Ich ließ das Fallrohr los, ging auf die Frau zu, sagte: 'Bitte helfen Sie mir.' Die Frau musterte meinen sonderbaren Aufzug, wunderte sich ein wenig, sagte aber nichts. Mir war alles egal. Ich schloß mich ihr an, ging neben ihr her über den Hof bis zur Straße.

Mein Mann hatte seinen Plan noch immer nicht aufgegeben. Es war wohl die merkwürdigste Prozession, die unsere Straße je gesehen hat. Da ging eine Frau mit einem Kinderwagen. Ein spärlich bekleideter Mann auf der einen Seite, ich in meinem Aufzug auf der anderen Seite des Kinderwagens.

Wir kamen bis zur Straße. Wahrscheinlich dachte mein Mann, in diesem Aufzug würde ich nicht weit kommen, irgendwann müßte ich umkehren. Während wir so gingen, überlegte ich krampfhaft, was ich machen könnte. Mir fiel nichts ein, ich wußte nur eines, zurück gehe ich nicht mehr.

Dann geschah das Wunder. Lothar Weinbuch und Herbert Müller tauchten auf. Sie kamen auf uns zu, fragten nicht, diskutierten nicht. Sie erkannten die Situation, nahmen mich in die Mitte und brachten mich ins Krankenhaus. Dort wurde ich sofort untersucht. Man stellt Würgemale am Hals, blutende Wunden am Hals und totale Erschöpfung fest. Ich wurde zur stationären Behandlung aufgenommen. Nun liege ich hier, bin in Sicherheit, aber meine Kinder sind tot. Ich mache mir Vorwürfe, ich habe die Kinder allein gelassen."

*

Steffen Winter, der junge Kriminalist, läßt sich von der Direktorin den Vorgang schildern. „Es war allgemein bekannt, daß Hans Zelinski gewalttätig ist. Als die Kinder atemlos angerannt kamen und uns sagten, Vater wolle die Mutter umbringen, wußte ich, daß wir helfen mußten. Ich rief die Polizei und bat Herrn Weinbuch und Herrn Müller zu den Zelinskis zu gehen. Dann hörte ich, daß er die arme Frau mißhandelt hat und sie im Krankenhaus liegt. Da kamen mir Bedenken, ob man es überhaupt verantworten kann, die Kinder bei diesem gewalttätigen Mann zu lassen. Ich rief im Kinderheim an, dort war man bereit, die Kinder aufzunehmen, doch nur für eine Nacht. Das nützte mir nichts. Wir wußten ja nicht, wie lange Frau Zelinski im Krankenhaus bleiben muß."

„Sie trauten dem Mann zu, daß er den Kindern etwas antun könnte?"

„Ich hätte keine Ruhe gehabt, wenn ich die Kinder bei ihm gewußt hätte. Mit dem Kinderheim hatte es nicht geklappt, also mußte eine andere Lösung her. Ich dachte, eine meine Mitarbeiterinnen könnte die Kleinen zu sich nehmen. Irene Müller war sofort bereit, Uwe und Anja zu nehmen. David konnte bei Karin Becker bleiben."

„Aber die Kinder waren nicht bei Frau Müller und Karin Becker. Er hätte sie doch sonst nicht umbringen können."

„Am besten Sie fragen Frau Müller, was passiert ist."

Der Kriminalist findet das Ehepaar noch immer in heller Aufregung. „Die Kinder schliefen noch", berichtet Irene Müller, „da tauchte früh um sieben Uhr Zelinski bei uns auf. Er forderte seine Kinder zurück. Wir versuchten ihn abzuwimmeln, hatten keine Chance. Das Gesetz war auf seiner Seite. Wir mußten sie ihm überlassen. Mein Mann stand am Fenster sah den Kindern hinterher. Da sagte er zu mir: 'Zelinski wird, wenn Anna sich scheiden läßt, zuerst sie, dann die Kinder und dann sich selbst umbringen. Er will nicht noch einmal von vorne anfangen.'

'Das hast du mir ja gar nicht erzählt', sagte ich zu ihm.

'Was sollte ich dich beunruhigen. Ich habe ihn nicht ernst genommen.'

So standen wir beide am Fenster, sahen den Kindern nach, die mit ihrem Vater gingen. Sie gingen in den Tod."

*

Freitag, zwei Tage vor dem Mord, erfährt Anna, daß ihre Kinder bei Irene und Karin in Sicherheit sind. Sie ist unendlich erleichtert. Am nächsten Tag, dem Samstag, taucht Zelinski im Krankenhaus auf. Anna ahnt, daß ihn die Angst treibt. Wenn sie ihn anzeigt, gibt es ein Verfahren wegen versuchten Mordes.

Er will sie von einer Anzeige abhalten. Und er will verhindern, daß sie die Scheidung einreicht. Beim Scheidungsverfahren käme der Mordversuch unweigerlich zur Sprache. Anna ist entsetzt über seine Unverfrorenheit, weigert sich, mit ihm zu sprechen. Sie bittet die Ärztin, man möge ihm den Zutritt verweigern. Die Ärztin kommt ihrem Wunsch zwar nach, aber sie mißbilligt ihn. Statt dessen rät sie, Anna möge sich mit ihm aussprechen. Sie mißbilligt auch, daß man dem Vater die Kinder vorenthalten will. Die Kinder gehörten zum Vater, nicht zu fremden Leuten. Anna läßt sich nicht beeinflussen, bleibt hart, weist ihn ab. Er geht, kocht vor Wut.

Annas Zuversicht, daß ihre Kinder in Sicherheit sind, hält nur bis zum Samstagabend an, bis zu dem Moment, da Nachtschwester Renate ihren Dienst antritt. Anna und Renate sind Freundinnen, wohnen im gleichen Haus. Anna fragt: „Es stimmt doch, daß die Kinder bei Irene und Karin sind?"

„Nicht mehr", antwortet Schwester Renate, „dein Mann hat sie von dort weggeholt. Sie sind jetzt bei ihm zu Hause."

„Um Gotteswillen …"

„Mach dir keine Sorgen, es ist alles in Ordnung, denk an deine Gesundheit", beruhigt Renate die Kranke, „ich habe die Kinder auf der Treppe getroffen, sie gingen hinauf zur Oma, zum Mittagessen. Es gab Bohneneintopf."

„Und Hans", fragt die Kranke, „hast du ihn gesehen?"

„Ja, natürlich, ich habe bei ihm geklingelt, dachte, vielleicht braucht er was. Er war ganz munter, sagte, es wäre alles in Ordnung. Nach dem Essen brachte er sie in die Wohnung zurück."

Schwester Renate will Anna beruhigen. Anna kann sich nicht beruhigen. Instinktiv spürt sie die Gefahr, sieht das Unheil kommen. Sie muß der Freundin erzählen, was sich an jenem Freitag abgespielt hat, wie er sie gequält und mißbraucht hat. Schwester Renate ist entsetzt, wütend, diese Brutalität hat sie ihrem Nachbarn nicht zugetraut. Sie versteht die Angst, die Anna um ihre Kinder hat, nimmt sich vor, am Morgen, wenn ihr Dienst zu Ende ist, zu Zelinski zu gehen und mit ihm zu reden.

Das war am Samstag.

Am Sonntag, nur ein Tag später, erfüllen sich die bösen Ahnungen der verängstigten Mutter.

Als Zelinski, von Anna abgewiesen, das Krankenhaus verläßt, überkommt ihn ein Gefühl von Unsicherheit und Angst. Anna will nicht mit ihm sprechen, das bedeutet, sie will sich nicht aussöhnen, sie wird ihn anzeigen. Das bedeutet Kripo, Untersuchung, Gerichtsverfahren, Urteil und schließlich Knast. Er muß wissen, ob Anna das wirklich vorhat. Er weiß auch, wie er es anstellen kann.

Schwester Renate ist Annas Freundin, ihr wird sie alles erzählen. Er wird sie, wenn sie morgens vom Dienst kommt, abpassen und mit ihr reden. In dieser Nacht schläft er schlecht, ist nervös, steht früh auf, zieht sich an, geht auf den Hof, wartet.

Als Renate kommt, spürt er sofort, daß etwas geschehen ist. Sie ist wie ausgewechselt, nicht mehr freundlich, nicht mehr hilfsbereit, eher schroff und abweisend.

„Erwarte keine Nachsicht von Anna", sagt sie, „sie will dich nie wiedersehen. Sie wird sich von dir trennen, etwas anderes hast du nicht verdient. Wie kann man seine Frau nur so quälen. Sie hat mir alles erzählt. Wenn das mein Mann mit mir gemacht hätte, ich hätte ihn erschlagen."

„Nun übertreibe mal nicht, Renate, sie ist auch kein Engel. Wer weiß, mit wem sie sich in Thüringen rumgetrieben hat."

„Das wird die Kripo schon ermitteln. Die waren schon bei Anna. Mach dich auf was gefaßt. Auf versuchten Mord gibt es Knast."

*

Seine Befürchtungen haben sich erfüllt. Er ist unfähig, die Ursachen seines verpfuschten Lebens zu erkennen, ist weit davon entfernt, die Schuld bei sich zu suchen. Er schwört Rache. Was seine Frau ihm antut, das wird er ihr heimzahlen. Er wird ihr das Liebste nehmen, er wird die Kinder töten, alle drei. Obwohl Zelinski von primitiver Denkungsart ist, ist sein Plan äußerst raffiniert.

Er wird die Kinder töten und niemand wird ihm den Mord nachweisen können. Er wird das perfekte Verbrechen begehen.

Und so sieht sein Plan aus: Er wird mit den Kindern frühstücken, gegen Mittag wird er sie zur Oma bringen, die das Mittagessen für sie gemacht hat. Nach dem Essen geht Oma ins Krankenhaus, um Anna zu besuchen. Die Kinder werden in ihrem Zimmer spielen. In dieser Zeit wird er in die Dachwohnung gehen, den Gashahn aufdrehen, die Kinder in die Küche der Dachwohnung locken, die Klinke abmontieren. Dann sitzen sie in der Falle. Selbst wenn sie schreien, es wird sie niemand hören. Sie sind gefangen und werden sterben. Die Dachluke können sie nicht aufmachen, dazu sind sie zu klein, sie erreichen die Schubstange nicht. Er wird sie veranlassen, Spielzeug mitzunehmen, damit es aussieht, als hätten sie öfter dort gespielt. Und er wird eine Matratze hinlegen, um den Eindruck zu verstärken, die kleine Küche wäre ihre Spielwiese gewesen. Sein bester Einfall ist, er wird ihnen vorher ein Schlafmittel geben. Eine Stunde wird es dauern, bis sie tot sind. In dieser Stunde wird er sich im Nebenzimmer aufhalten, ihren Tod abwarten. Er wird dann die Klinke wieder anbringen. Die Klinke, denkt er, ist das wichtigste Detail seines Planes.

Und tatsächlich läuft der Plan ganz nach seinen Wünschen. Nach dem Essen sind die Kinder in ihre Zimmer gegangen. Sie spielen. Zelinski geht unbemerkt hinauf in die Dachwohnung, stellt die Gasuhr im Treppenhaus an, dreht in der Küche alle vier Brennerhähne auf. Doch es kommt zu wenig Gas aus den Brennern, zu wenig, um drei Kinder zu töten. Der Druck ist viel zu schwach. Er überlegt, was die Ursache sein könnte, vielleicht sind die Brennerhähne verstopft. Er muß eine Lösung finden. Er geht zurück in die Wohnung, holt eine Wasserpumpenzange, schraubt die Zuleitung zum Gasherd ab. Nun strömt genügend Gas aus, nun wird es reichen. Er darf nicht vergessen, die Zuleitung später wieder an den Gasherd anzubringen. Niemand würde ihm glauben, daß Kinder sich eine so große, schwere Zange besorgen, um die halb verrostete Zuleitung zum Gasherd abzuschrauben.

Die Vorbereitungen sind getroffen, er geht zurück in die Wohnung.

„Kinder“, sagt er, „wißt ihr was, heut ist Sonntag, da gehen wir in die Hobby-Bar Eis essen.“ Welches Kind hat etwas gegen Eis einzuwenden. Die Kleinen freuen sich. Zelinski muß nun einen Dreh finden, sie in die Dachwohnung zu locken. Er kennt ihre Arglosigkeit, also sagt er: „Bevor wir gehen, zeige ich euch, wo ich mich verstecken werde, wenn Mutti aus dem Krankenhaus kommt. Sie will mich ja nicht mehr sehen. Nehmt euer Spielzeug mit, da kann ich an euch denken, wenn ich dort oben so allein bin.“

Anja greift sich einen Plüschhasen, Uwe einen Teddy. Nun ruft er die Kinder in die Küche. „Ich habe Tee für euch gekocht. Tee ist gesund, trinkt mal."

Anja und Uwe trinken brav, schlucken die aufgelösten Tabletten. David zögert. Der Tee schmeckt bitter. Er will den Tee nicht. Als der Vater nicht hinsieht, spuckt er das Zeug aus.

Zelinski führt die Kinder in die Dachwohnung. Zufrieden stellt er fest, daß sich die kleine Küche inzwischen mit Gas gefüllt hat. David ist mißtrauisch. „Vati", sagt er, „es stinkt hier so komisch, laß uns lieber gehen."

„Ach was", sagt Zelinski, „die Wohnung steht seit einem Jahr leer, es ist lange nicht gelüftet worden."

Die Kinder stehen verwirrt in der halbdunklen Küche. Zelinski zieht die Türklinke ab, verläßt eilig den Raum, legt die Klinke auf den Fußboden unweit der Tür. Er muß sie, wenn es vollbracht ist, wieder anbringen. Er wartet im Nahbarzimmer, wartet, daß seine Kinder sterben. Er hat sich eine Flasche Wodka und Limonade mitgenommen, trinkt, raucht und sieht aus dem Fenster.

Anja und Uwe ist schlecht geworden, sie haben Todesangst, fangen an zu schreien, zu betteln, der Vater soll sie rauslassen. Zelinski antwortet: „Seid still, auf dem Hof ist die Polizei. Wenn sie mich finden, nehmen sie mich mit."

David hat das Loch in der Tür entdeckt, das durch die abgezogene Klinke entstanden ist. Er beobachtet den Vater, sieht ihn am Fenster stehen, sieht ihn rauchen, sieht, wie er die Kippen auf dem Fensterbrett ausdrückt und wie er aus einer Flasche trinkt.

Die Kinder schreien: „Vati laß uns raus, Vati hilf uns." Sie flehen um ihr Leben. Sie rufen nach ihrer Mutter, rufen ihre Oma. Zelinski bleibt hart. Er herrscht sie an, still zu sein. Bald verstummt Anja. Sie krümmt sich, erbricht und stirbt. Dann verstummt Uwe, er stirbt. David bricht bewußtlos zusammen. Ein Spalt unterhalb der Tür läßt ein wenig Sauerstoff in den Raum.

Die Kinder sind still. Zelinski ist sicher, daß sie tot sind. Nun kann er den letzten Akt vollziehen. Er wird in die Küche gehen, die Zuleitung am Gasherd wieder anschließen, die vier Brennerhähne aufdrehen und, was das Wichtigste ist, er wird die Klinke wieder anbringen. Nie wird ihm jemand die Schuld am Tod der Kinder nachweisen können. Ein tragischer Unfall. Die Kinder, wird er sagen, spielten am Gasherd, starben durch ihre eigene Unvorsichtigkeit. Er wird den trauernden, untröstlichen Vater spielen, der seine Kinder über alles geliebt hat. Er nimmt sich vor, diese Rolle gut zu spielen.

Sein Plan ist perfekt. Doch auch der perfekteste Plan funktioniert nur, wenn er ausgeführt werden kann. Ein simpler Vorgang wird Zelinski zum Verhängnis. Ein Zufall, ein dummer kleiner Zufall läßt sein Vorhaben scheitern. Er kommt nicht mehr dazu, die Spuren seiner Tat zu verwischen. Er kommt nicht mehr dazu, das Gasrohr am Herd wirder anzuschließen und er kommt nicht mehr dazu, die Klinke anzubringen.

Zwei junge Leute, die in der zweiten Etage wohnen, haben seine Katastrophe unbewußt ausgelöst. Martin und Angela wollen, wie an jedem Sonntag, Kaffee trinken. Angela setzt das Kaffeewasser auf. Die Gasflamme ist dünn und geht immer wieder aus. Sie sagt zu Martin: „Mit dem Gas stimmt was nicht. Kannst du mal nachsehen?“ Martin geht auf den Boden, wo sich die Gaszähler befinden. Überrascht stellt er fest, daß das Absperrventil und der Abstellhahn einer Gasuhr geöffnet sind, die überhaupt nicht gebraucht wird, sie gehört zur Dachwohnung, in der niemand wohnt. Warum strömt Gas in die leere Wohnung? Will jemand das Haus in die Luft jagen?

Er entschließt sich, die Gaszufuhr abzustellen. Dann zögert er, vielleicht ist ja doch jemand in der Wohnung. Ein neuer Mieter? Er geht zur Tür, klopft. Nichts rührt sich. Er will die Tür öffnen. Sie ist verschlossen. Sonderbar, denkt er, der Schlüssel steckt von innen. Was hat das zu bedeuten? In der Tür hatte sich, als die Wohnung noch bewohnt war, ein Spion befunden. Der alte Mieter nahm ihn mit, das Loch in der Tür war geblieben. Er kann ins Zimmer sehen.

Und was er da sieht, erschreckt ihn. Auf dem Boden liegt ein Mann. Er liegt auf dem Bauch. Das Gesicht kann er nicht erkennen. In Armlänge von dem Mann entfernt liegt eine große Rohrzange und eine Wodkaflasche.

Wer ist dieser Mann? Warum schließt er sich ein? Wo kommt er her? Wie ist er in die Wohnung gekommen? Und warum läuft der Gaszähler? Irgendwo strömt Gas aus. Was bedeutet die Rohrzange und was die Schnapsflasche? Ein Selbstmörder?

Vielleicht ist der Mann krank, braucht einen Arzt. Die Sache wird Martin unheimlich. Er geht in den ersten Stock, klingelt bei Lothar Weinbuch. „Lothar“, sagt er, „in der Dachwohnung liegt ein Mann. Die Gasuhr läuft. Die Tür ist verschlossen. Es ist alles sehr komisch.“

Lothar Weinbuch geht sofort mit. „Schauen wir mal nach“, sagt er. „Ich nehme einen Schraubenzieher mit, damit kriegen wir die Tür auf.“

Sie gehen hinauf, klopfen. Der Mann auf dem Fußboden bewegt sich nicht. „Vielleicht ist er tot“, sagt Martin.

„Wir müssen die Tür aufbrechen“, sagt Weinbuch. Er fängt an, am Schloß zu hantieren. Plötzlich bewegt sich der Mann, dreht sich um. Weinbuch erkennt ihn. „Das gibt’s doch nicht“, ruft er, „das ist ja Hans, was macht denn der hier?“

Warum, fragt sich Weinbuch, liegt Zelinski in einer leeren, verkommenen Wohnung, wo er doch ein gemütliches Zuhause hat. Was hat das zu bedeuten? Und wo sind die Kinder? Bei der Oma sind sie nicht, die sitzt unten mit den anderen Mietern im Hof. Weinbuch kennt die Ehetragödie der Zelinskis, er hat Anna im erbärmlichen Zustand selbst ins Krankenhaus gebracht. Er ruft: „Hans, mach die Tür auf!"

Zelinski rührt sich nicht, begreift nichts, ist wie erschlagen, er kann es nicht fassen, daß sein genialer Plan gescheitert ist. Für ihn bricht eine Welt zusammen. In der Minute, in der er die Geräusche auf der Treppe hörte, als Martin die Treppe hochkam, hatte er in die Küche gehen wollen, das Gasrohr anzuschrauben und die Klinke anzubringen. Nun ist er gefangen, er kann das Zimmer nicht verlassen. In seiner Ratlosigkeit legt er sich auf den Boden, hofft, man würde ihn nicht finden. Wenn dieser Martin verschwunden ist, könnte er seinen Plan vollenden. Doch dann hört er zu seinem Entsetzen weitere Stimmen, erkennt die Stimme seines Nachbarn Lothar Weinbuch. Dieser Idiot, was treibt der Sonntag nachmittag auf dem Boden? Er hört Weinbuch sagen: „Wenn du nicht aufmachst, breche ich die Tür auf."

Alkoholdunst schlägt Weinbuch entgegen, als Zelinskis die Tür öffnet. Komisch, denkt er, der stinkt nach Alkohol, aber betrunken ist er nicht. Hat er sich den Schnaps über den Pullover gekippt, um Volltrunkenheit vorzutäuschen?

Aber warum? Was hat er zu verbergen?

Zelinski stößt Weinbuch zur Seite, verläßt eilig, ohne ein Wort zu sagen den Raum, schließt die Tür hinter sich zu, so geschwind, daß Weinbuch nicht die Möglichkeit hat, einen Blick hinein zu werfen. Den Schlüssel steckt Zelinski in die Gesäßtasche.

Weinbuch fragt: „Was ist los, bist du krank?"

„Ich bin in Ordnung", antwortet Zelinski, „hab nur was getrunken."

„Wo sind die Kinder?"
„Was gehen dich meine Kinder an?"
„Ich habe Anna versprochen, mich um sie zu kümmern."
„Mann, du gehst mir auf die Nerven. Ich hab sie zur Oma Wagner gebracht."
Die drei Männer gehen die Treppe runter. Martin fragt: „Sag mal, hast du dir einen hinter die Binde gekippt und bist dann eingeschlafen? Aber warum hast du dich eingeschlossen? Und warum läuft die Gasuhr, da oben ist doch niemand?"
Zelinski antwortet nicht. Wieder fragt Weinbuch nach den Kindern. „Du wolltest mit ihnen Eis essen gehen, hast es mir selbst gesagt. Wo sind sie jetzt?"
„Halt endlich die Klappe!" Zelinski ist wütend. „Die Kinder sind bei der Wagner-Oma. Das habe ich dir doch gesagt."

Die Mieter des Hauses haben sich im Hof, der einer Wiese gleicht, eine Sitzecke gebaut. An warmen Abenden sitzen sie dort zusammen und reden miteinander. Auch an diesem 11. Mai, es ist später Nachmittag, sitzt man beieinander. Schwester Renate ist dabei, Mutter Zelinski, Frau Weinbuch und noch ein paar andere Mieter. Die drei Männer kommen dazu. Noch bevor sich Zelinski setzen kann, fragt seine Mutter: „Wo sind die Kinder? Ich hab sie seit dem Mittagessen nicht mehr gesehen."
Zelinski antwortet: „Bei der alten Wagnern, ich habe sie selbst mit dem Taxi hingefahren."
Lothar Weinbuch wundert sich, daß auch Zelinskis Mutter nicht weiß, wo die Kinder sind. Er sagt: „Hör mal Hans, entweder du sagst jetzt, wo die Kinder sind, oder ich hole die Polizei."
„Du nervst mich", sagt Zelinski, „ich habe es dir hundertmal gesagt. Die Kinder sind in der Stadt, bei der Oma."
Wenn es stimmt, denkt Weinbuch, ist ja alles in Ordnung.

Ich werde mich selbst davon überzeugen. Er kennt die Frau, die die Kinder Oma nennen. Er geht zum Fahrradschuppen, holt sein Fahrrad, will losfahren. Zelinksi springt auf. „Wo willst du hin?"

„Ich sehe nach den Kindern."

Zelinski stößt Weinbuch vom Rad. „Du fährst nirgendwo hin."

Zelinskis Reaktion hat die Mieter aufgebracht. Weinbuch ahnt, daß etwas nicht stimmen kann. Die Situation droht zu eskalieren. Jeder im Haus weiß, daß Zelinski gewalttätig ist. Weinbuch zweifelt nicht daran, daß er ihn zusammenschlagen würde, wenn er nicht tut, was er sagt. Also steigt er vom Rad, schiebt es in den Schuppen zurück. „Gut", sagt er, „dann eben nicht."

Zelinski hat sich beruhigt, behält das Tor zur Straße im Auge. Das nutzt Weinbuch, geht in den hintere Teil des Hofes, schwingt sich von einer Kiste auf das niedrige Dach einer Garage und springt von dort in das Nachbargrundstück. Er gelangt auf die Straße, geht zu Fuß weiter.

*

Er geht zu Oma Wagner, die Kinder sind nicht bei ihr. Oma Wagner hat einen Pflegesohn, Soldat bei der Nationalen Volksarmee, zu diesem Zeitpunkt im Urlaub. Der junge Mann hat das Gespräch mitgehört. „Oma, du bleibst hier. Vielleicht kommen sie noch", sagt er, „ich geh mit Lothar die Kinder suchen."

Sie gehen los, laufen durch die kleine Stadt, auf die Spielplätze, klingeln bei Bekannten, Lehrerinnen, Freundinnen. Und während sie von Wohnung zu Wohnung gehen, sind auch die übrigen Mieter des Hauses unruhig geworden. Sie teilen sich in Gruppen auf, einer holt seinen Wartburg aus der Garage, einer fährt mit dem Trabant, sie fahren oder laufen durch die

Straßen, suchen die Kinder. Nach Stunden kehren sie ratlos und verwirrt zurück.

Auch Weinbuch ist von seiner Suche zurück. Ihm geht Zelinskis Verhalten nicht aus dem Kopf. Es muß einen Grund geben, sagt er sich, weshalb er so eilig bemüht war, die Dachwohnung zu verschließen. Um bei Zelinski keinen Verdacht zu wecken tut er, als wolle er sich eine Flasche Bier aus der Wohnung holen. Tatsächlich aber steigt er hinauf in die oberste Etage, öffnet das Wohnzimmer. Es ist leer. Die Wodkaflasche ist auch noch da, auch die Rohrzange, auf dem Fensterbrett steht eine Limoflasche, daneben Zigarettenkippen.

Dann entdeckt er eine schmale Tür, die er im Dämmerlicht nicht sofort gesehen hat, versucht sie zu öffnen, die Klinke fehlt. Sie liegt auf dem Boden vor der Tür. Sie hat einen Vierkant, ist leicht einzusetzen. Er öffnet die Tür. Gasgeruch schlägt ihm entgegen. Es ist dunkel in der kleinen Küche. Durch die Dachluke kommt kaum Licht. Als erstes entdeckt er David. Dann sieht er die anderen Kinder. Er läuft in den Korridor zu einem Fenster, das in den Hof hinausgeht, schreit: „Ich hab die Kinder gefunden, sie sind tot."

Die Leute im Hof sind wie gelähmt.

Renate, die Krankenschwester springt auf, rennt hinauf. Weinbuch führt sie zu den toten Kindern, die zusammengekrümmt auf dem Boden liegen. Bei David entdeckt Renate schwache Lebenszeichen. Es geht um Minuten. Das Kind kämpft mit dem Tod. Inzwischen haben die anderen Mieter den Notarzt und die Polizei alarmiert. In ihrer Aufregung hat keiner auf Zelinski geachtet. Er bleibt sitzen, als ginge ihn das alles nichts an. Er stellt keine Fragen, ist nicht einmal überrascht, versucht nicht, sich Gewißheit zu verschaffen. Dann erleben die Mieter etwas Ungewöhnliches. Zelinski greift sein Fahrrad und fährt weg.

Inzwischen ist die Polizei gekommen. Die Hausbewohner schildern den Vorgang. Keiner, auch Zelinskis Mutter nicht, zweifelt daran, daß er seine Kinder umgebracht hat. Der Polizist fragt: „In welche Richtung ist er gefahren?"

Ein Mieter beschreibt den Weg. „Am besten, ich fahre mit, ich kenne ihn ja."

Zelinski ist bis zum Volkspark gekommen. Als er das Polizeiauto hört, wirft er das Fahrrad hin und flüchtet in den Park. Der Mieter deutet auf den Flüchtenden. „Das ist er, das ist Zelinski."

Einer der Polizisten gibt später zu Protokoll: „Wir fuhren mit unserem Einsatzwagen in Richtung Krankenhaus. Dort blieben wir erst einmal stehen. Ein Kollege stieg aus, um sich im gegenüberliegenden Park umzusehen. Zelinski hatte sich hinter einen Busch gehockt, ein Messer in der Hand. Wir liefen auf ihn zu. Als er uns sah, machte er, noch bevor wir ihn erreichen konnten, Schnittbewegungen an seinem linken Unterarm. Ich schlug ihm das Messer aus der Hand. Er ließ sich auf den Boden fallen, blieb in gestreckter Haltung liegen. Er sah mich an, dann machte er die Augen zu und zwinkerte nur noch. Aus seinem Arm kam Blut. Wir leisteten erste Hilfe, banden den Arm ab, wir wußten ja nicht, wie tief die Schnitte waren, und ob ein größeres Gefäß getroffen war. Wir alarmierten den Notarzt. Ein Krankenwagen brachte ihn ins Krankenhaus, wo er sofort ärztlich versorgt wurde.

Zelinski roch zwar nach Alkohol, aber sonderbarerweise war er nicht betrunken. Ich möchte sogar sagen, er war nicht einmal angetrunken. Die Ärztin sagte, er fühle sich schlecht, habe den ganzen Tag nichts gegessen. Sein geistiger Zustand und seine Reaktionsfähigkeit waren normal. Er reagierte angemessen, bekam alles mit, was um ihn herum geschah. Als ich mit ihm im Krankenzimmer wartete, sagte er zu mir: „Mach die Tür zu und das Fenster auf, dann kann ich rauchen, ohne daß es der Arzt merkt.'"

*

Einen Tag später, am 12. Mai um elf Uhr, wird Hans Zelinski gemäß § 125 der Strafprozeßordnung vorläufig festgenommen. Ein Ermittlungsverfahren wird eingeleitet. Staatsanwalt Helbig beantragt Haftbefehl. Darin heißt es: Der Beschuldigte ist der Tat dringend verdächtig, weil objektive Feststellungen am Tatort, die Vernehmungen der Zeugen, sowie die eigene Aussage des Beschuldigten vorliegen.

Um 19.45 Uhr wird der Haftbefehl verkündet. In der richterlichen Vernehmung sagt er: „Ich bin am heutigen Tage bereits von der Polizei befragt worden. Die Vernehmung dauerte von 13 bis 17 Uhr. Ich fühle mich trotzdem in der Lage, der Vernehmung zu folgen."

Zelinski sagt von sich, er sei ein zahmer, netter Mensch, der unter seiner Eifersucht leidet. Es habe Streitigkeiten gegeben, sagt er, er gebe auch zu, daß es gelegentlich zu Tätlichkeiten gekommen ist.

Lützkendorf, der die Vernehmung führt, fragt: „Wie ist es zum Tod der Kinder gekommen. Können Sie uns das schildern?"

Zelinski: „Meine Frau will sich scheiden lassen."

Lützkendorf: „Ja und?"

Zelinski: „Das hat mich in eine tiefe Verzweiflung gestürzt. Ich wollte mir das Leben nehmen."

Lützkendorf: „Sie leben doch, aber Ihre Kinder sind tot."

Zelinski „Das war so", sagt er, „ich ging in die Küche der Dachwohnung, habe mit einer Zange die Gasleitung vom Gasherd abgeschraubt, den Abstellhahn und das Absperrventil an der Gasuhr geöffnet. Dann habe ich mich in die Küche gesetzt, habe geraucht und Limonade mit Wodka getrunken. Plötzlich sind die Kinder aufgetaucht. Wie sie reingekommen sind, weiß ich nicht. Doch da sie einmal da waren, habe ich den Entschluß gefaßt, die Kinder mit in den Tod zu nehmen. Warum dann die Kinder starben, ich am Leben blieb, das kann ich beim besten Willen nicht erklären."

Zelinski spielt die Rolle des verwirrten, gutmütigen Menschen, überzeugend ist er nicht. Um 20.30 Uhr ist die richterliche Vernehmung beendet. Danach wird Zelinski in die Haftanstalt eingeliefert. Bei der Hafteinlieferung wird vermerkt: Zelinski ist gewalttätig und suizidgefährdet.

*

Die Kriminalisten verfolgen die Spuren des Mannes, durchforschen sein Leben. Was ist Zelinski für ein Mensch? Wie verlief seine Entwicklung? Was hat ihn geprägt? Wie steht es um seinen Geisteszustand? Wie verlief seine erste Ehe?

Zum Zeitpunkt der Tat ist Zelinski 42 Jahre alt. Er ist kein Unbekannter bei der Polizei. Im Jahre 1976 wurde gegen ihn wegen Körperverletzung ermittelt. Ein Jahr später geriet er in den Verdacht, beleidigende Briefe an einen Dr. Uhlig geschrieben zu haben. Eine alte Frau erstattete Anzeige, weil Zelinski sie beleidigt hatte. „Schade, du alte Krähe, daß du schon unten bist, ich hätte dich die Treppe runtergestoßen, daß du dir das Genick gebrochen hättest, altes Luder."

Zelinski ist ein Mann ohne nennenswerte Manieren. Er ist unreif und von beklemmender Bösartigkeit. Seine eigene Mutter behandelte er ohne jeden Respekt, nennt sie, wenn er wütend ist, „dreckige Sau". Sein Verhalten offenbart geistig-moralische Defizite. Bis zu seinem elften Lebensjahr war er Bettnässer. In der Schule brachte er es bis zur fünften Klasse. Im Zeugnis wird ihm bescheinigt, daß er undiszipliniert, faul und unkameradschaftlich ist. Als ein Lichtblick in der trüben Aussichtslosigkeit taucht der Satz auf: Er kann mitunter auch hilfsbereit sein. Der Klassenlehrer äußert die prophetische Meinung, Zelinski braucht eine straffe Führung, damit er es im Leben zu etwas bringt.

Auf seinem Zeugnis tummeln sich Noten zwischen genügend und mangelhaft. Als ob es dem Lehrer peinlich gewesen wäre, nur schlimme Noten zu notieren, gibt er ihm, ausgerechnet im Fach Kunsterziehung, die Note gut. Doch eigentlich ist Zelinski von Kunst und Literatur so weit entfernt wie die Erde von der Sonne.

Er hat keinen Beruf, war Hilfsarbeiter bei einem Dachdecker, später wurde er Lagerarbeiter. Seine Interessen beschränken sich auf die Haltung von Kleinvieh. Damit ließ sich in der DDR-Mangelwirtschaft Geld machen. Er hat ein triebhaftes Sexualleben, das er ungehemmt auslebt.

Mit einundzwanzig heiratete er. Die Ehe hielt ein paar Jahre. Zwei Kinder wurden geboren. Nach und nach löste sich die Ehe in ihre freudlosen Bestandteile auf. Er schlug seine Frau, hatte immer wieder Affären. Nachts brachte er gelegentlich eine Frau mit. Dann trieb er seine Frau und die Kinder aus der Wohnung. Sie durften erst am nächsten Morgen wiederkommen. Seine Frau reichte die Scheidung ein. Das versuchte er zu verhindern. Die junge Frau setzte die Scheidung durch. Aus Rache räumte er die Wohnung aus, zog sogar die Bettwäsche der Kinderbetten ab, zahlte keine Alimente. Die Frau war froh, das Ungeheuer los zu sein. Bald darauf kreuzte eine andere Frau seinen Weg. Ihr Martyrium sollte noch schmerzhafter werden.

Zelinski lernte Anna durch eine Bekannte kennen. Aus einem Flirt wurde Liebe. Sie heirateten. Nach und nach wurden drei Kinder geboren.

*

Die Mordkommission arbeitet unermüdlich. Leiter der Ermittlung ist Staatsanwalt Horst Helbig. Auf ihm ruht die Verantwortung. Er ist ein erfahrener Mann, der sich seit vielen Jahren mit der Aufklärung von Tötungsdelikten beschäftigt. Es muß ihm gelingen, dem Beschuldigten die vorsätzliche Tötung seiner Kinder nachzuweisen. Treten Zweifel auf, gilt der Grundsatz: in dubio pro reo, im Zweifel für den Angeklagten. Der Mann, der seine Kinder getötet hat, könnte dann aus Mangel an Beweisen freigesprochen werden. Die Ermittlung zieht sich über Monate hin. Dreimal muß eine Fristgenehmigung für die Fortdauer der Untersuchungshaft eingeholt werden. Das Ergebnis der Ermittlungen umfaßt 976 Seiten. Es werden 45 Zeugen vernommen, ein Dutzend Gutachter gehört.

Staatsanwalt Helbig bittet Professor Lange, Direktor der Klinik für Psychiatrie und Neurologie Dresden, um ein forensisch-psychiatrisches Gutachten. Dort heißt es, bei Zelinski ist eine intakte Bewußtseinsleistung und formal geordneter Gedankenablauf festzustellen. Es gibt keinen Anhalt für eine Persönlichkeitsstörung. Intellektuell rangiert Zelinski an der unteren Normgrenze, er ist eine primitiv-egozentrische Persönlichkeit. In äußerlich geordneten Verhältnissen ist er gutwillig und arbeitsam, zugleich egozentrisch und sexuell sehr verlangend. Das wichtigste Ergebnis der Untersuchung lautet: Es besteht keine Beeinträchtigung der Schuldfähigkeit.

*

Anna Zelinski wird vernommen, die Mutter von Zelinski, auch seine erste Frau, Arbeitskollegen, die Direktorin der Schule, Lehrerinnen, die Frauen, mit denen Anna Zelinski in Thüringen zusammen war, Martin, der den Stein ins Rollen brachte, Angela, seine Verlobte, die Frau mit dem Kinderwagen, die Krankenschwester, und vor allem Lothar Weinbuch.

Auch die Polizisten müssen aussagen. Freunde, Bekannte, Verwandte werden vernommen. Jede Zeugenaussage ist ein Mosaikstein, trägt dazu bei, die Wahrheit herauszufinden und Zelinski des Mordes zu überführen.

Von besonderer Bedeutung ist die Vernehmung von David. Er hat überlebt. Zwei Tage nach der Tat hat er das Geschehen noch gut in Erinnerung.

„Weißt du, warum du hier im Krankenhaus bist?"

„Nein, das weiß ich nicht."

„Kannst du dich erinnern, was du am Sonntag, dem 11. Mai, zusammen mit deinen Geschwistern gemacht hast?"

„Nach dem Mittagessen war ich mit meinen Geschwistern in der Wohnung. Ich war in meinem Zimmer. Später hat uns Vati auf dem Boden eingesperrt, weil die Polizei ihn gesucht hat. Von der Tür, wo er uns eingesperrt hat, hat er die Klinke abgemacht. Vati hat uns gesagt, wir sollten drin bleiben. Im Zimmer hat es gestunken. Wir haben auf einer Matratze gesessen. Weil Vati die Türklinke abgemacht hat, haben wir alle drei gerufen, daß er uns rauslassen soll. Er sagte, daß wir ruhig sein sollen, die Polizei ist auf dem Hof, aber wir riefen trotzdem ganz laut."

„Wonach hat es im Zimmer gestunken?"

„Ich weiß es nicht, Vati sagte, daß es eine alte Wohnung ist und da hier nie gelüftet wird, stinkt es so."

„Was hat dein Vati gemacht, als ihr im Zimmer eingesperrt wart?"

„Vati war im Nebenzimmer. Auf dem Fensterbrett waren zwei Flaschen Wein, er hat beide ausgetrunken und war dann besoffen. Das konnten wir sehen, denn wir haben durch das Schlüsselloch in das Nebenzimmer gesehen. Im Zimmer waren wir nur ein paar Minuten, dann sind wir alle drei eingeschlafen."

„Wie seid ihr in die Wohnung gekommen?"

„Vati wollte uns die Wohnung zeigen, wo er sich vestecken wollte, damit die Mutti ihn nicht sieht, wenn sie aus dem Krankenhaus kommt. Er sagte, wir sollten in das kleine Zimmer gehen. Wir sollten leise sein, die Polizei steht auf der Straße. Vati hat im Zimmer probiert, ob Wasser geht, es ging aber nicht. Der Wasseranschluß ist links von der Tür. Vati hat die Klinke abgebaut und die Tür zugesperrt."

„Was befand sich alles im Raum?"

„In diesem Raum war eine Matratze, ein Gasherd und ein Bodenfenster. Wir haben probiert, an das Bodenfenster zu kommen, es war zu hoch für uns. Der Gasherd ging auch nicht, da war das Rohr kaputt."

„Wie war das Rohr kaputt?"

„Es war offen und nicht am Herd angeschlossen. Aus dem Rohr kam nichts raus."

„Woher weißt du, daß aus dem Rohr nichts rauskam?"

„Ich habe mein Portemonnaie an die Öffnung gehalten. Da merkte ich, daß etwas Luft rauskam, denn es zischte ein bißchen dabei. Die Luft war etwas kühl. Weiter weiß ich nichts mehr, denn dann bin ich eingeschlafen."

„Warum wurde Vati von der Polizei gesucht?"

„Vati hat die Mutti am Hals gewürgt. Dabei lag sie auf der Erde. Das habe ich gesehen. Wir sind dann in die Schule gelaufen. Sie haben dann die Polizei gerufen."

In einem Aktenvermerk wird festgehalten, daß der Chefarzt die Vernehmungsfähigkeit des Kindes bestätigt hat. Der Chefarzt versicherte, daß David nach dem Attentat mit niemandem gesprochen hat. Besuche von Verwandten haben nicht stattgefunden, sie waren auch nicht möglich, da David auf der Intensivstation lag.

Während der Befragung war zu erkennen, daß er in der Lage

war, auf die Fragen überlegt zu antworten. Die Fragen waren so gestellt, daß er die Antworten selbständig finden mußte. Suggestiv- und Alternativfragen wurden vermieden.

Vier Wochen später wird David, er konnte aus dem Krankenhaus entlassen werden, erneut befragt.

„Warum habt ihr um Hilfe gerufen?"

„Weil Vati die Mutti gewürgt hat, hatten wir Angst, daß er uns auch etwas antut. Wir dachten, daß er uns dort vielleicht nicht mehr rausläßt."

„Kannst du feststellen, ob dein Vater nüchtern ist oder Alkohol getrunken hat, und woran erkennst du das?"

„Wenn Vati nüchtern ist, dann ist er lieb und leise. Wenn er getrunken hat, dann wackelt er und muß sich an der Wand festhalten. Er grölt dann auch meist rum und ist auch schon umgefallen."

„War Vati an dem Tag, an dem er euch in der Kammer eingesperrt hat, nüchtern oder betrunken?"

„Als wir mit ihm hochgingen, war er ganz bestimmt nicht betrunken. Ob er dann später betrunken war, kann ich nicht sagen, denn ich sah ihn ja nur am Fenster stehen, wo ich ihn auch trinken sah."

*

Staatsanwalt Helbig ist sich darüber klar, daß ein Mann, der zu solch einer Tat fähig ist, seine Schuld nicht eingestehen wird.

Strafverteidiger sind die natürlichen Widersacher des Staatsanwalts. Sie sind ihrer Profession und ihrer Mentalität nach wachsam. Mit dem feinen Instinkt eines versierten Jägers spüren sie Schwachstellen in der Beweisführung auf, achten mit Hingabe darauf, daß Unklarheiten auftauchen oder ein Zeuge in Widersprüche gerät. Manchmal stellen sie Anträge, die den Prozeß verschleppen. Manche Anwälte rechnen auch mit Ermüdungserscheinung des Gerichts. In einem Mordprozeß am Landgericht Cottbus brachte es ein Berliner Anwalt so weit, den Prozeß über drei Jahre zu verschleppen. Ein kluger Richter tut gut daran, den mitunter verwegenen Anträgen der Verteidigung zu folgen. Er folgt damit nicht nur den Paragraphen der Strafprozeßordnung, er entgeht auch der Gefahr, in eine Revisionsfalle zu tappen. Strafverteidiger sind durchaus in der Lage, klare Sachverhalte zu vernebeln. Die Strafprozeßordnung gibt ihnen das Recht dazu. Sie beuten dieses Recht mitunter bedingungslos aus. Sie kämpfen zwar für ihre Mandanten, aber es geht ihnen auch um ihr eigenes Image. Anwälte lieben es, wenn man von ihnen sagt, sie wären „harte Burschen". Die Gerechtigkeit als ethisches Prinzip haben sie natürlich auch im Auge.

Vielleicht dachte Staatsanwalt Helbig an einen Anwalt dieser Güte, als ihm bewußt wurde, daß die Beweise gegen Zelinski lupenrein und unanfechtbar sein müssen, daß keine Frage offen bleiben darf.

*

Zelinski selbst trägt zur Aufklärung nichts bei. Er macht widersprüchliche Angaben, legt ein Geständnis ab, widerruft es, legt ein zweites Geständnis ab, widerruft es wieder. Er spricht sich von jeder Schuld frei. Er habe seine Kinder geliebt, er kann sie gar nicht getötet haben. Über die Todesschreie der Kleinen schweigt er. Die abgebaute Türklinke ist ein wichtiger Beweis für seine Schuld.

Am 18. Dezember 1986 wird er gefragt: „Welche Erklärung haben Sie, daß man nur die Kinder in der Küche fand?"

„Ich habe keine Erklärung dafür. Ich weiß nicht, wie ich aus der Küche gekommen bin."

„Sie wurden im anderen Zimmer gefunden."

„Das ist ja das Dumme."

„Es gibt niemanden, der Sie rausgetragen hat."
„Ich weiß aber nicht, wie ich rausgekommen bin."
„Welche Erklärung haben Sie, daß an der Tür keine Klinke war?"
„Es könnte sein, daß ich beim Rausgehen die Klinke abgerissen habe."
„Die innere und die äußere Klinke waren ab und beide lagen in dem Raum, in dem Sie gefunden wurden."
„Ich habe keine Erklärung dafür."
„Ist Ihnen bekannt, daß Ihr Sohn eine Aussage dazu gemacht hat?"
„Der Junge lügt."
„Was sollte mit den Kindern passieren?"
„Sie sollten mit mir sterben."
„Warum sollten die Kinder sterben?"
„Meine Frau sollte die Kinder nicht bekommen, weil sie die Kinder auch immer geschlagen hat."

*

Das Gesetz erlaubt dem Angeklagten zu lügen. Einem Zeugen wird diese juristische Kulanz nicht zuteil. Er muß die Wahrheit sagen, er wird sonst bestraft. Im Falle Zelinski stehen die Bewohner eines ganzen Hauses als Zeugen zur Verfügung. Sie alle bezeugen, Zelinski hat seine Kinder getötet. Trotz dieser unumstößlichen Aussagen leugnet Zelinski weiter, zeigt keine Reue, hat nur Mitleid mit sich selbst.

Seine Mutter, die, wie alle anderen Mieter im Haus, von seiner Schuld überzeugt ist, schreibt ihm einen Brief:

„Lieber Hans,

wenn Du mit mir im Briefwechsel bleiben willst, sage bitte die volle Wahrheit und lüge nicht. Das hat doch keinen Zweck. Du

machst es doch für Dich und für uns noch schlimmer. Wenn Du die Wahrheit sagst, wird auch die Strafe für Dich nicht so hoch. Ich schicke Dir dann auch Geld und alles, was Du brauchst, aber nur, wenn Du die Wahrheit sagst. Das, was Du jetzt erzählst, glaubt Dir kein Mensch. Ich weiß doch, wie sich alles zugetragen hat. Also bleibe bei der Wahrheit. Es hat doch keinen Zweck zu lügen, wenn Du die Wahrheit sagst, komme ich Dich auch besuchen.
Herzliche Grüße
Deine Mutti"

Der Brief hinterläßt keine Wirkung. Ihm ist an der Wahrheit nicht gelegen. Seine primitive Denkstruktur erlaubt es ihm nicht zu begreifen, daß es drei objektive Beweise gibt:
Das Ergebnis der Tatortuntersuchung.
Die Aussagen seines Sohnes David.
Die Zeugen, die sich am Tatort aufgehalten haben.

Zelinski sagt aus, nicht er habe die Katastrophe herbeigeführt, sondern seine Frau. Der Tod der Kinder sei eine Folge von Ehestreitigkeiten, für die seine Frau verantwortlich ist. Selbst sciner Mutter unterstellt er, falsch ausgesagt zu haben.

Die Ermittler fragen sich, woher diese selbstgerechte Haltung kommt. Ihre langjährigen Erfahrungen besagen, daß ein Mann, der ein Verbrechen dieser Art begangen hat, im Knast über sich und seine Tat nachdenkt. Daß ihm die Tat wie eine Last auf der Seele liegt. Daß er die Todesschreie seiner Kinder hört, sie nicht wieder los wird. Zelinski dagegen bleibt ungerührt.

Die Ermittler sagen sich, daß es dafür einen Grund geben muß. Sie entschließen sich, ihn danach zu fragen.

Diese Vernehmung findet, es ist reinen Zufall, am Heiligen Abend statt. Mag es Sentimentalität sein und die sanfte Melancholie, die alle Menschen an diesem Tag überkommt. Zelinski ist bereit zu reden. Er habe, sagt er, zu einem der Mithäftlinge eine besonders intensive Verbindung. Dieser Häftling baue ihn auf, gebe ihm die Kraft, nicht nachzugeben, was immer er auch verbrochen habe. Deine schlimmsten Feinde, sagt dieser Mithäftling, sind die Ermittler, gegen die mußt du kämpfen. Vertrauen darfst du nur zu deinem Verteidiger haben, sonst zu niemandem.

Der Mithäftling, der Zelinski aufhetzt, ist Magnus Fleischer, Chemiker aus Schwarzheide. Ihm wird der Mord an einem fünfzehnjährigen Mädchen zur Last gelegt. Er hat dieses Mädchen in seinem Auto mitgenommen, hat es vergewaltigt und dann getötet. Der Einfluß, den Fleischer auf Zelinski ausübt, hat Suggestivkraft. Der Akademiker hat schnell erkannt, von welch geistiger Schlichtheit dieser Mann ist. Er weiß, wie primitiv er ist. Es macht ihm Spaß, einen solchen Menschen zu manipulieren. Damit rächt er sich an den Ermittlern, vor allem an Staatsanwalt Helbig, der ihn damals der Tat überführt hat. Je erfolgreicher seine Aufwiegelung, desto größer seine Genugtuung. Er ködert Zelinski mit Zigaretten und Traubenzucker. Es dauert nur Tage, bis Zelinski ihm hörig ist.

Zelinski wird gefragt: „Wann haben die Gespräche mit Fleischer stattgefunden?“

„Von dem Tag an, wo ich inhaftiert wurde.“

„Was wurde Ihnen konkret geraten?“

„Herr Fleischer hat gleich Kontakt zu mir gesucht, hat gesagt, ich solle alles verschleiern, er will mir zwei Anwälte besorgen.“

„Wie war es möglich, daß der Fleischer Kontakt zu Ihnen aufnehmen konnte?“

„Draußen beim Rundgang. Ich wurde immer mit Tabak, Zigaretten und Streichhölzern von Herrn Fleischer versorgt. Das hat man mir zugesteckt. Auch Traubenzucker. Fleischer hat gesagt, ich muß jetzt die Nerven behalten, da hat er mir immer viel Traubenzucker gegeben."

„Woher wußten Sie, daß die Sachen von Fleischer waren?"

„Er hat es mir durch eine zweite und dritte Person übergeben lassen, damit es nicht auffällt."

„Was hat er zu Ihnen gesagt?"

„Ich soll nicht zu viel erzählen. Ich soll dabei bleiben, daß ich von nichts weiß. Wenn die Vernehmer kommen, soll ich die Aussage verweigern."

„Wie haben Sie sich von diesen Gesprächen persönlich leiten lassen?"

„Ich hatte erst versucht, alles zu verschleiern. Ich habe geglaubt, daß ich damit durchkomme. Weil man mir Mut und Hoffnung machte, daß der Rechtsanwalt viel machen würde."

„Das haben Sie bei den Vernehmungen auch so gemacht?"

„Ja, ich habe ja auch Zigaretten und Tabak bekommen."

„Hat Fleischer Sie angesprochen oder Sie den Fleischer?"

„Er hat mich zuerst angesprochen. Ich habe täglich mit ihm gesprochen. Er wollte genau wissen, was ich gemacht habe."

„Was haben Sie ihm geantwortet?"

„Ich habe gesagt, daß ich mit den Kindern hochgegangen bin, daß ich mir den Gashahn aufgedreht habe und die Kinder zum Teufel gegangen sind."

*

Im Lexikon wird als Denunziant eine Person bezeichnet, die aus niedrigen, persönlichen Beweggründen jemanden anschwärzt. Hans Zelinski war immer ein Denunziant und blieb es. Er denunzierte Freund und Feind, wenn es ihm Nutzen brachte oder wenn er Rache nehmen wollte. Er denunzierte seine erste Frau, noch Jahre nach der Scheidung setzte er Lügen über sie in die Welt. Er scheute nicht davor zurück, seine eigene

Mutter zu denunzieren. Er denunzierte das Geschöpf, das ihm das liebste auf der Welt sein müßte, seinen kleinen Sohn. Doch all das ist nichts gegen die Angriffe auf seine Frau. Er denunzierte sie als Kopf einer Schieberbande, als Hure, als eine Frau, die ihre Kinder prügelt. In einem Brief an das Gericht nennt er sie ein Ungeheuer.

Der Gipfel der Unverfrorenheit war sein Besuch bei der Kreisverwaltung der Staatssicherheit. Er zeigte seine Frau an, gab zu Protokoll, sie würde staatsfeindliche Handlungen gegen die DDR begehen. Da sie polnische Staatsbürgerin ist, besitze sie einen Reisepaß, der sie zum Besuch in Westberlin berechtigt. Dort begehe sie staatsfeindliche Handlungen. Die Stasi sollte sie, erklärte er mit patriotischer Geste, als Staatsfeind betrachten.

In jedem Menschen, sagt man, steckt ein guter Kern. Der liebe Gott muß vergessen haben, diesem Mann diese Gnade zu erweisen. Der gute Kern in ihm bleibt unauffindbar.

*

In der Nacht vom 26. zum 27. Juni ereignet sich in Zelle sechs der Haftanstalt ein Zwischenfall. Zelinski versucht, sich das Leben zu nehmen.

Er wollte sich oft schon das Leben nehmen, jedenfalls hatte er immer davon gesprochen. Die Erfahrung sagt, je öfter einer davon spricht, desto geringer ist die Wahrscheinlichkeit, daß er es tut. Wer sich das Leben nehmen will, redet nicht darüber, sondern tut es. Mit den angekündigten Selbstmorden wollte Zelinski auf sich aufmerksam machen, seiner Umwelt ein schlechtes Gewissen bereiten. Da war die Sache mit den Tabletten. Eines Nachts legte er sich in den Hof, behauptete zehn Faustan geschluckt und Schnaps getrunken zu haben, um zu sterben. Vielleicht hätte er sich vorher erkundigen sollen, daß es sich bei diesen Tabletten um ein Psychopharmaka handelt und daß er, entsprechend seinem Körpergewicht, etwa 260 Tabletten hätte schlucken müssen, um den gewünschten Erfolg zu haben. Die aufgeschreckten Hausbewohner riefen den Notarzt. Der stellte keinerlei Beeinträchtigungen fest, riet ihm, schlafen zu gehen. In einer anderen Nacht hatte er den Gashahn aufgedreht, aber auch der Versuch schlug fehl. Bei seiner Festnahme fügte er sich Schnittwunden zu, in dem Augenblick, als er die Polizisten auf sich zukommen sah. Wieder klappte es nicht mit dem Sterben. Selbst in der Küche der Dachwohnung starb nicht er, sondern starben seine Kinder.

Doch das, was sich am 26. Juni in Zelle sechs der Haftanstalt ereignete, war etwas anders. Ein Zellengenosse erzählt von dieser Nacht:

„Ich war wegen Körperverletzung zu einem Jahr Freiheitsentzug verurteilt, lag mit Zelinski und einem dritten Mann in Zelle 6 der Haftanstalt. Ich weiß nicht, wie Zelinski in den Besitz eines Messers gekommen ist. Im Strafvollzug wurde es mit den Messern so gehandhabt, daß man mit dem Frühstück ein Messer bekam. Das Messer blieb den Tag über in der Zelle, wurde erst nach dem Abendbrot wieder abgeliefert. Es kann nicht sein, daß er ein Messer nicht abgegeben hatte. Aber wo er es her hatte, weiß ich nicht. In jener Nacht spielte sich folgendes ab: Ich hörte ein Geräusch, wurde wach. In der Dunkelheit der Zelle sah ich Zelinski auf dem Fußboden sitzen. Er hatte das Geräusch verursacht, von dem ich wach geworden bin. Ich weckte den Zellenkumpel, machte ihn auf Zelinski aufmerksam. Wir trugen ihn auf sein Bett. Ich bemerkte klebrige Flüssigkeit am Boden. Ich dachte, es könnte Blut sein und rief den Wachmann. Der sah sich Zelinski an und alarmierte den Sanitäter. Wir trugen ihn dann in den Sanitätsraum."

Stunden später wird Zelinski per Noteinweisung in das Bezirkskrankenhaus gebracht. Dort stellen die Chirurgen fest, der Patient hat Schnittverletzungen am linken Unterarm mit Sehnenbeteiligung, Schnittverletzungen am Penisschaft. Eine operative Versorgung ist notwendig. Zelinski bekommt, da er Blut verloren hat, der Hämoglobinwert gesunken ist, zwei Bluttransfusionen. Als die Ärzte ihn für transportfähig halten, wird er in das Haftkrankenhaus nach Leipzig gebracht.

Daß Zelinski seinen Penis amputieren, zumindest aber beschädigen wollte, mag ein besonders egozentrischer Einfall dieses einfältigen Mannes gewesen sein. Nach den Gründen dieser ebenso lächerlichen wie überflüssigen Demontage befragt, antwortet er: „Ich wollte durch das Abschneiden des 'Wertvollsten' meine Frau von der Scheidung abbringen."

Es mag Scharlatanerie mit einem Schuß Hilflosigkeit sein, was der Mann da veranstaltet hat. Wobei ein Widerspruch sichtbar wird, den zu erkennen ihm nicht gegeben ist. Wenn ich mir das Leben nehmen will, muß ich mich nicht mehr um den nächsten Tag kümmern.

Wenn Zelinski wirklich sterben wollte, brauchte er sich um die Scheidungsabsicht seiner Frau nicht mehr zu kümmern. Es sei denn, er hatte es mit der Tötungsabsicht doch nicht ganz so ernst gemeint, und den Selbstmordversuch als ein Mittel zur Selbstdarstellung betrachtet.

Im Haftkrankenhaus Leipzig stellt man schließlich fest, daß es sich um oberflächliche Schnittwunden am linken Unterarm, an der „distalen Beugeseite" und am „Dorsum penis" handelt.

Der Selbstmordversuch hat nichts eingebracht. Nun versucht er eine Krankheit vorzutäuschen. Seine Aktionen sind nichts weiter als hilflose Clownerien. Während eines Verhörs fängt er plötzlich an zu weinen. Er möchte nicht geschlagen werden, sagt er, bebt und zittert.

„Hat man Sie schon einmal geschlagen?“ fragt der Kriminalist.

„Nein“, sagte er, „noch nie. Nur in Cottbus hat man mir mit einem Gummiknüppel aufs Dach geschlagen.“

Wer es getan hat, wann, wie, und warum man ihn geschlagen hat, weiß er nicht.

Als er merkt, daß er mit seiner Show keinen Erfolg hat, braucht er etwa zwei Minuten, um sein Repertoire zu erweitern. Er sinkt auf seinem Stuhl zusammen, macht Anstalten zur Seite zu kippen, täuscht eine Ohnmacht vor. Der Kriminalist fängt ihn auf. Während dieser dilettantischen Vorstellung hält er die Augen geöffnet und beobachtet, was nun passiert. Er weiß offensichtlich nicht, daß es die Augen sind, an denen man eine Ohnmacht erkennt. Zelinski ist nicht bewußtlos, er spielt den Bewußtlosen. Der Kriminalist weiß das, trotzdem löst er Alarm aus. Der Stationsarzt eilt herbei. Zelinski wird auf eine Trage gelegt. Er kann sich ausruhen.

Hat man ihn etwa überfordert? Das erste Verhör hatte um 11.15 Uhr begonnen, schon um 11.35 Uhr ließ er sich vom Stuhl fallen. Um 11.40 Uhr wird ihm erneut schlecht. Um zwölf wird ihm das Mittagessen gereicht. Er ißt mit Appetit, darf sich bis 13.20 Uhr ausruhen. Danach wird das Verhör, in Anwesenheit des Stationsarztes, fortgesetzt. Es dauert nur kurz, um 13.50 Uhr ist es beendet.

Mit einer Ohnmacht hatte Zelinski keinen Erfolg, also versucht er es mit einer Amnesie. Man fragt ihn, ob er sich in der Lage fühle, der Vernehmung zu folgen. Er sagt ja, aber nur, wenn er sich zwischendurch ausruhen und rauchen kann.

Auf die Frage, wie seine Kindheit verlaufen ist, sagt er, er könne sich nicht erinnern. Auf die Frage, ob er Geschwister habe, sagt er, ja, aber er wisse nichts von ihnen. Ob er in einen Kindergarten gegangen ist, weiß er nicht.

Ob er ein guter Schüler war, weiß er nicht. Er habe die Schule nach der siebenten Klasse verlassen. Ungefragt fügt er hinzu: „Ich habe mich meinen Eltern gegenüber immer gut verhalten."

Plötzlich fängt er an zu weinen. Er will seine Kinder sprechen, sagt er, sie würden jetzt Schulzeugnisse bekommen, da möchte er ihnen eine Kleinigkeit zustecken. Der Kriminalist sagt, seine Kinder wären tot. „Das kann nicht sein", ereifert er sich, „ich war ja nicht auf ihrer Beerdigung, also können sie auch nicht tot sein. Dann fordert er, mit seiner Frau zu sprechen, sie soll die Scheidungsklage zurücknehmen. Schließlich bittet er den Vernehmer in aller Form, er möge ihn, wenn dieses Gespräch beendet ist, in seinem Auto mit nach Cottbus nehmen, von dort wolle er mit dem Zug weiter nach Hause fahren.

Das Verhör ist beendet. Zelinski liest das Protokoll, unterschreibt, geht in seine Zelle zurück. Ihm wird weder schwarz vor Augen noch fällt er um.

Als Zelinski aus dem Haftkrankenhaus entlassen wird, er zurück fährt in die Haftanstalt Cottbus, attestieren Chefarzt und Stationsarzt: Bei Zelinski habe zu jeder Zeit uneingeschränkte Vernehmungsfähigkeit bestanden. Sein Unwohlsein muß als Zweckverhalten gesehen werden.

Hatte Zelinski geglaubt, der Strafe zu entgehen, wenn er den Hilflosen, den Verwirrten, den Kranken spielt? Hatte sein Knastbruder Fleischer in ihm die Illusion geweckt, mit Lüge und Verstellung weiter zu kommen?

Ende März sind die Ermittlungen abgeschlossen. Sie haben den Verdacht gegen Hans Zelinski bestätigt. Am 12. Mai 1987, acht Uhr, findet die Hauptverhandlung gegen Zelinski statt. Sie findet vor dem 1. Strafsenat des Bezirksgerichts Cottbus statt. Den Vorsitz hat Oberrichterin Renate Jentsch. Die Anklage wird von Staatsanwalt Horst Helbig vertreten. Die Verteidigung hat Rechtsanwalt Bäßler übernommen.

Wenige Tage vor Prozeßbeginn sucht Staatsanwalt Helbig noch einmal den Angeklagten in der Haftanstalt auf. „Sie haben jetzt Gelegenheit, sich zu den Beschuldigungen zu äußern."

Zelinski will sich nicht äußern. Er ist von den Mithäftlingen auf den Prozeß vorbereitet worden, spielt den Unerschütterlichen, sagt, er wisse nicht, warum die Kinder starben, er dagegen am Leben geblieben ist. Er hatte zwar die Absicht, mit den Kindern zu sterben, warum es nicht geklappt hat, wisse er nicht. Vielleicht wäre der Alkohol schuld.

Staatsanwalt Helbig fragt, ob er die Aussage seines Sohnes David kennt.

Zelinski antwortet unbeeindruckt: „David lügt."

Dem Gericht liegen Zeugenaussagen vor, die einen Umfang von fast hundert Seiten haben. Als Beweismittel stehen dem Gericht zur Verfügung: ärztliche Bescheinigungen, Gutachten, Sektionsprotokolle, das Protokoll der Tatortuntersuchung umfaßt allein 140 Seiten, das forensisch-psychiatrische Gutachten 33 Seiten.

Das Gericht beschließt, die Öffentlichkeit auszuschließen. Der Verhandlung dürfen die Ermittler und Vertreter aus Zelinskis Betrieb beiwohnen. Zur Urteilsverkündung wird die Öffentlichkeit wieder hergestellt. Während das Gericht den kleinen David hört, muß der Angeklagte, zum Schutz des Kindes, den Saal verlassen.

In seiner Anklage geht Helbig ausführlich auf Tatumstand und Persönlichkeit des Angeklagten ein. Die Vorsitzende Richterin befaßt sich mit dem Lebenslauf des Angeklagten, seiner schulischen, beruflichen, familiären Entwicklung, bevor sie mit der Befragung der Tatumstände beginnt.

Auf die Frage der Richterin, warum er sich und die Kinder umbringen wollte, antwortet er: „Damit meine Frau von uns befreit ist."

Darauf werden ihm frühere Aussagen vorgehalten und zum Gegenstand der Verhandlung gemacht. Auf diese Weise in die Enge getrieben, lehnt er es ab, sich weiter zum Tathergang zu äußern.

19 Zeugen sagen aus, jede Aussage belastet Zelinski. Der medizinische Gutachter, der 30 Stunden lang mit Zelinski gesprochen hat, weist schlüssig nach, daß keine verminderte Schuldfähigkeit vorgelegen hat.

An dritten Tag der Verhandlung ist die Beweisaufnahme abgeschlossen. Es folgt das Plädoyer des Staatsanwalts, er plädiert auf eine lebenslange Freiheitsstrafe. Zelinski bekommt, bevor das Urteil gesprochen wird, das letzte Wort. Er sagt: „Ich habe ein schweres Verbrechen gegen meine Kinder begangen. Ich wollte das nicht."

Am 18. Mai 1987 wir das Urteil verkündet. Der Senat ist dem Antrag des Staatsanwalts gefolgt: Der Angeklagte wird wegen Mordes nach § 112 (1) StGB zu einer lebenslangen Freiheitsstrafe verurteilt.

In der Urteilsbegründung heißt es unter anderem: „Er hat sich zur Tötung der Kinder entschlossen, weil er sie seiner Ehefrau nicht belassen wollte. Er tat es nicht aus Liebe zu ihnen, oder weil er befürchtete, bei seinem Suizid würde den Kindern die notwendige Fürsorge und Liebe fehlen, sondern aus egozentrischen Motiven. Es handele sich um eine Straftat, bei der die Kinder bis zur Bewußtlosigkeit Ängste ausgestanden haben, da sie mitbekommen hatten, rettungslos eingesperrt zu sein. Darauf kann nur mit einer lebenslangen Freiheitsstrafe reagiert werden."

*

Zwei Tage nach der Urteilsverkündung legt Rechtsanwalt Bäßler Berufung beim Obersten Gericht ein. Kann sein, Zelinski hat die Berufung verlangt. Es kann aber auch sein, daß der Anwalt ihm dazu riet. Manche Anwälte stellen sich gern selbst dar, mag es Eitelkeit sein oder finanziellen Gründen haben.

Anwalt Bäßler wollte beim Obersten Gericht erreichen, daß Zelinski nicht wegen Mordes, sondern wegen Totschlags verurteilt wird. Ihm sollte verminderte Zurechnungsfähigkeit zugebilligt werden. Die Freiheitsstrafe dürfe nicht über zwölf Jahre liegen.

Die Begründung ist, gemessen an der Schwere des Verbrechens, unangemessen und leicht durchschaubar. Später wird Zelinski von seinem Anwalt sagen, er habe unter dem Druck der Staatssicherheit gestanden.

Das Oberste Gericht befaßt sich mit dem Fall. Am 19. August 1987 wird das Urteil gesprochen, es lautet: Die Berufung gegen das Urteil des Bezirksgerichts Cottbus vom 18. Mai 1987 wird als unbegründet zurückgewiesen. Das Urteil ist damit rechtskräftig. Der Verurteilte wird in die Haftanstalt Bautzen überführt, um dort seine lebenslange Haft anzutreten.

*

Acht Wochen nach dem Urteil, am 17. Juli 1987, tritt ein Ereignis ein, das Zelinski vor Freude hüpfen läßt. Die Regierung der DDR erläßt eine allgemeine Amnestie. Unter diese Amnestie fällt auch die Strafe von Zelinski. Seine lebenslange Strafe wird auf 15 Jahre neu festgesetzt. Damit, so möchte man glauben, wäre der Fall Hans Zelinski abgeschlossen. Doch so ist es nicht. Der Fall ist damit nur in eine neue Phase getreten, er nimmt, wäre es nicht so bitterernst, gelegentlich den Charakter einer Posse an.

Der Aufenthalt in einem Gefängnis ist kein Vergnügen, soll es wohl auch nicht sein. Das Leben des einzelnen verändert sich auf zerstörerische Weise. Es läuft auf niedrigstem Niveau ab. Der eine wird zum Nihilisten, der andere zum Narren, zum Selbstmörder oder zum Zyniker. Nur selten schafft es einer, seine Menschlichkeit zu bewahren. Das setzt eine beherzte Gewissenserforschung voraus. Der Strafgefangene muß sich seiner Schuld bewußt werden, der Versuchung widerstehen, sich selbst mildernde Umstände zuzubilligen. Hat er das geschafft, gelingt es ihm, den Knast als eine unvermeidbare, in sich logische Konsequenz zu sehen. Er erträgt die Haft mit der Würde eines Menschen, der zu höherer Einsicht gekommen ist. Es sind Glücksfälle, Ausnahmen. Aber es soll sie schon gegeben haben.

Zelinski gehört nicht zu diesen Ausnahmen. Er gehört zu denen, die durch eine falsche Prämisse zum falschen Schluß gekommen sind. Wenn er intellektuell überhaupt in der Lage ist, die Kausalität zu erkennen.

Schon in den ersten Wochen in Bautzen kommt er mit einem Mann zusammen, der von da an sein Lehrmeister ist.

Es ist Thomas Maurer, ein junger, intelligenter Mann, der wegen Mordes eine lebenslange Strafe absitzt. Dieser Maurer beeinflußt Zelinski, hält ihn wie eine Marionette am Band. Er suggeriert Zelinski die Worte Wiederaufnahme des Verfahrens. Zelinski wittert darin die Chance, sich seiner Strafe entziehen zu können. Um ein solches Verfahren in Gang zu setzen, bedarf es allerdings bestimmter Voraussetzungen. Der listige Maurer verspricht, ihm zu helfen. Seine Idee ist bei Zelinski auf fruchtbaren Boden gefallen, er will den Kopf aus der Schlinge ziehen, koste es was es wolle. Das Wort Wiederaufnahme wird für ihn zur fixen Idee.

Die Möglichkeit einer Wiederaufnahme des Verfahrens regelte der § 328 der Strafprozeßordnung der DDR. Demnach müssen Tatsachen und Beweismittel vorhanden sein, die dem Gericht bisher nicht vorgelegen haben. Ein Prozeß kann auch neu verhandelt werden, wenn sich herausstellt, daß Richter oder Staatsanwalt auf unzulässige Weise mit dem Prozeß in Verbindung gestanden haben. Im Prozeß gegen Zelinski scheiden beide Gründe aus. Die Ermittlung durch Staatsanwalt Helbig und die Mordkommission verlief so exakt, so gründlich und so ausführlich, daß keine Frage offenblieb. Jede Minute, jede Bewegung des Mannes am Tattag wurde durchleuchtet und dokumentiert, durch Zeugen belegt und durch objektive Beweise gesichert.

Es hätte ein Wunder geschehen müssen, wenn sich daraus Anhaltspunkte für eine Wiederaufnahme gefunden hätten. Zelinski weiß um die Kompliziertheit. Maurer hat ihm klar gemacht, der Coup könne nur gelingen, wenn er die Beweise anficht und ins Gegenteil verkehrt.

Die Absprache der beiden Häftlinge fand zu jener Zeit statt, da sich die DDR in Auflösung befand, das Land wankte seinem Untergang entgegen. Über die politischen Vorgänge im Land waren die Häftlinge ausreichend informiert. Sie witterten Morgenluft, kalkulierten ihre Rehabilitationschancen. Über Nacht ernannten sich Mörder, Räuber, Kinderschänder zu unbescholtenen Bürgern, zu Opfern der Unrechtsjustiz. In einem Haus voller Verbrecher saßen plötzlich lauter brave, scheue Lämmer, schrieben Anträge zur Wiederaufnahme ihrer Verfahren. In der Cottbuser Staatsanwaltschaft hatte sich eine Staatsanwältin ausschließlich mit diesen Anträgen zu befassen. Unter den Anträgen auch der von Zelinski.

Staatsanwältin Wolfram prüft seinen Antrag, macht sich dann auf den Weg zu ihm, sich ein Bild von ihm zu machen.

Es ist der 20. Dezember 1989, der Untergang der DDR ist vollzogen. Aber noch gilt DDR-Recht. 1991 kommen Juristen aus den alten Bundesländern ins Land, die Umwandlung des Rechtssystems vorzunehmen.

Aus diesem Umstand schöpft Zelinski seine Zuversicht. Wenn er den Juristen aus der Bundesrepublik klarmachen kann, er ist ein Opfer der DDR Willkür, wird er sein Ziel erreichen. Wer in Bautzen sitzt, ist a priori Opfer, nicht Täter. Westjuristen, erklärt ihm Maurer, haben eine herablassende Sicht auf den Osten.

*

Zum Thema „Rechtsbeugung in der DDR“ erschien kürzlich ein Buch von Rechtsanwalt Endrik Wilhelm, der nach der Wende in den Osten kam und sich in Sachsen niedergelassen hat. Wilhelm bekennt in diesem Buch, daß er keine positive Grundeinstellung zur DDR hatte. Die DDR sei für ihn kein Rechtsstaat gewesen. Die Prozesse hätte er durch die Brille eines Wessis wahrgenommen. Das Buch ist von wohltuender, erfrischender Ehrlichkeit. Es ist der Versuch, ein Stückchen politischer Gerechtigkeit herzustellen. Man muß diesem Anwalt dankbar sein für seinen Mut. Bei aller Voreingenommenheit mancher Westjuristen darf man darauf vertrauen, daß auch für sie ein Mord ein Mord und kein Unglücksfall ist.

Staatsanwältin Wolfram sitzt also mit Zelinski zusammen, klärt ihn darüber auf, daß ein rechtskräftiges Urteil vorliege. Das wisse er, sagt er. Er wisse auch, was es mit dem § 328 StPO auf sich habe. Dieser Paragraph treffe genau auf ihn zu.

Es gäbe neue Fakten, die das Gericht nicht kennen würde. Und er fügt hinzu: „Ich bin froh, endlich die Wahrheit sagen zu können. Ich darf sagen, was ich vor Gericht nicht habe sagen dürfen.“ Mit dieser Erklärung, glaubt er, sei eine Wiederaufnahme gerechtfertigt.

„Was sind das für neue Fakten?“ fragt die Staatsanwältin.

„Ich habe“, sagt er, „vor Gericht eine falsche Aussage gemacht und mich selbst belastet.“

„Womit haben Sie sich belastet?“

„Ich habe ausgesagt, ich wäre mit den Kindern in die Leerwohnung gegangen, um mich und die Kinder zu töten.“

„Und das stimmt nicht?“

„Die Kinder sind hinter mir hergelaufen. Ich hatte das nicht bemerkt, weil ich Alkohol getrunken und zehn Faustan geschluckt habe. Ich war verwirrt, bin zuerst gegen die Tür, dann gegen den Ofen gefallen. Nach diesem Sturz habe ich nichts mehr gewußt.“

„Haben Sie die Türklinke abgezogen?“

„Nein, ich habe die Klinke nicht abgezogen. Das haben die Leute erfunden und erlogen“, beteuert Zelinski.

Die Staatsanwältin sagt: „Lothar Weinbuch hat etwas anderes ausgesagt. Auch Ihr Sohn David hat etwas anderes ausgesagt. Er sagte, daß Sie die Klinke abgezogen hatten.“

„Ich sage ja“, erbost sich Zelinski, „die Sache mit der Klinke ist erlogen. Im Prozeß durfte ich darüber nicht sprechen. Und als David vernommen wurde, mußte ich den Gerichtssaal verlassen. Ich hätte ihn sonst der Lüge überführt.“

Die Staatsanwältin stellt die entscheidende Frage: „Warum blieben die Kinder dann in der Küche? Warum sind sie in ihrer Todesangst nicht weggelaufen?“

Zelinski: „Diese Frage kann ich nicht beantworten.“

„Und warum haben Sie die Kinder nicht rausgeholt?“

Zelinski: „Ich mache mir große Vorwürfe. Der Tod der Kinder“, sagt er, „ist ein dummer Zufall.“

Die Staatsanwältin: „Warum streben Sie eine Wiederaufnahme des Verfahrens an?“

Zelinski „Mein Geständnis ist falsch. Ich wurde dazu gezwungen.“

„Wer hat Sie gezwungen?"

„Ich mußte Medikamente schlucken. Man hat mir Versprechungen gemacht. Wenn ich ein Geständnis ablege, würde man sich für mich einsetzen. Die Richterin wäre damit einverstanden. Ein Kriminalist sagte, die Kinder sind ja nun mal tot, daran sei nichts mehr zu ändern. Aber wenn ich Reue zeige und ein Geständnis ablege, dürfte ich meine Mutter sehen."

„Das hat man wirklich zu Ihnen gesagt?"

„Das und noch viel mehr. Im Oktober ist der Leiter der Mordkommission zu mir gekommen und hat gesagt, er hätte mit der Richterin vereinbart, daß ich nicht wegen Mordes angeklagt werde, höchstens wegen Totschlags, dann würde ich nur zehn Jahre kriegen. Das war doch sehr verlockend. Und weil ich meine geliebte Mutter noch einmal sehen wollte, habe ich mich einschüchtern lassen und schließlich ein Geständnis abgelegt."

„Hatte Ihre Mutter denn keine Besuchserlaubnis?"

„Ich weiß es nicht."

„Über meinen Rechtsanwalt habe ich Staatsanwalt Helbig mitteilen lassen, daß ich eine Wiederaufnahme verlange. Damit Helbig sich nicht in Sicherheit wähnt, habe ich das „Neue Forum" und die Kirche informiert. Beide Institutionen boten mir sofort ihre Unterstützung an."

*

Inzwischen weiß man, daß auch beim „Neuen Forum" Leute saßen, die zu den Rettern gezählt werden wollten. Hilferufe dieser Art waren ihnen willkommen. Sie eilten, ohne den Fall geprüft zu haben, den „Opfern" zur Hilfe.

Außer an den lieben Gott und die UNO-Menschenrechtskommission schrieb Zelinski an alle Personen und Institutionen, bei denen er vermutete, daß sie zu den Gegnern der DDR gehörten und ihm deshalb helfen würden. Der schlaue Maurer führte ihm dabei die Hand. Zu jener Zeit liefen Advokaten, Leute vom Forum und Vertreter der Bürgerinitiativen durch die Gefängnisse, händigten den Häftlingen Zettel mit den Anschriften von Institutionen, Namen von prominenten Bürgerrechtlern und anderen Experten aus. An die sollten sich die Häftlinge wenden, um gegen die DDR-Justiz zu klagen.

Zelinski schrieb fleißig Briefe – an die Staatsanwaltschaft, an den Haftstaatsanwalt, an die Generalstaatsanwaltschaft, an den Minister für Justiz, an den Minister des Inneren und immer wieder an Staatsanwalt Helbig. Er kam sich sehr klug vor, auch die DSU (Deutsche Soziale Union) um Hilfe zu bitten, er machte selbst vor dem ebenso erfolgreichen wie prominenten Anwalt Professor Vogel nicht Halt. Er schrieb sogar an amnestiy international. Dann gab ihm jemand den besonders pfiffigen Rat, an eine Organisation mit dem großartigen Namen „Hilferufe von Drüben" zu schreiben.

*

Die Staatsanwältin ist von ihrem Besuch bei Zelinski nach Cottbus in ihr Amt zurückgekehrt. Sie prüft Zelinskis Angaben auf ihren Wahrheitsgehalt. Es dauert nicht lange, bis sie feststellen mußt, Zelinskis Darstellungen sind unverfrorene Lügen und Halbwahrheiten.

Sie ahnt, Zelinski wird nicht locker lassen. Tatsächlich kommt kurze Zeit nach ihrem Besuch ein Brief von ihm, darin fordert er, von einer unabhängigen Ärztekommission untersucht zu werden, da er eine Untersuchung durch den Neurologen Dr. O. ablehne. Der medizinische Dienst der Haftanstalt habe einen schlechten Ruf, schreibt er. Dr. O. habe ihm Beruhigungsmittel verordnet, unter denen seine Denkfähigkeit gelitten hätte. Ein Häftling mit abgeschlossenem Medizinstudium, der hier als Sanitäter arbeite, habe sich ebenfalls gewundert.

Staatsanwältin Wolfram bleibt nichts anders übrig, als sich um Zelinskis Gesundheit zu kümmern. Sie schreibt an den zuständigen Arzt, fragt an, ob der Vorwurf stimme, Zelinski, würde mit Medikamenten „vollgepumpt".

Der Chefarzt teilt der Staatsanwältin mit, Zelinski habe selbst beruhigende Medikamente gefordert, da er seiner inneren Erregung nicht Herr würde. Er habe diese Medikamente genommen, zuerst in flüssiger, dann in Tablettenform. Sein psychischseelischer Zustand besserte sich indes nicht. Zelinski trage sich mit Selbstmordgedanken. Das Personal hätte beobachtet, wie er Medikamente sammelte, aufgelösten Tabak trank. Dem Bediensteten erzählte er, ohne daß man ihn danach gefragt hätte, er schlucke Glas, Draht, Betthaken und Nägel. Um der Suizidgefahr zu begegnen, gäbe man ihm Medikamente, die seine Antriebsfähigkeit dämpfen, ohne daß seine Vernehmungsfähigkeit beeinträchtigt würde. Trotzdem hätte sich Zelinski beklagt, die Mittel gegen seine innere Erregung würden nicht helfen. Er forderte stärkere Medikamente.

Der Chefarzt legt dem Bericht eine Aufstellung der zahlreichen Arztbesuche von Zelinski bei, auch eine Aufstellung der Medikamente, die er verordnet bekommen hat. Der Chefarzt spricht die Vermutung aus, Zelinski strebe eine Haftunterbrechung an, die er in einem öffentlichen Krankenhaus verbringen möchte. Er fügt die Bemerkung an, es sei zu befürchten, daß, wenn Zelinski dieses Gutachten lese und erkenne, daß seine Erwartungen nicht erfüllt werden, es zu neuen Reaktionen kommen könnte.

*

Die Staatsanwältin hat ihre Überprüfung abgeschlossen: Eine Wiederaufnahme des Verfahrens ist nicht möglich. Die Voraussetzungen dafür sind nicht gegeben. Sie teilt Zelinski das Ergebnis der Untersuchung mit. Jeder Mensch, selbst wenn er nur über einen spröde funktionierenden Verstand und eine geringfügige Einsichtsfähigkeit verfügt, begreift, daß das Spiel verloren ist. Nicht so Zelinski.

Postwendend antwortet er: „In Ihrem Schreiben teilen Sie mir mit, daß Sie völlig unvoreingenommen an die Sache rangegangen sind. Das muß ich Ihnen widerlegen. Sie brauchten nicht die gefälschten Akten studieren, sondern meinem Antrag vom Februar 1990 stattgeben."

Und weiter heißt es in dem Brief: „Ich fordere Sie deshalb nochmals auf, den Staatsanwalt aus unserem Ort zu vernehmen. Da werden Sie erfahren, daß ich keine Klinke abgebaut habe. Ich habe Sie schon im Dezember darauf hingewiesen. Ich wollte Ihnen die Arbeit erleichtern. Aber Sie haben angeblich die umfangreichen Akten studiert, die gefälscht sind. Aus diesen Akten werden Sie nie die Wahrheit erfahren. Ihnen sind doch inzwischen auch die Methoden des ehemaligen MfS bekannt geworden. Welche Rolle Staatsanwalt Helbig in meinem Fall gespielt hat, das werden andere Untersuchungsorgane feststellen. Darüber möchte ich mich zur Zeit noch nicht äußern. Ich bestehe darauf, das Urteil wegen Mordes gegen mich sofort aufzuheben, und einem Wiederaufnahmeverfahren stattzugeben." Er schließt mit der Bemerkung: „Ich frage Sie nochmals, Frau Staatsanwältin, wie lange wollen Sie die beiden Vernehmungsführer noch decken? Das sind Verbrecher, die gehören hier rein, wo ich bin. Aber die Zeit wird kommen, das versichere ich Ihnen."

Es ist schwer vorstellbar, wie ein Staatsanwalt, der einen so unverschämt-zügellosen Brief bekommt, die Ruhe bewahren und mit Gelassenheit und innerer Souveränität reagieren kann.

*

„Der Mensch ist das Kunstwerk der Natur", behauptete vorschnell ein Philanthrop. Hätte er Zelinski gekannt, er wäre mit seinem kategorischen Postulat vorsichtiger gewesen. Vielleicht wäre er dann zu der eher bedrückenden Erkenntnis gekommen, daß es auch Fehlkonstruktionen gibt.

In Zelinskis Seele existiert ein Konzentrat von Heimtücke und Bosheit. Hat dieser seelische Abgrund einen pathologischen Hintergrund? Niedertracht in dieser Dimension läßt nur einen Schluß zu: Es handelt sich um eine seelische Verkümmerung, die Krankheitswert besitzt. Die Keime dieser Krankheit mögen in der Jugend liegen. Die Seele eines Menschen verkümmert, wenn ihr Liebe versagt wird. Die ethischen Defizite haben aus Zelinski ein Ungeheuer gemacht.

Die Staatsanwältin teilt Zelinski mit, daß eine Beantwortung seines Briefes nicht erfolgen würde. Inzwischen hat auch der Generalstaatsanwalt Zelinskis Antrag geprüft, teilt ihm mit, daß einer Wiederaufnahme nicht stattgegeben werden kann.

Unbeeindruckt von den juristisch exakten Begründungen stellt Zelinski einen zweiten Antrag. Auch der wird aus den gleichen Gründen abgelehnt.

Davon hat der Mann noch immer nicht genug. Er stellt einen dritten Antrag. Dazu heuert er einen prominenten Anwalt aus Berlin an. Dieser Anwalt wittert einen Skandal, wittert großes Medieninteresse, findet sich sofort bereit, Zelinski zu vertreten. Dann prüft er die Akten, erkennt die wahren Zusammenhänge und legt das Mandat nieder.

Zelinski hat mit seinem Antrag alle Institutionen durchlaufen. Seine Erwartung, die Juristen aus dem Westen würden ihn zum Opfer der DDR-Justiz erklären, hat sich nicht erfüllt. Es gibt keine Instanz, an die er sich noch wenden könnte. Er weiß nun, es wird keine Wiederaufnahme des Verfahrens geben. Ein

Mensch wie er bewältigt so eine Situation nicht. Er sucht nach anderen Wegen. Sein Ratgeber, der Mithäftling Thomas Maurer, putscht ihn auf, feuert ihn an, weiterzumachen. Er reagiert dabei seine eigene Wut auf die Justiz ab. Er rät Zelinski, folgenden Brief an die Staatsanwaltschaft zu schreiben:

„Das Bildmaterial in der Ermittlungsakte ist gefälscht. Ich stelle deshalb Strafantrag gegen die beiden Ermittlungsführer. Durch die gefälschten Beweismittel konnte aus einem Unfall ein Mord gemacht werden. Da ich diesen Brief veröffentlichen werde, bezeichne ich die beiden Vernehmer als gemeine Verbrecher. Diese beiden gehören dahin, wo ich mich zur Zeit noch befinde. Der Tag wird kommen. Mein Zeuge ist Gott und mein Gewissen."

Zelinski stellt bei der Staatsanwaltschaft Strafanzeige gegen den Leiter der Mordkommission und gegen Staatsanwalt Helbig und beschuldigt sie der Rechtsbeugung. Wenn ein Häftling, ganz gleich, um wen es sich handelt, einen so schwerwiegenden Vorwurf erhebt, ist die Staatsanwaltschaft verpflichtet, ihm nachzugehen. So beginnt eine umfangreiche Untersuchung.

Inzwischen sucht sich Zelinski neue Opfer. Er schreibt an den amtierenden Präsidenten des Bezirksgerichtes Cottbus: „Es sind nur noch ein paar Tage, dann ist es endgültig mit der stalinistischen, verbrecherischen Zeit vorbei."

An den Generalstaatsanwalt in Berlin schreibt er: „Aber Ihr roten Kommunisten werdet zur Rechenschaft gezogen. Eure Stunden sind gezählt."

Er fordert Staatsanwalt Helbig im Befehlston auf, seinen Pflichten als Staatsanwalt nachzukommen und ihn in der Haftanstalt aufzusuchen. „Ich verlange nochmals, ein Wiederaufnahmeverfahren einzuleiten und die Schuldigen zur Verantwortung zu ziehen. Ich verlange, das Urteil sofort zu revidieren.

Ansonsten werde ich dem westdeutschen Fernsehen ein Interview geben und ausführlich über die verbrecherischen Methoden berichten, die man bei meinen Vernehmungen angewandt hat. Abschließend erwarte ich eine Antwort von Ihnen."

Diesen Brief schickt er, außer an Helbig, auch an die Kirche, an das „Neue Forum" und den „Demokratischen Aufbruch."

An den Leitenden Oberstaatsanwalt Robineck, Behördenleiter der Staatsanwaltschaft Cottbus, schreibt er: „Helbig ist ein scharfer Hund, er hat zu mir gesagt: 'Ich kann Sie ja auch an die Wand stellen lassen, wenn Sie nicht spuren.' Ich möchte Ihnen, Herr Staatsanwalt, noch einige Beispiele anführen, wie verlogen und brutal Mafiaboß Helbig und seine Bande mit U-Häftlingen umgegangen ist.

Da ist Magnus Fleischer aus Schwarzheide, verurteilt von Mafiaboß Helbig zu zweimal lebenslänglich. Thomas Maurer aus Senftenberg, jetzt JVA Brandenburg, verurteilt von Helbig zu lebenslanger Haft. Manfred Krimke aus Forst, von Helbig verurteilt zu lebenslanger Haft.

Diese Menschen können Ihnen bestätigen, werter Herr Robineck, was für ein scharfer und brutaler Hund Helbig ist."

Mit Hilfe seines geistigen Impulsgebers versteht es Zelinski, sich als politisches Opfer darzustellen. Ihm ist keine Lüge zu dumm, keine Verleumdung zu absurd, als daß er sie nicht nutzen würde.

Sensationell mutet allerdings die Tatsache an, daß Professor. Vogel auf diese primitive Masche reinfällt. Dieser Anwalt, der für seine Korrektheit, seine Gründlichkeit und sein politisches Augenmaß bekannt ist, nimmt Zelinskis Märchenstunde ernst. Er regt für Zelinski ein Gnadenverfahren oder Strafaussetzung an und begründet seinen kuriosen Vorschlag mit der vagen Vermutung, daß politische Gründe zur Verurteilung geführt haben könnten. Hatte sich der Professor nicht informiert, die Akten nicht gelesen, oder war er von den falschen Leuten informieren worden?

Zelinski gelingt es auch, sich in der Haftanstalt ein Forum zu schaffen. Zu einer Anhörung über das „schwere Schicksal“ des Mörders Zelinski treffen sich in der Haftanstalt ein Rechtsanwalt namens Wörner, der Geistliche der Anstalt sowie Vertreter des Gefangenenrates. Die bemühten Herren plädieren dafür, Zelinski aus politischen Gründen zu begnadigen. Hatten auch sie die Akten nicht gelesen?

Zelinski hat, man kann es ihm nach soviel Zuspruch nicht übelnehmen, Oberwasser bekommen. Die Arbeit, er gehört einer Putzkolonne an, die die Innenräume sauber zu halten hat, gefällt ihm nicht. Er schafft es, davon befreit zu werden. Trotzdem kommt er auf sein Geld, man bewilligt ihm großzügig Taschengeld.

Sein Mithäftling bringt ihn eines Tages auf eine andere lohnende Idee. Zelinski soll sich Geld vom Staat geben lassen. Zelinski folgt seinem Ratgeber, stellt Antrag auf Staatshaftung.

„Die Mordkommission“, teilt er der Kriminalpolizei mit, „hat Kleidungsstücke gesichert, die ich am Tattag getragen habe. Diese Sachen wurden kriminaltechnisch untersucht, um Spuren zu sichern. Es handelt sich um ein Turnhemd, ein Paar Turnschuhe, eine Jeanshose und zwei Pullover. Die Sachen habe ich nach meiner Inhaftierung zurückbekommen, sie waren in Plastebeuteln eingeschweißt. Aber sie hatten Schaden genommen. Das ist eine rechtswidrige Handlung. Ich verlange Schadenersatz. Entweder die Kriminaltechniker bezahlen den Schaden oder der Staat muß dafür haften.“

Er nennt auch gleich den Preis, den er beliebig festlegt.

Die Kriminalpolizei teilt ihm in nachsichtigem Ton mit: „Eine mutwillige Beschädigung der Bekleidung ist ausgeschlossen. Da Sie rechtskräftig verurteilt und zum Tragen der Kosten des Verfahrens verpflichtet sind, gibt es keinen Anlaß, eine Schadensregulierung vorzunehmen."

*

Im Mai 1995 wird Hans Zelinski in die Haftanstalt Brandenburg verlegt. Das empfindet er als eine der zahllosen Schikanen. Er beschwert sich beim Polizeipräsidenten von Potsdam, Herrn von Schönfeld. „Die Verlegung", schreibt er, „sei nur deshalb geschehen, weil ich einen Strafantrag gegen zwei Mitarbeiter der Mordkommission gestellt habe."

Der Anwalt von Zelinski ist besorgt um seinen Mandanten, er habe Rückenschmerzen und grauen Star in beiden Augen, fragt an, ob man sich nicht um ihn kümmere.

Der leitende Arzt der Haftanstalt beantwortet den Brief, bezeichnet Zelinski als einen Mann, mit dem schwer auszukommen ist. „Er ist prinzipiell anderer Meinung als der zuständige Facharzt, will die Diagnose selbst bestimmen und auch die Therapie festlegen. Er weiß alles besser, obwohl er keine Ahnung von der Medizin hat. Er versucht, dem Arzt vorzuschreiben, was er zu tun hat. Die Kontakte in diesem Jahr gestalten sich im Gegensatz zu früher ein wenig ausgeglichener. Man kann mit ihm zur Zeit auch Themen zu Ende abhandeln, ohne daß er die Gespräche abbricht oder gleich mit Anzeigen droht. In den Vorjahren haben wir von Beleidigungs- und Verleumdungsklagen nur deshalb abgesehen, weil der Gefangene sowieso noch eine lange Haftzeit vor sich hat. Zelinski wurde an beiden Augen operiert, gegen seine Rückenschmerzen bekommt er Massagen."

Zelinski hat sich den Termin für seine Entlassung ausgerechnet, nach seiner Rechnung ist es der Mai 1996.

Im Mai 1986 hatte er den Mord begangen, im Mai 1987 wurde er zu lebenslänglicher Haft verurteilt, durch die Amnestie verringerte sich die Strafe auf 15 Jahre. Nach zwei Dritteln der Zeit kann eine Entlassung verfügt werden, sie kann, muß nicht verfügt werden. Würde ihm die Haft erlassen, geschähe das im Mai 1996.

Die Staatsanwaltschaft ist gegen eine vorzeitige Entlassung. Zelinski zeige keine Einsicht, keine Reue, sähe seine Schuld nicht ein. Es bestehe die Gefahr, daß es erneut zu ähnlichen Fehlhandlungen komme, wenn er seinen rechthaberischen Willen nicht durchsetzen könne.

Und da ist noch eine andere Tatsache, die die Staatsanwaltschaft in ihrer Entscheidung bestärkt. Zelinski ist während der Haft im Gefängnis Brandenburg straffällig geworden. Wegen Verleumdung und Nötigung wurde er vom Amtsgericht Brandenburg im September 1996 zu drei Monaten Haft verurteilt. Diese Strafe muß er nach Verbüßung der ersten Strafe absitzen.

Zelinski bleibt in Haft. Er beschwert sich beim Oberlandesgericht, schreibt: „Am 19.5.95 habe ich durch die Richterin erfahren, daß ich nach Verbüßung von zwei Dritteln meiner Haft entlassen werde. Das wäre im Mai 1996. Nun habe ich erfahren, daß man meine Entlassung verhindern wolle. Ich kenne auch den Grund dafür. Es ist die Rache des Anstaltsleiters, ich habe gegen ihn mehrere Strafanzeigen und Dienstaufsichtsbeschwerden gestellt. Diese Leute haben sich der Rechtsbeugung und Körperverletzung schuldig gemacht. Es ist reine Vergeltung, der Leiter der Haftanstalt ist der Ehemann der Richterin. Diese Richterin rächt sich an mir, weil ich ihren Gatten und die ganze Anstalt angezeigt habe. Ich habe sie zur Rede gestellt, da behauptete sie, bei einer vorzeitigen Entlassung müsse das Gutachten eines Sachverständigen eingeholt werden. Ein gewisser Dr. Köhler würde zu mir kommen und das Gutachten machen. Tatsächlich erschien ein Mann bei mir. Doch es war nicht Dr. Köhler, sondern ein gewisser Dr. Imhoff. Daraufhin habe ich die Begutachtung abgelehnt. Denn man wäre verpflichtet gewesen, mir mitzuteilen, daß Dr. Köhler verhindert ist. Wenn er avisiert wurde, hat er auch zu kommen."

*

Dann holt Zelinski zu einem besonders bösen Schlag aus. Er zeigt das Ehepaar Müller, das zwei seiner Kinder bei sich aufgenommen hatte, um sie vor ihm zu beschützen, wegen falscher Aussagen vor Gericht an. Er will sich die Genugtuung verschaffen, sie im Gefängnis zu wissen, will seine ungezügelte Rachelust genießen. Um ganz sicher zu gehen, nimmt er sich den hochdotierten Anwalt Professor Dr. Buder aus Berlin. Der läßt sich tatsächlich auf diese krumme Tour ein, beantragt ein Ermittlungsverfahren. Es wird zum Glück abgelehnt. Der Anwalt schreibt seinem Klienten:

„Sehr geehrter Herr Zelinski!

Wir haben Ihren Brief vom 25. Oktober 1991 erhalten. Was die Einstellung des Ermittlungsverfahrens gegen Herbert Müller betrifft, so liegt in der Tat keine falsche uneidliche Aussage nach dem Gesetz (§ 153 StPO) vor, denn Herr Müller hat ja nicht vor Gericht ausgesagt (und nur dann wäre es strafbar). Daß das Gericht seine Zeugenaussage, die er vor der Kriminalpolizei gemacht hat, möglicherweise vor Gericht verwertet hat, ändert daran auch nichts. Deshalb ist es uns auch nicht möglich, eine Begründung für Ihre Beschwerde nachzureichen. So ist die Rechtslage. Leider können wir Ihnen dazu nichts anders sagen."

*

Im August 1999 wird Zelinski auf Bewährung aus der Haft entlassen. Die Bewährungszeit dauert vier Jahre. Er zieht vorübergehend in ein Heim der Sozialhilfe. Ihm zur Seite steht ein Bewährungshelfer. Er wird ihm helfen, ins normale Leben zurückzufinden. Damit könnte eine ebenso tragische wie böse Geschichte zu Ende sein.

Sie ist es nicht. Sie tritt nur in eine neue Phase.

Der Fall Maurer

Es ist Samstag der 11. Oktober 1980. In Grünwalde, einem kleinen Ort in der Niederlausitz, wartet Hanna Busch auf ihren Sohn Christian. Gegen Mittag hatte er sein Moped aus dem Schuppen geholt und war nach Brieslau gefahren. Der Ort liegt etwa 15 Kilometer von Grünwalde entfernt. Er habe vor, sagte er, einen Bekannten zu besuchen, sich Platten zu borgen, die er auf Tonband aufnehmen wolle. Der Bekannte wohne mit seinem Bruder in einer ehemaligen Gaststätte. Es ist Abend, der Junge ist immer noch nicht zurück. Daß er sich verspätet, beunruhigt sie nicht. Sie fürchtet, er belügt sie. Seit einigen Tagen weiß sie, ihr Junge hat eine Freundin in Brieslau, eine Schülerin aus der Parallelklasse. Sie heißt Nadine und ist wie er 16 Jahre alt. Eine Patientin hat ihr davon erzählt. Hanna Busch fragt sich, warum er das Mädchen vor ihr verbirgt. Wie alle Mütter dieser Erde ist sie der Illusion erlegen, ihr Junge hätte keine Geheimnisse vor ihr, würde ihr alles erzählen. Sie fragt sich, was sie falsch gemacht habe. Hatte sie ihn eingeengt, bevormundet?

Sie ließ ihm zwar jede Freiheit, doch er sollte ihr immer sagen, was er treibt, was ihn bewegt, mit wem er umgeht. War das zu viel verlangt? Ein schmaler Grat zwischen Aufsicht, Fürsorge und Freiheit. Bis zu dieser Stunde hatte sie geglaubt, sie wäre sicher auf diesem schmalen Grat gewandelt.

Hanna Busch hat ihre drei Kinder mit dem Gehalt einer Krankenschwester allein großgezogen. Der Mann war früh gestorben. Der Kinder wegen hatte sie nicht wieder geheiratet. Als sie am Abend des 11. Oktober das Haus verläßt, um den Nachtdienst im Krankenhaus anzutreten, ahnt sie nicht, daß ihr Sohn Christian tot ist. Er hat ein grausames Ende gefunden.

Bevor sie die Wohnung verläßt, stellt sie sein Abendbrot auf den Tisch. Dann geht sie, verwirrt und besorgt. Eine unruhige Nacht steht ihr bevor. Die Sorge um den Jungen bewegt sie und der Gedanke, daß ihr Jüngster sich von ihr zu lösen beginnt und eigene Wege geht, sie ausschließt aus seinem Leben.

Am nächsten Morgen, einem Sonntag, nimmt sie sich Zeit, geht zu Fuß nach Hause. Die Stadt ist still, die Straßen leer. Die Glocken der Kirche rufen die Gläubigen zur Frühmesse. Sie will nachdenken, aus dem Zwiespalt ihrer Gefühle herauskommen, will den richtigen Ton finden. Soll sie die mütterliche Autorität ausspielen, kategorisch verlangen, daß er ihr künftig sagt, wohin er geht und mit wem er zusammen ist? Oder soll sie ihn loslassen, damit er seine Wege gehen kann, darauf hoffend, daß er sie in sein Leben einbezieht?

An Sonntagen schläft der Junge lange, sie wird ihn nicht stören, wer weiß, wann er nach Hause gekommen ist. Sie wird ihn schlafen lassen, sich leise durch die Wohnung bewegen und selbst ins Bett gehen. Als sie ins Wohnzimmer kommt sieht sie, das Abendbrot ist unberührt. Hatte er keinen Hunger? Oder, sie hält den Atem an, ist er gar nicht nach Haus gekommen? Behutsam öffnet sie die Tür und zuckt zusammen, das Bett ist leer. Sie zieht sich an, holt das Fahrrad aus dem Keller, fährt in den Nachbarort zu ihren Eltern. Es sind kleine Bauern. Der Junge ist gern bei ihnen. Er liebt die Tiere, kümmert sich um die Kaninchen, sichelt Gras, füttert die Tiere. Hanna Busch ist überzeugt, der Junge kann nur bei den Großeltern sein.

Die große Enttäuschung – der Junge ist nicht da. Hanna Busch weiß nicht, was sie denken soll. Wo kann er sein? Er war noch nie eine ganze Nacht weg. Großvater macht ihr Vorwürfe, sie passe nicht auf den Jungen auf.

„Gestern war er hier", sagt die Oma. „Er wollte fünfhundert Mark von uns."

„Wofür braucht er soviel Geld?“ fragt Hanna. „Mein Gott, was hat er vor?“

„Wir haben ihm vierzig gegeben.“

Die Frau zuckt zusammen, der Junge hat auch von ihr Geld verlangt, sie hat ihm zweihundert Mark gegeben.

„Er hat jemanden an der Hand“, sagt die Oma, „der Ost in West tauscht, 1:1. Zu dem wollte er fahren.“

„Was ist das für ein Mensch?“ fragt Hanna Busch.

„Das wissen wir auch nicht, er wollte jedenfalls nach Brieslau.“

Ein paar Häuser weiter wohnt Hannas große Tochter Petra mit ihrem Mann Heinz, einem Maschinisten aus dem Braunkohlebergbau. Das Ehepaar sitzt beim Frühstück, als die Mutter kommt.

„Ich dachte“, sagt Hanna Busch, „Christian ist bei euch.“

„Guten Morgen, Mutter“, antwortet Petra, „soviel Zeit muß sein.“

Hanna überhört die Ironie. „Christian ist verschwunden.“

Schwiegersohn Heinz lacht. „In unserem geordneten Land verschwindet keiner.“

„Er hat sich von mir 200 Mark geben lassen, von Oma wollte er fünfhundert.“

Petra schlägt sich mit der flachen Hand auf den Mund. „Du lieber Himmel ... und ich habe ihm einen Blankoscheck gegeben“, sagt sie.

„Bist du verrückt, man gibt einem Sechzehnjährigen doch keinen Blankoscheck, du weißt doch nie, was damit geschieht.“

„Von Rüdiger hat er hundert bekommen“, sagt Heinz. „Ich habe ihm nichts gegeben.“

„Ich fahre gleich zu Benno, das ist sein bester Freund, vielleicht ist er dort.“ Petra ist aufgesprungen, läßt das Frühstück stehen, stürmt los.

„Und wir“, sagt Heinz, „wir fahren nach Brieslau. Meine Schicht beginnt um 14 Uhr, das schaffen wir bequem.“

„Ich hoffe, daß er dort ist.“

„Wenn er nach Brieslau gefahren ist, ist er auch da. Wer weiß, vielleicht hat er ein Mädchen. Die Kinderchen fangen heutzutage früh an.“

„Er hat tatsächlich ein Mädchen, Nadine, geht in die gleiche Schule wie er. Sollte er bei ihr übernachtet haben?“

„Wer weiß? Wir finden ihn, sei ganz ruhig.“ Heinz ist zuversichtlich, holt seinen Trabi aus der Garage.

Inzwischen hat Petra Freund Benno aufgesucht und noch zwei andere Schulfreunde. Sie war auch bei Bekannten und der Lehrerin von Christian. Ihr kleiner, liebenswerter, ruppiger Bruder ist wie vom Erdboden verschwunden. Niemand weiß, wo er ist, niemand hat ihn gesehen. Verwirrt kehrt sie nach Hause zurück.

*

Alle sechzehnjährige Mädchen sind schöne Mädchen. Nadine ist besonders schön. Sie hat dunkles, fast schwarzes Haar und leuchtend blaue Augen. Es war nicht schwer, sie zu finden. In einem Dorf wie Brieslau kennt jeder jeden, jeder weiß über den anderen Bescheid. Über Nadines hübsches Gesicht fliegt eine leichte Röte, als sie hört, wer zu ihr gekommen ist. Und auch Hanna ist ein wenig verlegen, steht da die Schwiegertochter vor ihr? „Ich suche Christian“, sagt sie schließlich, „er ist heut Nacht nicht nach Hause gekommen. Ich mache mir Sorgen.“

„Ich weiß nicht, wo er ist.“

„Du warst gestern mit ihm verabredet“, blufft Hanna. „Ich darf doch du zu dir sagen?“

Das Mädchen lächelt, nickt. Eine nette Mutter hat Chris, wenn meine doch nur so wäre, denkt das Mädchen. „Gestern haben wir Platten gehört, bei Thomas, der hat neue von den Puhdys. Nachmittag will Christian mich abholen, wir wollen ins Alte Zollhaus zur Disko."

„Wann?"

„Gegen drei, denk ich."

„Wo habt ihr Platten gehört?" mischt sich Heinz in die Unterhaltung.

Das Mädchen deutet auf das Nebenhaus. „Wir treffen uns immer dort, bei Thomas und Klaus, zwei Brüder, sie leben allein in dem Haus."

„Ist das die ehemalige Gaststätte?" Hanna ist erleichtert, Christian hatte sie doch nicht belogen oder nur ein bißchen.

„Und warum dort und nicht bei dir?" fragt Hanna.

„Meine Alten erlauben es nicht", sagt das Mädchen und wird rot. „Ich will es Chris auch nicht zumuten."

Einen Moment lang denkt Hanna darüber nach, warum Nadines Elternhaus für Christian unzumutbar sein soll. Doch sie hat andere Sorgen. Heinz fragt: „Die Brüder wohnen allein im Haus, haben sie keine Eltern?"

„Ach je, das sind komplizierte Familienverhältnisse. Ich versuche das mal auseinanderzudröseln. Also, die Mutter der beiden Jungen hat sich von ihrem Mann getrennt und dann ihren Schwiegervater geheiratet, dem gehörte das Haus samt Gaststätte. Sie konnte aber nicht wirtschaften, die Gaststätte machte Pleite. Dann starb der Alte. Die Mutter war wieder allein, aber nicht lange, sie heiratete einen Klavierlehrer aus Senftenberg und zog zu ihm. Der Klavierlehrer konnte die beiden Jungen nicht bei sich aufnehmen, wollte aber auch nicht in die alte Kneipe ziehen. Inzwischen waren die Jungen volljährig und blieben in der alten Kneipe wohnen. Die Familie führt, so weit ich das beurteilen kann, ein ganz normales Familienleben. Die Mutter kümmert sich um ihre Jungen, sie kocht für sie, macht die Wäsche, ab und zu kommt sie her und sieht nach dem Rechten. Zum Klavierlehrer haben Klaus und Thomas ein gutes Verhältnis. Es ist alles in Ordnung in dieser Familie.

„Wie alt sind die beiden?“ fragt Heinz.

„Ich glaube, Thomas ist jetzt 23 und Klaus 25. So genau weiß ich das auch nicht.“

„Eigentlich sind wir hier, um Christian zu suchen“, sagt Hanna, die nervös ist und nicht begreift, wie ihr Schwiegersohn sich für so nebensächliche Dinge wie das Alter zweier Burschen interessieren kann. „Was machen wir jetzt?“ fragt sie.

„Keine Ahnung“, gesteht Heinz.

Nadine sagt: „Vielleicht weiß Thomas was. Gehen Sie zu ihm und fragen ihn. Er hilft, wenn er kann. Er ist ganz o. k.“

Bevor sich Hanna von dem Mädchen verabschiedet, drängt sich ihr eine Frage auf. Sie zögert, weiß nicht, ob es klug ist, das Thema anzuschneiden. Dann siegt die Neugier. „Christian hatte Geld bei sich. Weißt du was davon?“

„Klar, so um die 900 Mark. Er wollte tauschen.“

„Was wollte er tauschen?“

„Na, Ost in West, 1:1.“

„Donnerwetter“, sagt Heinz, „wo hat er das viele Geld her?“

Das Mädchen lacht. „Er hat es sich zusammengeborgt und seine Sparbüchse geplündert. Das hat er mir selbst gesagt.“

„Hat er wirklich geglaubt, da tauscht einer 1:1?“

„Logo, er hat sich ja mit diesem Mann verabredet.“

„Wer ist dieser Mann, wie heißt er? Und wo haben sie sich verabredet?“

Das Mädchen zuckt die Schulter. „Das weiß ich nicht. Ich mag solche Geschäfte nicht.“

Das Mädchen geht ins Haus zurück. „Verstehst du das“, fragt Heinz, „was will er mit dem Geld? Wozu braucht er es? Da stimmt doch was nicht.“

Hanna sieht dem Mädchen nach, eine Anmut, die nichts Alltägliches hat, denkt sie. Die Hoftür fällt hinter Nadine ins Schloß. Ich werde Christian eine Freude machen und ihm sagen, wie hübsch seine Freundin ist, und daß er einen guten Geschmack hat. Daran wird er merken, daß ich nichts gegen diese Freundschaft habe.

Das Gehöft der Brüder Klaus und Thomas Maurer ist ziemlich verwahrlost. Ein ungeliebtes Anwesen. Der Putz fällt vom Mauerwerk. Teile des Zauns sind umgekippt. In den Ecken liegt Dreck. Unkraut wuchert zwischen den Pflastersteinen. Vom Dach der Waschküche sind Dachziegeln heruntergefallen, niemand hat sie aufgesammelt. Ein Handwagen steht im weit geöffneten Tor der alten Scheune, ein Rad fehlt. Verrostete Gartengeräte lehnen an der Mauerwand. Ein Fahrrad liegt im kniehohen Unkraut, der Sattel fehlt, Speichen sind herausgebrochen.

Hanna Busch ist konsterniert am Tor stehengeblieben. Für sie ist Sauberkeit das oberste Gebot, das verlangt schon ihr Beruf. Sie kann nicht begreifen, wie man einen Hof so verkommen lassen kann. Wenn die Mutter der Jungen tatsächlich kommt, um nach dem Rechten zu sehen, muß sie blind sein. Kann man von einem solchen Hof auf den Charakter der Menschen schließen, die hier leben? Während sie noch steht, darüber nachdenkt, ob es nicht besser wäre, wieder zu gehen, kommt ein junger Mann aus dem Haus. Er sieht Hanna und ihren Schwiegersohn, ist ärgerlich. „Was wollen Sie?“ fragt er gereizt. „Ich habe keine Zeit.“

„Sind Sie Thomas Maurer?“ fragt Heinz, seine Stimme klingt streng, ein wenig herrisch.

Der Mann nickt. „Was wollen Sie von mir?“

„Ich suche meinen Sohn Christian“, sagt Hanna, „mein Name ist Busch.“

„Und, was habe ich damit zu tun?“

Heinz mißfällt die hochmütige Art dieses Mannes. Mit doppelter Lautstärke sagt er: „Weil er hier war, deshalb kommen wir zu Ihnen.“

„Er ist nicht nach Hause gekommen“, sagt Hanna sanft, will Ausgleich, will den jungen Mann nicht verstimmen.

Maurer ist freundlicher geworden, lächelt sogar. „Wir sind gerade beim Saubermachen, mein Bruder und ich“, sagt er, es klingt wie eine Entschuldigung, „Aber wenn es Sie nicht stört, kommen Sie rein.“ Er führt seinen Besuch ins Wohnzimmer. Hanna sieht sich um, ganz so verwahrlost ist es hier nicht, stellt sie befriedigt fest. Sie hätte es sonst nicht glauben können, daß Christian sich hier wohl fühlt. An den Wänden hängen Poster, in den Bücherregalen liegen Zeitungen, aber keine Bücher, ein Radio ist da, ein Plattenspieler, ein Fernseher, in der Ecke ein transportabler Ofen. Sonst ist es aufgeräumt, stellt Hanna mit Hausfrauenblick fest. Auf dem Tisch liegt eine saubere Tischdecke, darauf eine Vase mit dem bunten Laub einer Eiche. Über dem Sessel liegt eine bunte Decke. Der Boden ist noch feucht vom Wischwasser. Die Tür zum Vorraum ist weit geöffnet, ein junger Mann schrubbt den Boden. „Mein Bruder Klaus“, sagt Thomas Maurer, deutet auf ihn.

Hanna hat sich auf die Couch gesetzt, Heinz neben sie. Nach einer Weile hat sie das undeutliche Gefühl, als wäre die Decke, die über der Couch liegt, ein wenig feucht. Eine mütterliche Inspektion steht bevor, vermutet sie, da haben die Burschen die Decke gewaschen und nicht richtig trocken gekriegt. Einem Mädchen könnte so etwas nicht passieren.

„Was wollen Sie wissen?“ fragt Maurer.

„War mein Junge gestern hier?“

„Ja."

„Was wollte er?"

„Was er immer will, mit seinem Mädchen zusammen sein, Musik hören, quatschen, ein bißchen trinken."

„Er ist also öfter hier?"

„Ich habe die beiden vor Wochen aufgegabelt. Sie standen im Hauseingang. Es regnete. Sie taten mir leid. Zu Nadines Eltern können sie nicht gehen. Also sagte ich, kommt zu mir, bei mir seid ihr gut aufgehoben."

„Wie nett von Ihnen." Hanna denkt, was für ein sympathischer Mensch, ihre spontane Abneigung weicht einem vorsichtigen Gefühl von Dankbarkeit.

„Sie haben die Nacht hier verbracht."

„Wer?" Hanna stutzt, will nicht glauben, was sie hört.

„Na, wer schon, Chris und Nadine."

„Miteinander?"

„Natürlich, miteinander, was sonst."

Um Gottes willen, der Junge ist doch erst sechzehn. Hanna ist verwirrt und unsicher. Ihr Kleiner schläft mit einem Mädchen. Er ist doch noch ein Kind. Sie hätte die Veränderung spüren müssen. Hat sie sich zu wenig um ihn gekümmert? Ihr Unbehagen richtet sich gegen diesen Maurer. Wie kommt der Kerl dazu, die Kinder zu verkuppeln? Eine naive Gedankenlosigkeit? Oder mehr? „Wann", fragt Hanna, „wann war das?"

„Vergangene Nacht."

Hanna betastet die Couch, eine hilflose Geste. „Hier, auf diesem Ding?"

„Romantik ist Luxus." Maurer amüsiert sich über Hannas Entsetzen.

„War es das erste Mal?" fragt sie.

„Was hat das für eine Bedeutung?"

Hanna sieht ihren Schwiegersohn an, erwartet Hilfe. Er

weicht ihrem Blick aus, schweigt, ist uneins mit seinen Gefühlen. Das ist nun mal so, denkt er, Mütter begreifen das nicht.

„Der Genuß ist stärker, solange er geheim bleibt“, sagt Maurer und lächelt.

Dieses Lächeln gefällt Hanna nicht. Es ist an der Grenze zur Obszönität. Sie möchte gehen. „Wo ist mein Junge?“ Sie schreit es fast hinaus.

Maurer hebt lässig die Schultern, lächelt unangreifbar. „Mein Ehrenwort. Ich weiß es nicht.“

Heinz ist aufgestanden. „Wir fahren zur Polizei.“

Klaus Maurer, der ältere der beiden Brüder, hatte kaum aufgesehen, als Hanna kam. Er blieb über seiner Arbeit gebückt. Nun ist er fertig, kommt, den Wischeimer in der einen, den Schrubber in der anderen Hand, ins Zimmer.

„Stell den Eimer weg und gib der Dame die Hand“, sagt Maurer zu seinem Bruder. Er sagt es in einem Ton, in dem man mit einem Kind spricht. „Das ist die Mutter von Chris.“ Der Bruder tut wie ihm geheißen, stellt den Eimer weg, lehnt den Schrubber gegen die Wand, fährt mit seinen Händen an der speckigen Jeans entlang. Seine Augen sind blau, in seinem Gesicht zeigt sich keine Regung. Ob er krank ist, hat er einen geistigen Defekt, ist er gemütskrank? Die Hand des Jungen ist groß und feucht. Und plötzlich kann sie nicht verstehen, daß sich ihr Sohn hier wohlgefühlt haben soll.

„Weißt du vielleicht, wo Chris sein könnte?“ fragt Thomas. „Seine Mutter sucht ihn.“

Der Bruder schüttelt den Kopf, sieht zu Thomas, sagt: „Ich habe keine Ahnung. Er ist weggefahren und nicht wiedergekommen.“

Hanna Busch verabschiedet sich von den Brüdern, hat es plötzlich eilig wegzukommen. Eine Stunde später sind Hanna Busch und ihr Schwiegersohn Heinz Konzak auf dem Polizeirevier. Ein Unterleutnant mit dem literaturträchtigen Namen Vulpius hat an diesem Sonntag Dienst. Er nimmt die Vermißtenmeldung auf, ohne den Versuch zu machen, die Mutter mit billigen Erklärungen abzuwimmeln, sie zu beruhigen, zu vertrösten, zu versichern, daß alle, die so plötzlich verschwinden, irgendwann wieder auftauchen, denn junge Leute seien nun mal spontan. Das alles sagt er nicht, er tut es der Mutter nicht an. Er nimmt die Anzeige auf, registriert gewissenhaft, was der Vermißte anhatte: eine grüne Studentenkutte, ausgewaschene Jeans, einen dunkelblauen Silastikpullover und braune Halbschuhe. Er war mit seinem Moped S 51 unterwegs, Farbe gelb. Anna gibt zu Protokoll, er wäre nach Brieslau gefahren, die Brüder Maurer zu besuchen. Von dort ist er weggefahren und ist seitdem verschwunden.

Bei dem Wort Vermißter zuckt Hanna zusammen. Die Bedeutung des Wortes, die Ungewißheit, die in diesem Wort steckt, trifft sie wie ein Schlag.

*

Die Polizei beginnt ihre Ermittlung. Ihr erstes Ziel sind die Brüder Maurer. Sie befragen Thomas und seinen Bruder und erfahren auch nur, was Hanna Busch schon gehört hatte. Sie befragen Nadine, die zwar gern weiterhelfen möchte und doch nichts weiß.

Am nächsten Tag geschieht etwas Ungewöhnliches, etwas, was die Polizei nicht deuten kann. Thomas Maurer erscheint auf dem Polizeirevier. Er will der Polizei helfen, sagt er, will den jungen Mann suchen helfen, obwohl er davon überzeugt ist, daß der hier nicht mehr zu finden ist.

„Warum?“ fragt der Polizist. „Was soll mit ihm sein?“

„Abgehauen, weg, Republikflucht. Da wette ich eins zu hundert.“

„Wie kommen Sie darauf?"

„Er hat mich gefragt, was auf Republikflucht steht. Daraufhin habe ich ihm gesagt, wenn sie dich schnappen und du bist noch nicht vorbestraft, bekommst du ein Jahr und sechs Monate."

„Dann habe ich erfahren", gibt Maurer zu Protokoll, „daß Christian mit einem Jungen in der CSSR war, die Republikflucht vorzubereiten. „Damals, vor einem Jahr, habe es nicht funktioniert, deshalb wollten sie es in diesem Jahr, am 5. November, noch einmal versuchen."

„Wie heißt dieser junge Mann?" fragt der Unterleutnant.

„Ich weiß es nicht, aber ich kann es in Erfahrung bringen."

„Es ist gut", sagt der Polizist, „daß Sie uns informiert haben. Da wissen wir wenigstens Bescheid."

„Es gibt noch ein anderes Indiz für seine Republikflucht, er hat sich von Freunden, Bekannten und Verwandten Geld geborgt, über neunhundert Mark. Keiner weiß, wofür er das Geld braucht."

„Es ist wichtig, daß wir das wissen. Da sieht man doch schon klarer. Jedenfalls wissen wir jetzt, in welche Richtung wir ermitteln müssen." Thomas Maurer fühlt sich geschmeichelt. „Ich denke", sagt er „ich sollte Ihnen noch eine weitere wichtige Information nicht vorenthalten."

„Nur zu", sagt der Polizist, „Sie helfen uns bei unserer Arbeit."

„Es sind jetzt etwa 14 Tage her", erzählt Maurer, „da fragte mich Christian, ob ich wüßte, wo man Patronen für eine Pistole Typ Walther kriegen kann. Sein Kumpel hätte eine solche Waffe, aber nur zwei Schuß."

„Wie heißt dieser Kumpel?"

„Ich werde Ihnen den Namen beschaffen", verspricht Maurer. „Ich habe eine gewisse Erfahrung in solchen Sachen, arbeite mit der Polizei zusammen."

Dafür bekommt Thomas Maurer freundliches Lob. Er verabschiedet sich. „Wenn ich etwas Neues erfahre", sagt er, „melde ich mich."

Der Polizist sieht dem jungen Mann mit gemischten Gefühlen nach. Es ist gut, denkt er, daß es junge Leute gibt, die einen ausgeprägten Sinn für Recht und Ordnung haben. Aber dieser Bursche gibt sich wie ein Mann von Welt und hat doch etwas von einem schmierigen Zuträger.

*

Max, ein Junge von gerade zwölf, will sich wie in jedem Jahr einen Drachen bauen. Es ist höchste Zeit, die Herbstwinde haben sich aufgemacht, und über die Felder weht der Rauch der Kartoffelfeuer. Für das Gerüst des Drachens braucht Max ein ebenso biegsames wie stabiles Material. Am besten eignen sich Weidenzweige. Max weiß, wo er sie finden kann, am Ufer der Schwarzen Elster, einem Flüßchen, das im Lausitzer Bergland entspringt und sich bis zur Elbe, etwa bei Wittenberg, durchschlägt. Max kann die Weidenruten nicht allein holen. Er braucht seinen Freund Daniel dazu, der muß die Ruten biegen und festhalten, damit er sie schneiden kann. Die Jungen greifen sich ihre Fahrräder und fahren los. Max kennt den Weg. Sie radeln durchs Dorf, über die Brücke, biegen links zum Fluß ab. Auf dem Elsterdamm legen sie ihre Räder ab und gehen hinunter zum Wasser. Sie müssen durch hüfthohes Gras, Unkraut und Wildwuchs. Sind endlich am Ziel. Max hat einen stabilen Weidenbusch entdeckt. Daniel ist ein paar Meter weitergegangen, spielt mit kleinen flachen Steinen, die er über die Wasseroberfläche hüpfen läßt. Max ruft den Freund, er soll kommen und ihm helfen. Doch der ruft plötzlich: „Komm mal her, hier ist was."

Sie stehen am Ufer, betrachten einen Gegenstand, von dem

sie nicht wissen, was es ist. Schließlich sagt Max: „Das ist ein Auspuffrohr. Das Aufpuffrohr eines Mopeds."

„Woher willst du wissen, daß es ein Moped ist?" fragt Daniel. „Kann doch auch von was anderem sein."

„Siehst du die Räder? Wetten, daß es ein Moped ist?"

„Komm", sagt Daniel, „wir hauen ab, wer weiß, was da ist."

Max will nicht weglaufen. Er wird dem Freund beweisen, daß da unten im Wasser, ein altes Moped liegt. Er zieht Schuhe und Strümpfe aus, auch die Hosen, wer weiß, wie weit er hineinwaten muß. Er steigt in den Fluß, greift das Hinterrad, zieht, müht sich. Daniel ist dazu gekommen, nun ziehen beide Jungen. Das Rücklicht taucht auf.

„Es ist kaputt", sagt Max, „eine S 50 mit kaputtem Rücklicht." Er geht ein paar Schritte weiter in den Fluß, erkennt den Lenker, zieht daran. Da bemerkt er ein Messer, das im Sitz steckt. Er zieht es raus. Es hat zwei Klingen und einen Korkenzieher. Die große Klinge ist feststehend. Wenn die Klinge aufgeklappt ist, kann sie nicht zurückschnappen, eine Sperre muß erst gelöst werden. Max betrachtet das Messer. „Das Ding liegt noch nicht lange im Wasser, es ist kein bißchen rostig."

Nun wird es auch ihm unheimlich. Das Wasser ist kalt und schmutzig, er will raus, wendet sich zum Gehen, da entdeckt er eine Schnur. Sie ist am Gepäckträger des Mopeds festgemacht, führt tiefer ins Wasser. Die Neugier siegt über das Unbehagen. Er zieht an dieser Schnur, spürt die Last. Was mag da dran sein? Was es auch sein mag, er kann es Zentimeter für Zentimeter bewegen. Das Wasser ist zu schmutzig, um auf den Grund sehen zu können. Dann kommt etwas hoch, ein Sack. Max sagt zu seinem Freund: „Halte das Moped fest, ich zieh den Sack raus."

Es kostet Kraft, er gerät außer Atem. Der Gegenstand läßt sich nur schwer bewegen. Dann sieht er etwas, was er nicht deuten kann. Auch Daniel hat es gesehen. „Ein toter Schwan."

„Nein", erwidert Max, „ein toter Mensch."

„Quatsch", sagt Daniel.

„Ein Mensch." Max ist schlecht geworden. Die Jungen sind durcheinander. Sie haben noch nie einen Toten gesehen. Der tote Mensch liegt zusammengekrümmt, die Beine sind angewinkelt. Daniel übergibt sich. Sie klettern ans Ufer, stoßen das Moped in den Fluß zurück, werfen das Messer ins Gras, nehmen ihre Räder, flüchten.

Der große Bruder spielt Fußball mit seinen Freunden, ihm erzählt er, was er erlebt hat. Jens will ihm nicht glauben. „Du spinnst mal wieder", sagt er.

„Ich schwöre, da liegt ein Toter." Max ist blaß und zittert.

Jens sieht die Erregung des kleinen Bruders. „Dann komm", sagt er, „zeig mir den Toten."

Sie fahren zum Fluß. Zuerst hat auch Jens Mühe, etwas zu erkennen. Schon denkt er, die Jungen haben sich geirrt. Dann sieht er die Beine eines Menschen.

Er ist geschockt, wie sein kleiner Bruder. Die Jungen beeilen sich nach Haus zu kommen. Sie erzählen der Mutter, was sie gesehen haben. „Lauft zum Pfarrer", sagt die Mutter, „der hat Telefon, ruft die Polizei an."

Jens bekommt den diensthabenden Polizisten an den Apparat. Der nimmt den Anruf entgegen, bittet Jens, nach Haus zu gehen und zu warten, bis der Streifenwagen da ist. Es dauert nur wenige Minuten, dann ist die Streife da, gemeinsam fahren sie zum Fluß. Er zeigt ihnen den Weg. Wenig später kommt die Feuerwehr, sie holen den Toten aus dem Wasser. Jens kann nicht erkennen, ob es ein Mann oder eine Frau ist. Die Leiche trägt eine Studentenkutte, am rechten Ärmel ist das Emblem von Dynamo Dresden. Darunter ein Nicki. Ein Junge, denkt Jens, ein Dynamo-Fan, wie er selbst. Aber er kennt ihn nicht.

Die Polizisten suchen den Fluß ab, stoßen auf einen Sack, in dem sich ein Sturzhelm, Kleidungsstücke und Schuhe befinden. Sie vermuten, daß sie dem Toten gehören. Inzwischen ist der Leichenwagen eingetroffen. Die Polizisten legen den toten Mann in einen Sarg aus Aluminium. Der Leiter der Einsatzgruppe bedankt sich bei Jens und Max. „Wir werden ein Protokoll machen müssen", sagt er, „könnt ihr morgen aufs Revier kommen?"

Dann fahren sie los. Die Flußlandschaft hat ihren Frieden wieder.

*

Drei Tage sind seit dem Verschwinden ihres Jungen vergangen. Drei Tage, eine unaufhörliche Folter. Hanna Busch schläft schlecht, ist im Dienst unkonzentriert, ißt kaum. Sie lebt von einer Minute zur anderen. Wartet auf Nachricht, wartet, daß sich ein Schlüssel im Schloß dreht und ihr Junge ins Zimmer tritt. In nur drei Tagen ist aus der munteren aktiven Frau eine stille graue Person geworden. Die Ungewißheit ist eine grausame Strafe.

Die Zeit zwischen elf und zwölf ist auf der Chirurgie ruhig. Die Visite ist vorbei, die Verbände sind erneuert, die Medizin ist ausgeteilt, die Ärzte sind im Operationssaal und das Mittagessen noch nicht angeliefert. Das ist die Stunde, in der die Schwestern Zeit haben, eine Tasse Kaffee zu trinken und eine Zigarette zu rauchen. Sie sitzen im Schwesternzimmer und reden miteinander.

Auch an diesem 18. Oktober 1980. Da taucht plötzlich ein Polizist im Schwesternzimmer auf. Hanna Busch erkennt ihn sofort, es ist Unterleutnant Vulpius, bei dem sie die Vermißtenmeldung aufgegeben hat.

Sie springt auf. „Gibt es etwas Neues?"

Die Schwestern haben ihr Gespräch unterbrochen, starren den Polizisten an. „Was ist?“ fragt Hanna ungeduldig. „Haben Sie meinen Sohn gefunden?“

„Wir haben einen Sack gefunden“, sagt der Polizist, er fühlt sich unsicher und gehemmt, noch nie hat er einem anderen Menschen eine Todesnachricht überbringen müssen. „In dem Sack waren braune Halbschuhe.“

„Ja und, wo ist mein Sohn?“

„In der Schwarzen Elster haben wir eine Leiche gefunden.“

„Mein Sohn?“

„Wir wissen es nicht. Er hat keine Papiere bei sich.“

„Wo ist er? Ich will ihn sehen.“ Hanna Busch hat sich Halt suchend an den Medikamentenschrank gelehnt, droht umzufallen. Rosi legt den Arm um ihre Schulter.

„Ich will zu ihm“, sagt Hanna, als wäre Eile geboten. „Wo ist er?“

„In der Leichenhalle. Ich bringe Sie hin.“

„Wir wissen, wo die Leichenhalle ist.“ sagt Schwester Rosi.

Vulpius geht voran. Schwester Rosi hat Hanna untergehakt.

Die Identifizierung dauert nur wenige Minuten. Hanna hat ihren Christian sofort erkannt. „Oh mein Gott.“

„Er ist ermordet worden.“

„Wer ermordet dieses Kind und warum? Wer hat das getan?“ Hanna weiß, daß der Polizist ihre Frage nicht beantworten kann.

„Wir kriegen es raus“, sagt Vulpius. Er glaubt an das, was er sagt.

*

Bei der Leichenschau gibt der Mediziner zu Protokoll: „Die Feuerwehr hat aus der Schwarzen Elster eine männliche Leiche geborgen, geschätztes Alter etwa 16 Jahre. Kopf, Arme und Oberkörper steckten in einem Sack. Die Arme waren vor dem

Körper verschränkt. Nach Entfernung des Sackes und Säuberung des Kopfes, wurde ein Monokelhämatom rechts sowie ein Hämatom über der rechten Stirnseite sichtbar. Beim Umlagern der Leiche kommt blutiger Ausfluß aus dem linken Ohr."

Noch am gleichen Tag findet die Obduktion statt. Dabei wird festgestellt, daß die Todesursache eine Schädelhirnverletzung in Kombination mit Ertrinken ist. In den Lungenbläschen werden Reste von Kieselalgen gefunden. In einer Wasserprobe aus der Schwarzen Elster, die zum Vergleich genommen wurde, finden sich ebenfalls Kieselalgen. Um die Diagnose zu untermauern, untersucht man zusätzlich periphere Lungengewebspartien. Hier kann in den kleinsten Luftröhrenabzweigungen eine gelblich-bräunliche Substanz festgestellt werden. Danach steht fest, daß der Betroffene noch lebte, als er in die Elster gestürzt wurde.

Aus den Gutachten der Gerichtsmedizin und den Untersuchungen im Toxikologisch-Chemischen Institut können folgende Schlußfolgerungen gezogen werden: Christian Busch wurde zunächst betrunken gemacht, in den Alkohol mischte der Mörder Schlaftabletten (Lepinal), durch diese Tabletten wurde das Opfer in einen hypnoseähnlichen Schlaf versetzt. Mit einer Axt schlug ihm dann der Täter den Schädel ein. Als der Mörder glaubte, sein Opfer sei tot, band er ihn auf das Moped, schob es bis zur Schwarzen Elster. Dort stürzte er den Jungen in den Fluß. Auf seiner Todesfahrt lebte Christian Busch noch, er röchelte, dann verstummte er, aber er atmete noch. Er atmete das Wasser der Schwarzen Elster ein, das sich in seiner Lunge wiederfand.

*

Die Mordkommission der Bezirksbehörde der Volkspolizei Cottbus, deren Chef Fritz Lützkendorf ist, beginnt mit ihrer

Arbeit. Die Ermittlung liegt, wie bei allen Tötungsdelikten, in den Händen von Staatsanwalt Horst Helbig.

Der wichtigste Ausgangspunkt für die Ermittlung sind die Brüder Thomas und Klaus Maurer und das Mädchen Nadine. Sie sind die letzten, der Mörder ausgenommen, die den Jungen gesehen und gesprochen haben.

Fritz Lützkendorf, noch keine 40, ist kein dynamischer Typ. Man muß ihn zu den bedächtigen, nachdenklichen Menschen rechnen. Ihm fehlt waghalsige Spontaneität, dafür besitzt er die Fähigkeit, Menschen und Verhältnisse zu durchschauen, Zusammenhänge zu erkennen, und er besitzt ein ausgeprägtes Beharrungsvermögen. An diesem Spätsommertag im Oktober 1980 sitzt Fritz Lützkendorf mit den Leuten vom Revier in Grünwalde zusammen. „Was wißt Ihr über die Brüder Maurer?“ fragt er den Leiter des Reviers, Oberleutnant Truwe. „In welchem Verhältnis standen sie zu dem Opfer?“

„Ich kenne die Brüder von Kind auf. Mit ihrem Vater, Siegfried Maurer, war ich lange im Kegelclub. Er hat sich von seiner Frau getrennt und lebt jetzt in Berlin. Klaus, der ältere der beiden Brüder, ist geistig behindert, er hat von Geburt an eine unheilbare Hirnschädigung. Er wurde aus der fünften Klasse der Hilfsschule entlassen. Aber er ist gutmütig, willig, wenn auch nicht gerade arbeitsam. Er ist, wie man sich erzählt, der Butler seines jüngeren Bruders. Er soll Angst vor ihm haben, bedient ihn, macht die Hausarbeit, und wenn er etwas falsch macht, wird er verprügelt. Die Jungen wohnen ja allein in der ehemaligen Gaststätte, können quasi machen, was sie wollen.

Klaus ist vorbestraft. Wenn ich mich recht erinnere, wurde er vom Kreisgericht wegen Nötigung und Diebstahl verurteilt. Statt ins Gefängnis, kam er in eine psychiatrische Behandlung. Ein paar Jahre später, es muß 1978 gewesen sein, stand er wieder vor Gericht. Diesmal lautete die Anklage auf sexuellen Mißbrauch von Kindern. Er bekam ein Jahr sechs Monate auf Bewährung, das Gericht sprach eine Arbeitsplatzbindung aus. Er ist Hilfsarbeiter im VEB Gleichrichterwerk. Die Brigade, in der er arbeitet, hat die Aufgabe, sich um ihn zu kümmern. Ein Jahr nach seiner Verurteilung, das muß Oktober 1979 gewesen sein, kam die Amnestie, die Strafe wurde erlassen."

„Ist seitdem etwas vorgefallen?"

„Nicht, daß ich wüßte. Nein, wenn etwas gewesen wäre, wüßte ich es."

„Und was ist mit dem anderen, dem Thomas?"

„Das ist ein anderes Kaliber, ein Angeber, klug, raffiniert, redet viel, aber er kann was. Er sagt, er will Musik studieren."

„Vorbestraft?"

„Gerade aus dem Knast gekommen, im Mai denk ich, na ja, jetzt haben wir Oktober, es ist ein halbes Jahr her."

„Was hat er angestellt?"

„Urkundenfälschung und Betrug, bekam ein Jahr sechs Monate, seine dritte Vorstrafe. Davor saß er … Moment, da muß ich nachsehen. Ich kann mir auch nicht mehr alles merken." Oberleutnant Truwe blättert in seinem Notizbuch.

„1973 bekam er zwei Jahre und drei Monate wegen Diebstahls, die Hälfte wurde ihm geschenkt. Die Bewährung ging bis 1976. Ein Jahr später ging er wieder für ein Jahr rein, wegen Urkundenfälschung und Betrug."

„Drei Vorstrafen und der Bursche ist gerade 23." Lützkendorf findet wieder einmal seinen Grundsatz bestätigt, daß es sich lohnt, mit den Kollegen vor Ort zu reden. Die kennen sich am besten aus. „Wie standen die Brüder zu dem Opfer?"

„Schwer zu sagen. Wenn ich danach gehe, was dieser Thomas mir erzählt hat, muß es eine enge Freundschaft gewesen sein. Obwohl man ihm nicht alles glauben kann."

Unterleutnant Vulpius fällt seinem Vorgesetzten ins Wort. „Das mit der engen Freundschaft glaube ich nicht. Christian Busch ist nur des Mädchens wegen hingefahren. Sie waren so was wie ein Liebespaar."

„Was hat Thomas Maurer über den Jungen erzählt?"

„Christian Busch soll ihm anvertraut haben, daß er mit einem Freund über die CSSR in den Westen wollte. Sie hätten schon einmal den Versuch gemacht, als sie zum Autorennen in Brno waren. Da hätte es nicht geklappt. Nun wollten sie es noch einmal versuchen. Christian Busch hat ihn angeblich gefragt, wo man Patronen für eine Walther bekommt. Sein Freund besitze eine Walther, aber nur zwei Patronen. Er habe ihm den Rat gegeben, nach Polen zu fahren, dort bekäme man so etwas."

„Warum kam Maurer hierher und erzählte euch solche Sachen? Oder hattet ihr ihn vorgeladen?" fragt Lützkendorf.

„Wir waren selbst überrascht. Er kam unaufgefordert, erzählte, bot sich an, für uns zu recherchieren."

„Will er sich wichtig machen?"

„Oder von sich ablenken?"

„Es war eine theatralisch reife Aufführung, die er hier abgezogen hat, dieser Bursche", sagt Truwe, „wer ihn nicht kennt, fällt auf ihn rein."

Und Vulpius pflichtet ihm bei. „Er hat einen gewissen Charme."

„Den Charme eines Hochstaplers." Truwe korrigiert den jungen Polizisten und bestätigt ihn gleichzeitig.

*

Fritz Lützkendorf und sein Kumpel machen sich auf den Weg nach Brieslau. Sie wollen sich im Haus der Brüder umsehen, erhoffen sich von ihnen Hinweise über das Verschwinden des Jungen.

Thomas empfängt die Kriminalisten mit elegantem Gleichmut. „Natürlich werde ich sagen, was ich weiß. Der Polizei zu helfen ist ja erste Bürgerpflicht." Bei diesem Bekenntnis lächelt er nicht einmal.

Den Kriminalisten fällt auf, wie unordentlich und schmutzig es im Hof und Haus ist. Es riecht nach Unsauberkeit. Die Brüder bewohnen drei Zimmer in der Gaststätte ihres verstorbenen Stiefvaters. Im Wohnzimmer stehen beliebig zusammengewürfelte Möbel, billige Poster an den Wänden, aber der Fußboden ist sauber, auch der Teppich, der darauf liegt. Die leicht verlodderte Wohnung steht im Gegensatz zu dem weltmännischen Gehabe seines Bewohners.

Die Kriminalisten stellen sich vor, zeigen ihre Ausweise. Thomas begrüßt sie mit artigem Respekt. „Bitte", sagt er, „nehmen Sie Platz. Darf ich Ihnen etwas anbieten?"

„Wir wollen nur mit Ihnen reden", sagt Lützkendorf, „wir haben da einen Hinweis bekommen, dem wollen wir nachgehen."

„Selbstverständlich", dienert Maurer, „fragen Sie nur."

„Wir möchten natürlich auch mit Ihrem Bruder reden."

„Selbstverständlich", versichert Thomas, „ich rufe ihn, er ist in der Küche."

Leutnant Willig steht auf. „Lassen Sie nur, ich geh zu ihm. Wir möchten Sie getrennt befragen."

„Das möchte ich nicht", protestiert der besorgte Bruder, „mein Bruder ist krank."

„Was hat er denn?"

Thomas zögert. „Er fühlt sich heut nicht wohl."

„Es dient unserer Ermittlung, wenn wir ihn gesondert befragen. Zwei Menschen sehen mehr als einer, und jeder nimmt die Dinge anders wahr", sagt Lützkendorf in seiner bedächtigen Art.

„Was mein Bruder sagen kann, das kann ich Ihnen auch sagen."

Es ist offensichtlich, Thomas wünscht nicht, daß man seinen Bruder allein befragt. „Ich möchte dabei sein. Er ist so sensibel", sagt er, „regt sich auf und könnte einen Anfall bekommen."

„Wir sind sehr rücksichtsvoll", sagt Lützkendorf, „vertrauen Sie uns. Es sind nur ein paar Fragen."

„Ich mache Sie haftbar, wenn Klaus etwas passiert", trumpft Thomas auf. Dann muß er nolens volens nachgeben.

Leutnant Willig ist in die Küche gegangen. Klaus sitzt am Küchentisch, lächelt ihm entgegen, legt das Bilderbuch weg, in dem er geblättert hat. Willig hat den Eindruck, daß dem Jungen aufgetragen worden ist hier zu warten bis die Polizisten wieder gegangen sind. Willig glaubt, daß sein Bruder ihm die Quarantäne verordnet hat. Er fragt ihn.

Klaus nickt. „Ich mache alles, was Thomas sagt. Ich muß Thomas gehorchen. Er ist der Stärkere." Trotz seines infantilen Gehabes begreift er sofort, was der Kriminalist von ihm will. Er ist weder ängstlich noch eingeschüchtert. „Soll ich Ihnen einen Kaffee machen?" fragt er. „Ich koche guten Kaffee."

„Das ist nett, aber ich habe eben im Revier Kaffee getrunken. Ich habe ja nur ein paar Fragen und lasse Sie dann wieder in Ruhe."

„Na klar, fragen Sie nur. Was ich weiß, sage ich."

„Es geht um das Verschwinden von Christian Busch."

„Das habe ich mir schon gedacht", sagt der junge Mann, „ich wußte, daß Sie kommen und mich fragen werden. Das hat mir mein Bruder gesagt. 'Die Polizei wird kommen und uns nach dem Busch fragen.' Ich weiß, daß man ihn in der Schwarzen Elster gefunden hat."

„Warum sollte die Polizei ausgerechnet zu Ihnen kommen?"

„Na, weil er hier war und dann verschwunden ist, deshalb."
„Sie kannten ihn gut?"
„Ich kannte ihn überhaupt nicht, habe ihn nur einmal gesehen. Aber ich habe mal für ihn Kaffee gekocht."
„Wann war das?"
„An dem Tag, an dem er verschwunden ist."
„Er war doch öfter hier?"
„Kann sein. Er kam nur wegen Nadine. Zu ihr nach Hause durfte er nicht, das hat der versoffene Stiefvater nicht erlaubt."
„Wenn er so oft kam, müssen Sie ihn doch gesehen haben?"
„Ich bin immer in der Küche. Nur mein Bruder war mit Christian zusammen."
„Aber am 10. Oktober, es war ein Freitag, haben Sie ihn gesehen?"
„Ja, das stimmt. Das ist die Wahrheit."
„Wo parkte Christian Busch sein Moped, wenn er kam?"
Klaus Maurer verzieht sein Gesicht zu einem ungläubig-törichten Lächeln. „Ich weiß gar nicht, daß er ein Moped hat."

Stutzig werden die Kriminalisten, als sie die Ergebnisse ihrer Befragungen vergleichen. Einer der beiden Brüder lügt. Was bezweckt Thomas mit der Feststellung, Christian wäre seit einem Monat regelmäßig gekommen? Wenn das stimmt, muß Klaus ihm doch begegnet sein.

Thomas behauptet, Christian Busch wäre auch allein, ohne Nadine, zu ihnen gekommen, um sich Schallplatten zu borgen, die er bei sich überspielen wollte.

Klaus dagegen behauptet, Christian wäre nur des Mädchens wegen gekommen.

Daß Christian Busch eine S 50 besaß, konnte auch sein Bruder Klaus nicht übersehen haben. Er parkte die Maschine auf der Straße vor dem Hoftor. Irgendwann hatte Thomas ihm geraten, das Moped in den Hof zu fahren und es unter das Blechdach zu stellen.

Die widersprüchlichen Aussagen müssen geklärt werden. Die Kriminalisten entschließen sich, die Brüder aufs Revier zu bestellen und sie getrennt zu befragen. Zuerst ist Thomas an der Reihe.

Die Nonchalance seiner früheren Auftritte ist verschwunden. „Warum bestellen Sie mich her, reine Schikane. Ich habe alles gesagt, was ich weiß. Ich weiß nicht, was mit Christian passiert ist."

„Sie sind ein wichtiger Zeuge, Herr Maurer. Sie sind vielleicht der letzte, der den Ermordeten gesehen hat."

„Ist er denn ermordet worden?" fragt Thomas erstaunt. „Ich dachte, er wäre betrunken in die Elster gefahren? Ein Unfall."

„Was haben Sie am 10. und 11. Oktober gemacht, wo haben Sie sich aufgehalten und mit wem waren Sie zusammen?"

„Warum ausgerechnet vom 10. zum 11.?"

„Christian Busch ist in der Nacht vom 10. zum 11. ermordet worden."

„Wollen Sie mir das in die Schuhe schieben? Ein Glück, daß ich ein Alibi habe, wasserdicht", sagt Maurer, „ich kann ohne Bedenken sagen, was ich an jenem Tag gemacht habe. Der 10.10. war ein Freitag. Am Nachmittag kamen Nadine und Christian. Wir haben Musik gehört, gequatscht und Bier getrunken. Als es Abend wurde, fragte Christian, ob er mit Nadine bei mir übernachten könnte. Ich hatte nichts dagegen, gab ihnen zwei Steppdecken. Am nächsten Morgen, also am Samstag, hatten wir alle verschlafen. Christian brachte das Mädchen auf seinem Moped in die Schule, kam aber gleich zurück, weil er in der Eile seinen Helm und die Handschuhe vergessen hatte. Dann fuhr er weg, sagte, daß er am Nachmittag wiederkäme.

Etwas später bin ich mit meiner Mutter zum Einkaufen nach Senftenberg gefahren. Wir waren im Kaufhaus, in der Vitaminquelle, in einem Lampengeschäft und einem Schuhgeschäft und noch in einigen Lebensmittelgeschäften. Dann ging ich in die Wohnung meiner Mutter, blieb ein bißchen bei ihr und fuhr so gegen 13.30 Uhr nach Hause. Zu Hause hielt ich mich nicht lange auf. Ich wollte in die Konsumgaststätte „Damhirsch". Dort traf ich mich mit ein paar Freunden. Gegen 22 Uhr fuhr ich nach Hause."

„Wer von Ihnen lügt, Sie oder Ihr Bruder?"

„Mein Bruder ist geistig behindert, das sagte ich Ihnen schon. Mitunter ist er unberechenbar. Er kann sich nicht einmal seine Schuhe zubinden, kann die Uhr nicht ablesen."

„Wollen Sie damit sagen, daß Ihr Bruder gelogen hat?"

„Das weiß ich nicht. Ich weiß nur, daß ich die Wahrheit sage."

„Hat Ihr Bruder, etwas mit dem Tod des jungen Mannes zu tun?"

„Es fällt mir schwer, darauf zu antworten."

„Stimmt es, daß ihr Bruder homosexuell ist?" fragt Lützkendorf. „Es gibt unter Homosexuellen zahlreiche Tötungsdelikte. Da spielt Eifersucht eine Rolle, verschmähte Zuneigung."

Maurer antwortet nicht. Lützkendorf läßt ihm Zeit, bedrängt ihn nicht, gibt ihm Feuer, als er sich eine Zigarette anzünden will. Endlich sagt Maurer: „Na gut, ich sehe ein, daß es besser ist, die Wahrheit zu sagen, obwohl es mir schwerfällt. Als ich an jenem Abend nach Hause kam, sagte mein Bruder zu mir, auf dem Sofa im Wohnzimmer liegt der Busch und schläft. Ich wollte es zuerst nicht glauben, ging ins Wohnzimmer, da lag er tatsächlich und schlief, er schnarchte leise vor sich hin."

„Ist das nicht etwas ungewöhnlich, da kommt einer zu Besuch, legt sich hin und schläft?"

„Aber es war so, wirklich."
„Wo lag der junge Mann?"
„Auf der Liege, die steht an der Wand. Er lag auf der rechten Seite, mit dem Gesicht zur Wand. Über seine Füße, war eine Decke gebreitet."
„Haben Sie ihn geweckt?"
„Nein, warum sollte ich, ich nahm mir eine Flasche Bier aus dem Kasten, ging in die Küche, trank mein Bier und ging dann die Kaninchen und den Hund füttern. Da kam mein Bruder, fragte, ob die alten Säcke noch in der Werkstatt liegen. Ich sagte, die würden dort noch liegen. Er ging in die Küche, holte eine Taschenlampe, ging in die Werkstatt und kam mit den Säcken zurück."
„Wozu brauchte er die Säcke?"
„Mein Bruder hat manchmal kuriose Einfälle. Ich ließ ihn einfach machen und fragte nicht."
„Was geschah dann?"
„Nachdem ich die Tiere gefüttert, dem Hund Wasser gegeben hatte, ging ich in die Küche. Ich sagte zu meinem Bruder, es ist Zeit schlafen zu gehen. Da sagt er plötzlich: Ich habe den Christian erschlagen, ich habe ihm zweimal mit der Axt auf den Kopf geschlagen, das hat ganz schön geknirscht."
Lützkendorf versucht seine Überraschung zu verbergen. „Das sagte Ihr Bruder? Einfach so, er habe Christian erschlagen?"
„Zuerst dachte ich, er spinnt."
„Haben Sie ihn nicht gefragt, warum er es getan hat?"
„Nein."
„Ihr Bruder erschlägt einen Menschen und Sie fragen ihn nicht, warum er es getan hat?"
„Sie bekommen sowieso keine richtige Antwort von ihm."
„Aber warum hat er den Jungen erschlagen?"
„Ich weiß es nicht. Es hat auch keinen Sinn ihn danach zu fra-

gen. Mir wurde nur plötzlich klar, was jetzt auf uns zukommt. Ich verlor fast die Nerven, regte mich furchtbar auf, konnte gar nicht fassen, was er getan hat. Um mich zu beruhigen, nahm ich zwei Faustan. Ich wäre sonst umgekippt."

„Was geschah dann?"

„Ich ging ins Wohnzimmer, Christian lag auf der Couch, aus seinem Kopf kam Blut, viel Blut. Die Liege, das Kissen, alles voller Blut, überall Blut. Ich sagte zu meinem Bruder, daß wir den Toten wegschaffen müssen, sonst ist die ganze Wohnung voller Blut.

Neben dem Wohnzimmer ist ein Raum, der nicht genutzt wird und auch nicht möbliert ist. Dahin trugen wir ihn, legten ihn auf den Fußboden. Dann nahm ich meine alten Lederhandschuh, eine Bürste und einen Eimer Wasser und wischte das Blut weg, es war ja noch ganz frisch.

Mein Bruder sagte, er wolle Christian jetzt nackt ausziehen, die Sachen wären ja noch gut. Das ist doch sinnlos, sagte ich zu ihm. Mit den Klamotten könne er sowieso nichts anfangen. Aber er soll den Toten nach Papieren absuchen und sie vernichten. Mein Bruder stülpte den alten Sack über Kopf und Oberkörper des Toten. Da merkte ich, daß Christian noch nicht tot war, er röchelte leise. Es waren vielleicht seine letzten Seufzer.

'Was soll denn nun mit ihm passieren?' fragte ich meinen Bruder."

'Wir schmeißen ihn in die Elster.'

'Und das Moped, was wird damit?'

'Schmeißen wir auch rein.'

Wir trugen die Leiche aus dem Haus. Ich faßte an den Beinen an, mein Bruder am Rumpf. Klaus hatte inzwischen das Moped vor den Eingang gefahren und Stricke geholt. Wir legten ihn quer über den Sitz, Klaus band ihn mit einem Strick fest. Er schob das Moped, ich ging nebenher. Es war dunkel und ganz still. Die Welt war wie ausgestorben. Wir überquerten die Straße, nahmen den Feldweg bis zur Elster. Als wir am Flußufer angelangt waren, wir hatten einen Weg von ungefähr 500 Metern zurückgelegt, schaffte es mein Bruder nicht, das Moped mit dem Toten auf den Elsterdamm zu schieben. Ich half ihm. Dann schob mein Bruder das Moped in den Fluß, blieb so lange am Ufer stehen, bis es mit Christian untergegangen war. Ich hielt es nicht aus, ging allein nach Hause."

„Und das ist die Wahrheit?" fragt Lützkendorf.

„Ich schwöre, das ist die Wahrheit."

„Dann halte ich Ihnen jetzt eine Aussage vor, die Sie vor ein paar Tagen unaufgefordert gemacht haben. Noch bevor die Leiche gefunden wurde, sind Sie zur Polizei gegangen, haben dort zur Protokoll gegeben, daß Christian Busch wahrscheinlich in die CSSR gefahren ist, um von dort in die Bundesrepublik zu flüchten. Sie sagten das, obwohl Sie genau wußten, daß Christian Busch tot ist, und obwohl Sie wußten, wo sich seine Leiche befindet."

„Das müssen Sie verstehen, Herr Oberleutnant, ich wollte damit erreichen, daß der wahre Sachverhalt vertuscht wird. Es sollte nicht rauskommen, was mit Christian passiert ist. Ich wollte meinen Bruder schützen, ich war sicher, daß die Polizei dann bei uns nicht mehr erscheinen wird."

„Sind Sie inzwischen dahinter gekommen, warum Ihr Bruder den Christian Busch erschlagen hat?"

„Ich denk, mein Bruder ist wohl doch homosexuell, vielleicht gab es Probleme zwischen beiden. Sie waren ja stundenlang allein miteinander, wer weiß, was sich da abgespielt hat. Ich glaube, mein Bruder konnte ihn nicht leiden. Aber ob das die Gründe sind, das weiß ich nicht."

„Spielte da nicht auch Geld eine Rolle, Ost in West 1:1?"

„Ja, das stimmt. Ich habe das Geschäft vermittelt."

„Dann erzählen Sie mal."

„Das war so, der Christian wollte sich im Intershop eine Jeans mit Weste kaufen. Dazu brauchte er Westgeld. Er fragte mich, ob ich was besorgen könnte.

Ich sagte ihm, daß mein Nachbar, der Marcel Kling, Beziehungen hat. Seine Oma bekommt oft Besuch von ihrem Bruder aus Westberlin. Der schenkt ihr Westgeld. Das tauscht sie dann 1:1 in Ost. Christian fragte mich, ob ich das Geschäft vermitteln könnte. Ich wollte ihm gefällig sein, sagte zu und ging zu Marcel, verhandelte mit ihm. Er versprach, an jenem Samstag um 14 Uhr bei mir zu sein. Also bestellte ich Christian auch um 14 Uhr zu mir. Die beiden sollten sich bei mir treffen und das Geschäft machen. Es wurde 14 Uhr, wer nicht kam, war Marcel. Aber auch Christian kam nicht. Ich wollte nicht länger warten und fuhr um 14 Uhr 30 in die Stadt, in den 'Damhirsch'."

„Stimmt das auch? Christian ist pünktlich gegen Mittag von zu Haus weggefahren, länger als eine halbe Stunde braucht er nicht."

„Keine Ahnung, vielleicht war er noch tanken."

„Wieviel Geld hatte Christian bei sich?"

„Das weiß ich nicht. Ich bitte Sie, woher soll ich das wissen?"

„Unsere Ermittlungen haben ergeben, daß er zirka 950 Mark bei sich hatte und einen Blankoscheck von seiner Schwester."

„Da fragen Sie den Falschen."

„Wen sollten wir fragen?"

„Meinen Bruder."

„Bei der Leiche haben wir kein Geld gefunden."

„Ich sage ja, Sie fragen den Falschen."

*

Am 19.10.1980, einen Tag, nachdem man die Leiche des Jungen gefunden hat, werden die Brüder Thomas und Klaus Maurer in Untersuchungshaft genommen.

Das Kreisgericht Senftenberg erläßt noch am gleichen Tag Haftbefehl gegen die Brüder. Sie sind des Mordes, beziehungsweise der Beihilfe zum Mord, verdächtig.

Klaus Maurer hat sich in sein Schicksal ergeben. Den Polizisten, die ihn festnehmen, kommt es vor, als hätte er mit der Festnahme gerechnet. Er wird zum Verhör gebracht.

„Wissen Sie, wer Christian Busch getötet hat?"

„Ich, ich habe ihm mit der Axt zweimal auf den Kopf geschlagen. Christian lag auf der Liege mit dem Gesicht zur Wand. Er lag ganz still und schlief. Es hat ganz schön geknirscht, als ich zuschlug."

„Warum haben Sie ihn getötet?"

„Mein Bruder hat es mir befohlen. Er sagte, ich soll Christian die Axt auf den Kopf schlagen und zwar mit der stumpfen Seite. Er hatte die Axt schon ins Zimmer gestellt, sie lehnte neben der Tür."

„Warum sollten Sie Christian erschlagen?"

„Christian muß weg, sagte mein Bruder. Ich war in der Küche, hatte den Abwasch gemacht. Da kam Thomas und sagte mir, daß Christian weg muß. Er würde inzwischen alles vorbereiten, den Strick holen und das Moped vor die Tür stellen."

„Warum sollte Christian sterben?"

„Gesagt hat mein Bruder nichts. Ich vermute, Christian hatte Geld, und mein Bruder wollte dieses Geld haben. Er hat ihn hinbestellt, er sollte sterben, damit er ihm das Geld abnehmen kann."

„War Christian nach dem Schlag gleich tot?"

„Er hat sich nicht ein bißchen mehr gerührt, hat geblutet wie ein Schwein."

„Wer hat die Sachen von Christian durchsucht?"

„Ich nicht. Ich bin danach gleich in die Küche gegangen, habe mich nicht mehr um ihn gekümmert. Mein Bruder kam, sagte, er habe nur fünf Mark in seiner Tasche gefunden."

„Ihr Bruder sagt, Sie hätten Christian durchsucht. Dann hätten Sie seine Brieftasche mit den Papieren im Ofen verbrannt."

„Der will sich rausreden. Ich habe ihn nicht durchsucht. Ich habe auch nichts verbrannt. Ich weiß von keiner Brieftasche."

„Wer sagt denn nun die Wahrheit, Sie oder Ihr Bruder?"

„Ich werde meinem Bruder einen Brief schreiben. Er soll endlich die Wahrheit sagen und nicht alles auf mich schieben. Es kommt ja doch alles raus."

„Wo war Ihr Bruder, als Sie Christian töteten?"

„Er drehte das Radio voll auf, stellte auch den Plattenspieler an, ganz laut. Dann ging er raus und ich sollte zuschlagen. Er wollte ja alles vorbereiten, das Moped holen, den Sack holen und die Schnur besorgen."

„Ihr Bruder war also nicht im Zimmer?"

„Er sagte noch, du mußt voll ausholen und dabei den Stiel ganz hinten anfassen. Er gab mir die Axt in die Hand und sagte: So, jetzt mach es. Dann ging er. Ich war ganz allein und hatte furchtbare Angst."

„Vor wem hatten Sie mehr Angst, vor Ihrem Bruder, oder daß Sie den Christian töten sollten?"

„Kann ich nicht sagen. Ich bin einfach zum Sofa gegangen, wo der Christian lag, habe an nichts mehr gedacht. Vor dem Sofa steht der Tisch mit den Sesseln. Daneben ist der Schrank mit dem Plattenspieler. Ich stellte mich in die Lücke zwischen Sofa, Tisch und Schrank, so daß ich schräg vor seinem Kopf stand. Wie mir mein Bruder gesagt hat, faßte ich den Stiel der Axt ganz hinten mit beiden Händen an und holte so weit aus, daß sich meine Arme über dem Kopf befanden. Dann schlug ich, so kräftig ich konnte, zweimal kurz hintereinander auf seinen Kopf. Der blutete sofort sehr stark. Er gab noch Töne von sich, es war wie ein Stöhnen. Ich habe mich aber nicht weiter um ihn gekümmert, sondern bin mit der Axt aus dem Zimmer. Im Nebenraum wartete schon mein Bruder. Der nahm mir gleich die Axt aus der Hand. Gemeinsam gingen wir in die Küche, dort wusch mein Bruder die Axt unter dem Wasserhahn ab. Danach sind wir zurück ins Wohnzimmer, wo Christian noch lag."

„Wer kam auf die Idee, den Toten in die Elster zu bringen?"

„Mein Bruder, er meinte, dort kommt niemand hin und keiner würde ihn finden."

„Was geschah, nachdem Sie Christian erschlagen hatten?"

„Wir haben den Tisch und den Sessel weggeräumt, damit wir besser an die Couch ran konnten. Dann trugen wir den Toten in den Vorraum, dort legten wir ihn ab. Mein Bruder zog ihm den Sack über Kopf und Oberkörper."

„Wie transportierten Sie die Leiche in die Elster?"

„Beide trugen wir den Christian auf den Hof. An der Tür stand schon das Moped. Wir legten den Toten quer über das Moped und Thomas band ihn fest. In einen zweiten Sack steckten wir die Sachen von Christian rein, den Sack haben wir dann auch versenkt. Auf dem Weg zur Elster lenkte mein Bruder das Moped, ich habe nur immer hinten geschoben."

„Ihr Bruder sagt, Sie hätten die ganze Zeit das Moped geführt. Er habe nur einmal geholfen, als Sie nicht weiter konnten. Er meint, Sie wären ihm körperlich überlegen."

„Ach, das stimmt ja nicht, ich kann mit einem Moped gar nicht umgehen. Ich weiß ja nicht einmal, wo die Bremse ist. Ich bin ihm nicht körperlich überlegen, er wiegt ganze zwanzig Kilo mehr als ich."

„Wie war das Verhältnis zu Ihrem Bruder?"

„Mein Bruder ist sehr launisch. Wegen Kleinigkeiten fängt er an zu schreien. Er beschimpfte mich mit Ausdrücken wie Schwein, Mistsau, dreckiger Lump. Wenn er richtig in Wut geriet, schnappt er mich und schlägt mir mit den Fäusten ins Gesicht, tritt mich mit den Füßen überall hin, wo er treffen kann. Ich bin danach immer fix und fertig und konnte nicht mehr. Meist bin ich nach solchen Mißhandlungen gleich ins Bett gegangen. Mein Weinen hat ihn überhaupt nicht gestört. Besonders brutal ist er, wenn er vorher etwas getrunken hat. Ich hatte Angst vor ihm, deshalb versuchte ich, ihm alles recht zu machen.

Die letzten Prügel habe ich etwa 14 Tage vor dem Mord bekommen. Ich weiß nicht mehr, warum er mich geschlagen hat. Mitunter hatte ich das Gefühl, daß er erst einen Grund gesucht hat, mich zu schlagen. Er war dann wie ein Irrer. Einmal sagte er, ich hätte Werkzeug verlegt, er sagte es nur, um einen Grund zu haben, mich zu schlagen. Ich merkte es und rannte weg. Er hat mich eingeholt, gegriffen, ist auf mich los wie ein Vieh. Er schlug mir ins Gesicht, trat mich mit den Füßen. Ich konnte mich seiner Schläge nicht erwehren. Ich habe keinem Menschen etwas von den Mißhandlungen erzählt, nicht einmal meiner Mutter, die hält zu ihm und wahrscheinlich hätte sie es mir gar nicht geglaubt."

„Was dachten Sie sich, als Ihr Bruder Sie aufforderte, den Christian zu erschlagen?"

„Ich dachte, wenn es rauskommt, wird man für so eine Sache schwer bestraft. Das war mir klar. Trotzdem habe ich es gemacht. Ich habe immer alles gemacht, was mein Bruder von mir verlangt hat. Ich muß noch sagen, daß ich es vielleicht nicht gemacht hätte, wenn mir mein Bruder vorher nicht so viel Alkohol gegeben hätte. Er goß mir zwei oder drei Schnäpse ein, gab mir zwei Flaschen Bier zu trinken. Ich bin Alkohol nicht gewöhnt, ich trinke sonst nicht. An diesem Abend war ich ganz durcheinander."

*

Thomas Maurer kennt sich im Strafgesetzbuch aus. Er hat drei Vorstrafen verbüßt. Er weiß, auf Beihilfe und Anstiftung zum Mord steht die gleiche Strafe wie bei Mord. Der Anstifter wird ebenso hart bestraft, wie der Mörder selbst. Um einer lebenslangen Freiheitsstrafe zu entgehen, muß er seine Mittäterschaft leugnen. Das kann nur mit Hilfe seines Bruders geschehen. Der muß erklären, er erinnere sich an nichts, Bruder Thomas wäre gar nicht zu Haus gewesen. Um ihn zu dieser Aussage zu verleiten, schickt er ihm im Knast zahllose Kassiber. Er schreibt, wenn er die Schuld auf sich nähme, ginge er straffrei aus. Man würde ihm Schwachsinn attestieren und damit müßte ihm das Gericht Unzurechnungsfähigkeit zubilligen. Verspricht ihm Geld und Zigaretten, ist nett und freundlich zu ihm, wie er es vorher nie war, appelliert an ihre brüderliche Zusammengehörigkeit. Thomas weiß, sein Bruder ist weich, folgsam und leicht zu rühren.

Ein paar Tage später wird Thomas vernommen. Die Kriminalisten legen ihm die Aussage seines Bruders vor. Er muß erkennen, seine Appelle haben nichts genutzt, seine Versprechungen haben nichts bewirkt. Sein Bruder hat die Tat gestanden, ihn schwer belastet. Diese Feststellung haut ihn um, stärkt aber auch seine Widerstandskraft. Noch weiß er nicht, wie er sich verhalten soll. Auf keinen Fall wird er seine Beteiligung zugeben. Man wird ihm beweisen müssen, daß er den Mord angeordnet hat. Die kurze Phase der Mutlosigkeit ist vorüber, er ist wieder der Alte, gibt sich selbstbewußt und arrogant, spielt den großen Mann. Will die Kriminalisten beeindrucken, will ihnen den geistigen Höhenunterschied zwischen ihm und seinem Bruder vorführen. Damit kann er die Glaubwürdigkeit seines Bruders in Zweifel ziehen.

Er lächelt die Kriminalisten an. „Es ist eine Frage der Logik, meine Herren“, sagt er in einem Ton, als befände er sich in einem Kurs für Rhetorik, „daß meinem Bruder, dem potentieller Schwachsinn ärztlich bescheinigt wurde, mich da hineinziehen will. In seiner infantilen Naivität ist er der Ansicht, daß er frei ausgeht, wenn er behauptet, ich hätte ihm den Auftrag dazu gegeben. Sie müssen verstehen, meine Herren, mein Bruder ist ein primitives Wesen, er ist es gewöhnt, Befehle und Anordnungen instinktiv auszuführen. Er denkt nicht, weil er nicht denken kann.“

„Sie bleiben also dabei, mit dem Mord nichts zu tun zu haben?“ fragt der Kriminalist.

Maurer hebt theatralisch die Hand zum Schwur. „Ich kann es beschwören. Ich war ja gar nicht im Haus, als es geschah. Und ich habe auch kein Motiv. Warum sollte ich den armen Christian umbringen, er hat mir doch nichts getan.“

Dann macht er eine Pause, legt sein Gesicht in intellektuell anmutende Falten, sagt, als schieße ihm gerade eine elementare Erkenntnis durch den Kopf: „Obwohl, wenn ich recht überlege, gibt es noch eine andere Version, an die ich bis jetzt nicht gedacht habe. Und die lautet Marcel Kling. Er hat mit dem Christian das 1:1-Geschäft abwickeln wollen. Ich habe zwischen den beiden vermittelt. Es könnte doch sein, daß Marcel den Christian erschlagen hat. Er wollte sein Geld.“

„Gut“, sagt der Kriminalist, „nehmen wir mal an, dieser Marcel hat Christian Busch erschlagen. Aber wie kommt es dann, daß Ihr Bruder den Mord auf sich nimmt?“

„Ganz einfach, Marcel hat ihn beeinflußt. Ich sagte Ihnen ja, mein Bruder macht, was man ihm sagt.“

„Wir können Ihrer Theorie nicht ganz folgen, Herr Maurer", sagt der Kriminalist, „Marcel Kling hielt sich das ganze Wochenende bei seiner Verlobten in Cottbus auf."

„Ich bitte Sie, diese Entfernung ist doch kein Hindernis. Er hat ein schnelles Motorrad. Von Cottbus nach Brieslau ist es nur ein Katzensprung. Ich wundere mich, daß Sie noch nicht daran gedacht haben." Maurer lächelt nachsichtig über die Einfältigkeit der Kriminalisten.

Doch da bekommt er gleich die Quittung. „Unsere Untersuchungen haben ergeben, daß Kling am 11.10. nicht auf Ihrem Grundstück war."

„Ihre Untersuchungen sind falsch", korrigiert Maurer mit Langmut, „ich habe Kling am 11.10. gegen 14 Uhr auf meinem Grundstück gesehen und gesprochen, am Abend, etwa um 20 Uhr, kam er dann noch einmal zu mir."

„Wir haben Valentin, Ihren kleinen Stiefbruder befragt, der sagt etwas anders. Er war an diesem Tag bei Ihnen zu Besuch und zwar in der Zeit von 14 bis 20 Uhr. Dann fuhr er mit dem Bus zurück nach Senftenberg. Den Marcel hat er in dieser Zeit nicht gesehen."

Maurer lacht. „Damit können Sie mir nicht kommen. Ich weiß ja, wie Aussagen zustanden kommen. Die Zeugen werden unter Druck gesetzt, Worte werden entstellt und bekommen plötzlich einen anderen Inhalt. Mit mir wurde es doch auch so gemacht."

„Tut mir leid, Herr Maurer", sagt der Kriminalist, „Sie haben Pech, denn auch die Schwester von Marcel Kling sagt aus, daß ihr Bruder vom 10.10. bis 12.10. in Cottbus bei seiner Verlobten war."

Maurer ist leicht ungehalten. „Ach was, die kann erzählen, was sie will. Für mich war er da."

„Wie bedauerlich für Sie, Herr Maurer", sagt der Kriminalist,

„denn auch der Bruder von Marcel sagt aus, daß er nicht zu Haus, sondern bei seiner Verlobten in Cottbus war."

Maurer verliert seine Fassung. „Soll er doch sagen, was er will, ich bleibe bei meiner Aussage."

„Wir haben natürlich auch die Verlobte befragt", sagt der Kriminalist, „sie bestätigt, was alle anderen auch sagen, Marcel war das ganze Wochenende bei ihr in Cottbus."

„Was erwarten Sie von einer Verlobten, daß sie ihren Schatz belastet?"

„Sogar die Mutter des Mädchens hat es bestätigt."

Maurer bleibt unbeeindruckt. „Was die sagen, interessiert mich nicht. Wer weiß, was das für Zeugen sind. Die können viel erzählen."

„Alle Menschen lügen, nur Sie sagen die Wahrheit, was?"

„Sie haben es erfaßt", Herr Leutnant, „genauso ist es."

Maurer gibt sich noch immer souverän, doch seine Spannkraft hat nachgelassen. Die Kriminalisten müssen ihm nun den entscheidenden Schlag versetzen. „Marcel Kling können wir nicht mehr befragen, er ist tot."

„Ich weiß", sagt Maurer gelassen. „Ich weiß auch, warum er sich das Leben genommen hat."

„Ach, das ist ja interessant", erwidert der Kriminalist, „verraten Sie es uns."

„Er hat sich das Leben genommen, weil er mit seiner Schuld nicht leben konnte." Maurer hat wieder Oberwasser.

„Der Tod von Marcel kommt Ihnen wohl sehr entgegen?"

„Wir wollen doch hier bei der Wahrheit bleiben, Herr Leutnant."

„Es ist leicht, einem Toten die Schuld in die Schuhe zu schieben, er kann sich nicht mehr wehren."

„Ich bitte Sie, Herr Leutnant, sein Selbstmord ist doch der beste Beweis für seine Schuld."

„Marcel Kling war ein junger Mann von 22 Jahren, warum sollte er sich das Leben nehmen?"

„Das liegt auf der Hand, und es wundert mich, daß Sie das nicht auch so sehen. Er hat dem seelischen Druck nicht mehr standgehalten. Vielleicht besaß er noch einen Rest von Ehrgefühl. Sein Selbstmord ist sein Geständnis."

Der Kriminalist gibt ihm eine Zigarette, auch Feuer. Eine Pause ist entstanden, die der Kriminalist braucht, um sein Trumpf auszuspielen.

„Es tut mir leid für Sie, Herr Maurer, aber ich muß Ihre Illusion zerstören. Marcel Kling hat sich nicht das Leben genommen, er ist bei einem Verkehrsunfall ums Leben gekommen. Nach Feststellung der Verkehrspolizei hatte er keine Schuld."

Verwirrt und um eine Hoffnung ärmer, geht Maurer in seine Zelle zurück.

Die Kriminalisten planen eine Gegenüberstellung der Brüder Klaus und Thomas. Sie versprechen sich davon, nach dem Geständnis von Klaus würde auch Thomas seine Mittäterschaft zugeben. Wenn sie sich gegenüber stehen könnte es sein, daß in ihnen ein Gefühl von Zusammengehörigkeit entsteht, daß sie Mitleid und Reue empfinden.

Alle Jahre ihres Lebens haben sie miteinander verbracht, waren aufeinander angewiesen, lebten, von ihrer Mutter allein gelassen, in einem viel zu großen, maroden Haus. Beide liebten sie ihre Tiere, arbeiteten im gleichen Betrieb. Selbst bei den Straftaten, die Thomas begangen hatte, half ihm sein Bruder. Waren das nicht gute Gründe auf Einsicht zu hoffen?

Die Gegenüberstellung sollte folgendermaßen vor sich gehen: Die Brüder sitzen an einen Tisch, so, daß sie sich ansehen müssen. Die Fragen werden nur an Klaus gestellt, zu seinen Antworten soll Thomas Stellung nehmen. Das hieß, Klaus konnte, wenn er wollte, seinem Bruder eine Brücke bauen, konnte sagen, daß er sich an Einzelheiten nicht erinnern kann. Daß er selbst nicht weiß, warum er Christian erschlagen hat.

Das würde bedeuten, Thomas kann seinen Kopf aus der Schlinge ziehen. Für ihn hing alles von seinem Bruder ab. Zum erstenmal in seinem Leben war er von ihm abhängig.

Für Thomas ist die Konfrontation Hoffnung und Demütigung zugleich. Sein Leben hängt von diesem Schwachsinnigen ab. Er hat ihn nie als seinen Vertrauten gesehen, hat nie brüderliche Gefühle für ihn empfunden. Er nahm ihn hin, wie man ein notwendiges Übel hinnimmt. Seine Anwesenheit hatte den Vorteil, daß er sich um die Arbeit im Haus nicht kümmern mußte. Die erledigte Klaus. Die Rangordnung ergab sich aus dem unterschiedlichen Intelligenzgrad, ergab sich quasi von selbst, war festgefügt wie ein Naturgesetz. Er, Thomas, hatte zu bestimmen, Klaus hatte zu gehorchen.

Nun war plötzlich alles anders. Die Gegenüberstellung setzte diese Ordnung außer Kraft. Er kann ihm nicht einfach eins in die Fresse geben, ihm sagen, halt die Klappe, dummes Luder.

Dieser blöde Hund hat alles zugegeben. Und das auch noch in erstaunlicher Chronologie, mit fast fotografischer Genauigkeit. So viel Intelligenz hatte er dem Blödmann gar nicht zugetraut.

Eine Legende zu erfinden, die das Geschehen ins Ungewisse verlagert, die bei der Polizei Irritationen auslöst, dazu ist er nicht fähig. Um mit den Ermittlern Katz und Maus zu spielen, braucht man Phantasie und Selbsterhaltungstrieb. Beides fehlt ihm. Er läßt sich von den Ermittlern wie ein Schaf zur Schlachtbank führen. Aber wer weiß, vielleicht ist er doch zur Besinnung gekommen, begreift, um was es geht. Der Teufel soll ihn holen.

Dann ist es soweit. Die Brüder sitzen sich gegenüber, sehen

sich nicht an. Thomas ist blaß, nervös, zwingt sich zur Ruhe, hat Mühe, Gelassenheit zu demonstrieren.

Sie werden belehrt, nur Fragen zu beantworten, die ihnen gestellt werden.

Frage an Klaus Maurer: „Warum haben Sie Christian Busch auf den Kopf geschlagen?“

Antwort: „Weil mein Bruder es gewollt und auch so gesagt hat.“

„Herr Maurer, nehmen Sie dazu Stellung.“

Antwort: „Dazu nehme ich keine Stellung.“

Frage an Klaus Maurer: „Was hat Ihr Bruder zu Ihnen gesagt?“

Antwort: „Busch muß weg und ich soll ihm eins mit der Axt geben.“

„Herr Maurer, nehmen Sie dazu Stellung.“

Antwort: „Dazu nehme ich keine Stellung.“

So geht es weiter, zwei lange Stunden. Klaus schildert bereitwillig und ohne jede Beschönigung den Mord, den Abtransport der Leiche, die Beseitigung der Spuren.

Thomas Maurer dagegen verweigert jede Aussage.

Die letzte Frage an Klaus Maurer lautet: „Welche Aussagen möchten Sie noch gegenüber Ihrem Bruder machen?“

Antwort: „Gar keine. Es kommt ja nichts raus. Er will ja nichts aussagen. Er ist stur. Für mich ist wichtig, was hier zu Protokoll gegeben wird.“

Sie gehen grußlos, wie zwei Fremde auseinander, jeder in seine Zelle.

*

Am nächsten Tag erklärt sich Thomas Maurer bereit, ein Geständnis abzulegen. Er wolle alles so schildern, wie es sich am Abend des 11.10. abgespielt hat. „Ich war“, sagt er, „gegen

Abend in den „Damhirsch“ gegangen, traf dort Bekannte, mit denen ich ein paar Bier trank. Kurz vor Mitternacht kam ich nach Haus, fand meinen Bruder in der Küche sitzend vor, er sagte mir, er habe Christian Busch erschlagen. Mein Fehler war es, dies nicht der Polizei zu melden, sondern ihm zu helfen, die Leiche zu beseitigen.“

„Wenn es Bekannte waren, müssen Sie ja wissen, wie sie heißen“, fragen die Kriminalisten.

„Ich kann Ihnen die Namen und Adressen geben.“

„In Ordnung, wir werden es überprüfen.“

„Der Kellner, er heißt Hermann. Die Frau am Tresen wird sich an mich erinnern, ich kaufte bei ihr vier Packungen Karo, vier Packungen Juwel, eine Packung Duett und eine Packung Forum.“

Die Kriminalisten notieren sich Namen und Adressen und machen sich an die Überprüfung. Sie suchen jeden einzelnen in seiner Wohnung auf, ein Protokoll wird gemacht und bald steht das Ergebnis fest. Dann wird Maurer mit den Aussagen seiner Alibizeugen konfrontiert.

Die Frau am Buffett sagt aus, am Samstag dem 11.10. hatte kein Kunde diese bunte Mischung von Zigaretten gekauft, daran würde sie sich erinnern. Aber am nächsten Abend, am 12.10., da hätte einer diese unterschiedlichen Zigarettenmarken verlangt.

Maurer erwidert ungerührt: „Wer weiß, wie diese Zeugin beeinflußt worden ist.“

Der Kriminalist: „Sie behaupten, mit folgenden Männern am Abend des 11.10. zusammengewesen zu sein: Bruno Jähnike, Fred Bartonik, Herbert Krumpelt, Heinz Lampert, Dieter Schreiter und Franz Hagedorn. Stimmt das?“

„Stimmt, so war es.“

„Also, dann fangen wir bei Bruno Jähnike an, er sagt, er

kenne Sie nicht, ist mit Ihnen noch nie im „Damhirsch" zusammengetroffen."

Maurer: „Der ist beeinflußt worden."

„Der Zeuge Fred Bartonik erklärt ebenfalls, Sie nicht zu kennen."

Maurer: „Das kann nicht sein, ich saß mit ihm in Haft, in Waldheim, vor knapp einem halben Jahr. Jetzt traf ich ihn wieder. Sicher ist auch er beeinflußt worden."

„Der Zeuge Herbert Krumpelt kennt Sie ebenfalls nicht. Wenn Sie behaupten, Sie hätten ihm Grüße von einem gemeinsamen Bekannten bestellt, so stimmt das nicht."

Maurer: „Was soll ich dazu sagen. Die Zeugen sind doch alle beeinflußt."

„Der Zeuge Heinz Lampert sagt aus, er habe Sie erst hier, in der Untersuchungshaft kennengelernt. Sie haben verabredet, er solle als Alibizeuge fungieren."

„Der Kerl lügt."

„Sie haben ihm aufgetragen, folgendes auszusagen: Er habe an einer Bushaltestelle gestanden und auf den Bus gewartet. Sie wären vorbeigegangen, hätten ihn nicht gleich erkannt. Daraufhin lief er hinter Ihnen her und sprach Sie an. Das sollte er aussagen, doch er will nicht für Sie lügen."

„Ich lehne es ab, mich dazu zu äußern. Auch dieser Zeuge wurde beeinflußt, mehr sage ich jetzt nicht."

„Der Kellner Hermann, von dem Sie behaupten, er habe Sie am 11.10. bedient, hatte an diesem Tag frei. Am nächsten Tag war er wieder im Dienst. Da hat er sie auch bedient. Sie waren also nicht am Tattag im „Damhirsch", sondern einen Tag später. Sie dachten wohl, die Leute würden sich nicht mehr so genau erinnern."

„Ich sage nichts mehr."

Im festen Glauben daran, seine Lage zu ändern und ungeschoren aus der Sache herauszukommen, bestellt sich Thomas Maurer den bekanntesten aller Anwälte der DDR, Professor Dr. Kaul aus Berlin. Der Anwalt übernimmt die Verteidigung, wird in der Sache auch tätig. Er informiert sich über den Sachverhalt. Schreibt einen Brief an die Staatsanwaltschaft mit der Forderung die „Fortdauer der Untersuchungshaft zu überprüfen", da der Beschuldigte angibt, die Tat nicht begangen zu haben, sich lediglich schuldig gemacht habe, seinen Bruder nicht angezeigt zu haben.

Noch bevor weitere Aktivitäten erfolgen, geschieht das Unvorhersehbare, Professor. Kaul stirbt. Die Anwälte seiner Kanzlei legen das Mandat nieder. Maurer ist gezwungen, sich einen neuen Anwalt zu nehmen. Er entscheidet sich für einen Anwalt aus Cottbus. Die Unterredungen mit dem Anwalt finden, solange die Ermittlung nicht abgeschlossen ist, im Beisein eines Kriminalisten statt. Das paßt Maurer natürlich nicht. Er will seinen Anwalt ohne Aufsicht sprechen, will ihn veranlassen, Alibizeugen zu suchen, sie zu überreden, falsche Aussagen zu machen. Pfiffig wie er ist, findet er einen Ausweg, er verständigt sich mit seinem Anwalt über Kassiber. Darin weist er den Anwalt an, was er zu tun habe, welche Personen er aufsuchen, wen er beeinflussen soll, damit die Zeugen für ihn aussagen.

Damit der Anwalt auch das tut, worum er ihn bittet, macht er ihm ein großartiges Angebot. In einem Kassiber schreibt er: „Ich möchte mich bei Ihnen für Ihre Bemühungen recht herzlich bedanken. Da mir das Honorar für Ihre Bemühungen zu gering erscheint, möchte ich mich mit Ihnen auf ein anderes Honorar einigen. Ich könnte Sie in West bezahlen. Über diese Angelegenheit geben Sie mir bitte Bescheid."

Daß der Anwalt dieser Verlockung erlegen ist, scheint unwahrscheinlich. Anzunehmen ist, daß er auf diesen plumpen

Trick nicht reingefallen ist. Er besitzt auch heute noch seine Anwaltskanzlei, ist weiter am Gericht tätig.

An seine Mutter schreibt Maurer einen Kassiber, den er in das Futter einer Jacke einnäht. Er gibt ihr folgende Anweisung:

„Liebe Mutti, geh bitte zur Polizei und mache dort folgende Aussage: Zwei Tage vor seinem Tod wäre Marcel Kling zu Dir gekommen und hat folgendes gesagt: Thomas ist unschuldig, er habe nur zwischen ihm und Christian Busch vermittelt. Dann habe er, Marcel, sich von Thomas drei Lepinal geben lassen, die er Christian in den Alkohol tat. Dann wäre er in die Werkstatt gegangen, habe alte Säcke geholt, habe Klaus so lange geprügelt, bis der bereit war, Christian zu erschlagen. Das alles wäre in der Zeit von 21.30 bis 24.00 Uhr geschehen. Als Thomas nach Hause kam, sei er durch den Garten verschwunden. Später habe er Thomas den Blankoscheck gegeben, ihm gesagt, er möge ihn einlösen. Dies habe Thomas auch getan und ihm das Geld übergeben.

Sage, daß Marcel Kling wörtlich gesagt hätte: 'Liebe Frau Maurer, das ist die Wahrheit. Bitte unternehmen Sie alles, damit Ihr Sohn nicht länger im Knast bleiben muß. Ich melde mich am Montag selbst bei der Kriminalpolizei.'"

Soweit der Kassiber, den Thomas an seine Mutter geschrieben hat. Sie hat ihn nicht bekommen, der Wärter fand ihn im Futter der Jacke.

Am nächsten Tag besuchte einer der Kriminalisten die Mutter, stellte nur eine Frage: „War Marcel Kling, zwei Tage bevor er starb, bei Ihnen?"

Die Mutter, die keine Ahnung von dem Kassiber hat, antwortet wahrheitsgemäß: „Marcel Kling war noch nie bei mir. Ich kannte ihn nur flüchtig."

Thomas Maurer hatte seine Mutter zur Komplizin machen wollen. Sie sollte ihn, den Mörder, decken. Hätte man dafür Verständnis haben müssen? Darf eine Mutter ihren Sohn decken, obwohl er ein Mörder ist? Gerät eine Mutter damit nicht in eine tödliche Zerreißprobe? Was mag stärker sein, Mutterliebe oder die Achtung vor dem Leben eines anderen Menschen?

Wäre der Kassiber Anlaß gewesen, darüber nachzudenken, wie sie ihre Kinder erzogen hat? Beide waren straffällig geworden, beide lebten an der Grenze zur Asozialität. Thomas' Leistungen im Betrieb waren dürftig. Von 111 Arbeitstagen meldete er sich 53 Tage krank, hatte acht Tage Urlaub, leistete sich 25 Fehlschichten.

*

Bevor der Prozeß vor dem Bezirksgericht anberaumt wird, werden Klaus und Thomas Maurer einer forensisch-psychologischen Begutachtung unterzogen. Über Klaus Maurer sagt der Gutachter, daß es sich bei ihm um einen Schwachsinn handelt, der an der Grenze der Debilität liegt. Er zeigt eine Minderung der Kritik- und Urteilsfähigkeit, arbeitet in geistiger Hinsicht unsystematisch, ziellos hantierend. Er gibt sich mit „Ungefährlösungen" zufrieden. Bestimmend für sein Verhalten ist vielmehr die Neigung, die Situation irgendwie zu bewältigen, wobei auf Grund seiner verminderten intellektuellen Leistungsfähigkeit immer einfache Lösungen im Vordergrund stehen. In sozialer Hinsicht nimmt der Beschuldigte eine Außenseiterposition ein, wird eher geduldet, nicht ernst genommen. Er wird benutzt, nicht als Persönlichkeit akzeptiert. Er klammert sich an Menschen, die ihm wenigstens ein geringes Maß an Zuwendung schenken. Zu ihnen entwickelt sich schnell ein Abhängigkeitsverhältnis, das auch bei der Aufforderung zu kriminellen Handlungen Bestand hat.

Ein Psychologe der Humboldt-Universität beschäftigt sich mit Thomas Maurer. Er kommt zu der Auffassung, daß es sich bei ihm um eine normal intelligente, neurotische Persönlichkeit handelt. Er ist aufbrausend, neigt zu impulsiven Aggressionshandlungen, lehnt jede Autorität ab, ist in seiner Grundstruktur stark geltungsbedürftig.

Zu der Tatsache, daß Thomas Maurer ein halbes Dutzend Geständnisse abgelegt und sie widerrufen hat, äußert sich dieser: „Ich habe mit den Vernehmern Katz und Maus gespielt. Die müssen mir die Schuld nachweisen und nicht umgekehrt. Bis zum 30. August 1981 habe ich gegen die Ermittlungen gearbeitet, habe Dinge zugegeben oder abgestritten oder auf mich genommen, die nicht den Tatsachen entsprachen."

Angefangen hat sein Feldzug gegen die Ermittler an jenem Tag, an dem er zur Polizei ging und dort angab, Christian Busch sei wahrscheinlich in den Westen gegangen.

Der Haß gegen Staatsanwalt und Kriminalpolizei ist wie eine Krankheit in ihm. Sie findet ihren verhängnisvollen Höhepunkt an dem Tag, an dem er im Strafvollzug in Brandenburg mit Hans Zelinski zusammentrifft.

*

Am 2., 3. und 8. Februar 1982 findet vor dem 1. Strafsenat des Bezirksgerichts die Hauptverhandlung gegen Thomas und Klaus Maurer statt. Vorsitzende des Gerichts ist Oberrichterin Renate Jentsch.

Das Urteil für Thomas lautet: lebenslängliche Freiheitsstrafe. Klaus wird zu zwölf Jahren verurteilt.

In der Begründung wird das Geschehen zusammengefaßt: Thomas Maurer hat Christian Busch unter dem Vorwand Ost gegen West 1:1 zu tauschen zu sich bestellt. Christian sagte, er habe 900 Mark und einen Blankoscheck. Sie tranken Alkohol, Thomas hielt sich bewußt zurück. Christian bekam Kopfschmerzen. Thomas gab ihm drei Bellucesal und eine Lepinal 0,3 in der Absicht ihn einzuschläfern. Christian wurde übel. Unter dem Vorwand, ihm ein Gegenmittel zu geben, drängte er ihm eine zweite Lepinal 0,3 auf. Christian fiel in einen tiefen Schlaf. Thomas versuchte an die Brieftasche des Jungen zu kommen, was ihm nicht gelang. Da er fürchten mußte, der Junge würde wach, entschloß er sich, ihn zu töten. Dies sollte mit einer Axt geschehen. Er holte die Axt, stellte sie neben die Tür des Wohnzimmers und forderte seinen Bruder Klaus auf, den Jungen zu erschlagen. Der weigerte sich zunächst, unter Drohungen führte er die Tat jedoch aus. Thomas hielt sich im Nebenzimmer auf. Klaus verließ anschließend sofort das Zimmer. Thomas nahm dem Jungen das Geld und den Scheck weg. Danach brachten die Brüder den Erschlagenen an eine abgelegene Stelle der Schwarzen Elster und stürzten ihn ins Wasser.

Professor Lange von der Medizinischen Akademie Dresden stellt in seinem Gutachten fest, daß bei Thomas Maurer eine abnorme Persönlichkeitsentwicklung mit Halt- und Willensschwächen vorliegt. Es besteht keine Veranlassung, auf eine verminderte Schuldfähigkeit zu erkennen.

Bei Klaus Maurer erkennt das Gericht eine verminderte Zurechnungsfähigkeit an. Natürlich gehen die Anwälte der Brüder in Berufung. Das Oberste Gericht der DDR prüft die Anträge und verwirft sie.

Die Brüder treten eine lange Haftstrafe an. Sie leben in verschiedenen Haftanstalten. Als 1987 die DDR eine allgemeine Amnestie erläßt, wird Thomas Maurer davon ausgenommen. Nach der Wende läßt er nichts unversucht, ein Rehabilitationsverfahren anzustrengen. Anders als Zelinski verhält er sich in der Haft angepaßt, ist geschmeidig, arbeitsam, freundlich zu den Wärtern. Er tut nichts, um negativ aufzufallen. Er weiß aus seinen Vorstrafen, daß das Verhalten eine Rolle bei der Bewertung spielt. Sein gutes Betragen bringt ihm manchen Urlaub ein. Er darf seine Mutter besuchen, darf ausgehen. Die letzten Jahre verbringt er in der Haftanstalt Schwarze Pumpe. Er hat Freigang, eine Beschäftigung, besitzt ein Auto, fährt morgens zu seinem Arbeitgeber, erweist sich als nahezu kumpelhaft, nimmt zwei Mithäftlinge mit dem Wagen zur Arbeit mit.

Eine lebenslange Haft kann nach 15 Jahren als verbüßt gelten, der Häftling kann auf Bewährung entlassen werden. Seine 15 Jahre sind am 18.10.1995 beendet. Immer wieder stellt Maurer den Antrag, früher rauszukommen. Er schreibt Briefe, die einem Unbeteiligten das Herz brechen könnten. Er möchte sich um seine kranke Mutter kümmern, schreibt er, möchte für sie da sein, auch für seinen Bruder Klaus, der, an Krebs erkrankt, früh aus der Haft entlassen wurde. Seine Liebe und Fürsorge gelte diesen beiden Menschen.

Man ist gerührt über die wundersame Wandlung eines Mörders in einen Philanthropen. Man hofft, er hat gelernt, begriffen, ist geläutert und könnte nun in die Welt der anständigen Menschen aufgenommen werden.

Doch das alles ist Tünche. In der Zeit seiner gelockerten Haft begeht er eine neue Straftat. Er macht sich der Urkundenfälschung und des Betrugs schuldig. Er betrügt eine Maklerfirma um 18.590 DM. Wieder steht er vor Gericht, wieder wird er verurteilt. Er hat nichts dazu gelernt.

Unvermindert lebt in ihm der Haß auf Staatsanwalt Helbig und die Ermittler der Kriminalpolizei. Sie hatten ihn durchschaut, waren auf seine Lügen, seinen Verstellungen nicht hereingefallen. Thomas Maurer hatte mit ihnen Katz und Maus spielen wollen und mußte doch einsehen, daß er nicht gewinnen konnte. Er schwört, Rache zu nehmen. Noch weiß er nicht wie. Da lernt er in der Haftanstalt Hans Zelinski und Manfred Krimke kennen. Sie schmieden einen Plan.

Die Liebe und der Tod

Die Geschichte ihrer Liebe ist unbedeutend und wäre auch nicht mitteilenswert, wenn an ihrem Ende nicht der Tod gestanden hätte. Der Tod in seiner traurigsten Form, dem Mord.

Man sagt, alle glücklichen Familien sind einander ähnlich, aber jede unglückliche Familie ist auf ihre besondere Art unglücklich. Das mag für viele zutreffen, nicht für Manfred und Gesine Krimke. Beide hätten das Zeug gehabt, miteinander glücklich zu sein. Eine Ehe zu führen, die ruhig und friedlich verläuf. Als Manfred seine Gesine kennenlernte, hatte er schon eine Ehe hinter sich. Sie war von den Eltern erzwungen worden, weil Freundin Erika schwanger war. Manfred fügte sich, heiratete das Mädchen. Ehen dieser Art werden nicht im Himmel geschlossen, sie gehen verlustreich kaputt. Ihnen fehlt eine Art Haltbarkeitsgarantie, die Liebe. So dauerte die erste Ehe des Manfred Krimke auch nur ein Jahr.

Als er Gesine kennenlernte, hatte er noch die Beule in seiner Seele, die er sich in seiner Kurz-Ehe geholt hatte. Aus vollem Herzen verliebte er sich neu, sie verliebte sich in ihn. Beide glaubten an ihre Liebe, auch daran, daß sie ewig hielte. Sie heirateten, lebten in einer kleinen Stadt, der Rosenstadt im Lande Brandenburg. Ein Kind kam, ein zweites, ein drittes und ein viertes. Daß dieses vierte Kind überhaupt noch zustande gekommen war, wunderte Gesine. Mit den Jahren waren sie sich gleichgültig geworden. Ihre Leidenschaft war erkaltet. Ihre Liebe war zur Gewohnheit geworden. Keiner von beiden entdeckte den Zauber, der in einer Gewöhnung liegen kann, wenn sie von Liebe getragen wird.

Es sind immer die gleichen Gründe, weshalb eine Liebe stirbt. Der eine nimmt den anderen nicht mehr wahr. Gesines Erwartungen hatten sich nicht erfüllt. Sie hatte die Kinder zu versorgen, führte den Haushalt und arbeitete in ihrem Beruf. Eine Last, die kaum zu tragen war.

Manfred war Koch, Kellner, wurde gar Gaststättenleiter. Er war ein guter Koch, ein fleißiger Kellner und verläßlicher Gaststättenleiter. Die kleine Stadt wurde ihm irgendwann zu eng. Er wollte mehr vom Leben, nahm eine Stelle als Kellner in einem der besseren Restaurants in Cottbus an. Dort geschah das, was unausweichlich scheint, wenn ein Mann unbeaufsichtigt ist. Er lernte die junge hübsche Kellnerin Cora kennen, zog zu ihr, lebte in frivoler Unbekümmertheit mit ihr, als wäre er frei und hätte nicht Frau und Kinder. Cora, die hübsche Kollegin, ahnte nichts von seinem Doppelleben. Denn er blieb auch an seinen freien Tagen bei ihr. Cora wurde schwanger. Zur gleichen Zeit wurde auch Gesine mit ihrem vierten Kind schwanger.

Das Schicksal erlaubte sich mit beiden Frauen einen trüben Scherz. Sie begegneten sich, dickbäuchig schon, im Krankenhaus, als sie Manfred besuchten, der wegen einer Sportverletzung dort lag. Aber vielleicht war dieser Zufall ein Wink zielbewußter Vorsehung. Von Stunde an wußte Gesine von der Existenz der anderen Frau. Cora dagegen ahnte nicht, wer diese andere Frau war.

Hoffnung ist manchmal nur eine aufgeschobene Enttäuschung. Das hätte Gesine wissen müssen. Sie hatte gehofft, dieses vierte Kind, die kleine Tanja, würde ihn der Familie zurückbringen.

Das Gegenteil geschah. Cora hatte einen Sohn geboren, den sie Kay nannte. Sie brachte ihn in die Wochenkrippe, an den Wochenenden kümmerte sich die Großmutter um das Baby. So war der Weg frei für Manfred und Cora. Sie ließen sich als Saisonkräfte an die Ostsee anwerben. In Binz arbeiteten sie vergnügt und gut bezahlt in einem guten Restaurant.

Gesine indes lebte weiter in ihrer kleinen Stadt, rieb sich zwischen der Betreuung ihrer vier Kinder, dem Haushalt und dem Beruf auf. Sie lebt das Leben einer Frau, die den Sinn des Lebens verloren hat. Die Zeit verrann. Das Leben ging an ihr vorüber. Sie sehnte sich nach Liebe und Zärtlichkeit, sie sehnte sich nach einem Menschen, an den sie sich anlehnen konnte. Sie sehnte sich danach, auch einmal schwach sein zu dürfen. Doch um sie herum war nur Leere. Ein Mensch mit einer wunden Seele verändert sein Wesen.

Gesine hatte eine harte Kindheit bei einer bösen Mutter hinter sich. Die Frau, die sich Mutter nannte, hatte sie geprügelt, mißhandelt, mit dem Feuerhaken auf sie eingeschlagen.

Die Wunden, die sie in ihrer Kindheit erlitten hatte, waren noch nicht verheilt. Das Erlebnis einer verlorenen Kindheit verblaßt zwar im Alter, doch es wirkt im Unterbewußtsein weiter. Der mißhandelte Mensch kann es nicht abschütteln, wie die Erinnerung an einen schlechten Film. Gesine war es in ihrer Kindheit nicht vergönnt, Liebe, Zärtlichkeit, Zusammengehörigkeit zu erfahren. Das zarte Pflänzchen Liebe hatte ihr die rabiate Mutter ausgetrieben. Dieses bedrückende Erbe gab sie an ihre Kinder weiter. Nicht, daß sie sie geschlagen hätte, nein, das tat sie nicht. Aber sie war unfähig, ihnen das Wichtigste zu geben, was der kleine Mensch braucht, ohne das er verloren ist: Liebe.

Aus der liebenswürdigen sanften Gesine wurde eine schrille laute Person. Sie wurde zänkisch und bisweilen ordinär. Die dunkle Seite ihres Wesens brach immer dann besonders heftig auf, wenn ihr Mann zu einem Kurzbesuch bei ihr auftauchte. Sie begann ihn zu hassen.

*

Der Herbst kam. Die Saison an der Ostsee ging zu Ende. Manfred und Cora kehrten nach Cottbus zurück. Sie arbeiteten wieder in ihrem alten Betrieb. Dann geschah das Unvermeidliche. Auf eine simple Art kam Cora hinter sein Doppelleben. Im Betrieb ging eine Liste herum, in die sich die Mitarbeiter eintragen sollten, deren Kinder an der betrieblichen Weihnachtsfeier teilnehmen wollten. Cora bekam die Liste in die Hand, erfuhr auf diese sehr prosaische Weise, daß ihr geliebter Manfred vier Kinder hat. Sie fiel aus allen Wolken und setzte ihn rigoros vor die Tür. Manfred war nicht der Mann, der einen solchen Rauswurf einfach hinnahm. Er war nicht bereit, leise und beschämt, verlegen und schuldbewußt, mit gesenktem Kopf von dannen zu ziehen. Er schäumte vor Wut, verfolgte sie, randalierte vor ihrer Wohnung. Als sie nicht öffnen wollte, trat er die Tür ein. Cora ließ sich jedoch nicht beirren. Er hatte verloren, er mußte kündigen und gehen.

Er kehrte nach Hause zurück mit der unverschämten Illusion, dort wieder anfangen zu können, wo er aufgehört hatte. Sein Plan ging nicht auf. Gesine war zu keiner Versöhnung bereit. Die Verletzungen ihrer Seele waren tief. Er durfte sie nicht einmal anfassen. Sie schrie ihn, verbittert und verletzt, an, beschimpfte ihn. Alle freundlichen Worte waren aus ihrem Wortschatz verschwunden. Nach solchen Szenen verließ er das Haus, übernachtete bei Steffi, seiner Schwester, oder in seinem Gartenhäuschen. Es kam aber auch vor, daß er gewalttätig wurde und seine Frau schlug. Bald stellte sich heraus, daß er nicht der starke Mann war, für den man ihn allgemein gehalten hatte. Sein Charakter war eher eine unübersichtliche Mischung aus Ratlosigkeit, Verzagtheit, Brutalität und Gewissenlosigkeit. Ein Einzelgänger, der seine Probleme mit sich selbst ausmachte, dabei oft genug die falsche Entscheidung traf.

Nur mit einem Menschen konnte er über seine Probleme reden, das war Steffi. Sie riet ihm, bei seiner Frau zu bleiben. Er jedoch sah keine gemeinsame Zukunft mehr mit ihr, trotzdem hielt er sich an den Rat der Schwester. „Wenn ich zugestimmt hätte, hätte er sich scheiden lassen“, sagte sie später, „er lag auf den Knien und bettelte um meine Zustimmung.“

Darf sich ein Mensch so weit in das Leben eines anderen einmischen? Weiß er, welche fatalen Folgen sein Rat für ihn haben kann?

Die Arbeit als Gaststättenleiter nahm Manfred voll in Anspruch. In seiner Freizeit züchtete er im Gartenhäuschen Rassekatzen und hielt exotische Vögel. Seine Kinder interessierten ihn nicht. Die wuchsen heran. Die Wohnung wurde zu klein. Gesine fand es unschicklich, daß der Junge mit drei Mädchen in einem Zimmer schlief. Sie beantragte eine größere Wohnung, bekam sie. Es war eine Wohnung mit Balkon und Blick in den Park. Als der Umzug bevorstand, ließ sich Manfred nicht sehen.

Gesine hatte die schwere Last des Umzugs allein zu tragen. Die Kinder halfen, Freunde halfen, schleppten die Möbel nach oben. Dann entdeckte eines der Kinder den Vater hinter einem Baum. Er stand da und beobachtete die Familie, wie sie sich plagte. Die Kinder riefen ihren Vater, der machte sich schnell aus dem Staub. Verständlich, daß Gesine ihm die Schlüssel für die neue Wohnung nicht gab. Er hatte sich selbst exmittiert.

Jedes Jahr im Sommer feierte man im Ort das Rosenfest. Gesine hatte sich bereit erklärt, ihren Bürosessel zu verlassen und auf dem Fest einen Stand zu betreuen. Als sie dort stand und mit Kunden redete, sah sie ihren Mann mit einer fremden Frau in zärtlicher Umarmung über die Festwiese gehen. Sie konnte nicht an sich halten, rannte den beiden hinterher, schrie und tobte. Es gab eine Szene, ebenso häßlich wie überflüssig.

Sie erfuhr, daß er bei dieser Frau wohnte, einer Witwe, die ein Haus geerbt hatte und nach langer Einsamkeit froh war, wieder einen Mann bei sich zu haben.

Manfred wußte nicht recht, wie sein Leben weitergehen sollte. Sollte er bei dieser neuen Frau bleiben? Sollte er zurückgehen zu seiner Familie? Seine Seele war gespalten. Er entschied sich, ging zurück zur Gesine. Es hielt nicht lange. Dann zog es ihn wieder zu der Witwe.

*

Um diese Zeit war es, daß Gesine mit einer Freundin in einer Gaststätte saß. Ein junger Mann steuerte auf ihren Tisch zu, fragte artig um Erlaubnis, sich zu ihnen setzen zu dürfen. Bald kamen sie ins Gespräch. Nach einer Weile verabschiedete sich die Freundin, was Gesine mit aufkommender Freude quittierte. Noch am gleichen Abend nahm sie den Fremden, der sich Moritz nannte, in ihre Wohnung mit. Von da an kam er häufiger, sie trafen sich auch außerhalb, sie nächtigte mitunter in seiner Wohnung.

Es war kein Edelstein, den sie da aufgelesen und mitgenommen hatte. An dem Tag, an dem sie sich kennenlernten, war er gerade aus dem Gefängnis entlassen worden. Und es war nicht sein erster Aufenthalt hinter Gittern. Sein Leben war ungeordnet und ohne Halt verlaufen. Er war zwanzig Jahre jünger als Gesine. Das alles störte Gesine nicht. Vielleicht spürte sie, daß sie sich weit unter ihr Niveau begeben hatte. Doch er gab ihr, wonach sie sich lange schon sehnte, sexuelle Erfüllung. Dieses ebenso zwiespältige wie lebenswichtige Band, das zwei Menschen unterschiedlicher sozialer Größenordnung aneinander bindet, erweist sich mitunter als untrennbar. Möglicherweise jedoch nicht bei einem Mann, der außer seiner sexuellen Virtuosität, nur über geringfügige charakterliche Qualitäten verfügt. Irgendwann spürte Gesine, daß er Anstalten machte, sich von ihr zu trennen. Da versucht sie, ihn mit kleinen und größeren Geschenken an sich zu binden. Diese kluge, erfahrene Frau wußte, dies ist kein Bund für die Ewigkeit, doch sie wollte ihn halten, solange es ging.

Steffi, Manfreds Schwester, erfuhr von dem Verhältnis, fand es skandalös und anstößig, hatte nichts Besseres zu tun, als ihrem Bruder diese schandbare Nachricht zu überbringen. Manfred wurde wütend. Den Gedanken, seine Frau habe einen anderen Mann, konnte er nicht ertragen. Er litt, wie all die Männer, die dauerhaft fremdgehen, an der unheilbaren Krankheit Eifersucht. Doch es war nicht nur Eifersucht, die ihn plagte, es war das Bewußtsein, daß seine Frau anfing, eigene Wege zu gehen, über ihr Leben selbst zu bestimmen. Das ertragen Männer nicht, die an übersteigertem Selbstbewußtsein leiden. Manfred spürte instinktiv, daß Gesine ihm überlegen war, souverän das tat, was ihr gefiel. Es war die bittere Erkenntnis, daß er die Macht über sie verloren hatte.

Nun hielt es ihn nicht mehr bei der Witwe, er kehrte zu Gesine zurück, versuchte verlorenes Terrain zurückzugewinnen. Dabei passierte ihm das Schlimmste, was einem Mann in dieser Situation nur passieren kann, er hatte plötzlich Potenzprobleme, versagte im Bett. Das war eine neue, katastrophale Situation. Bei der Witwe hatte er es zu erfreulichen Leistungen gebracht. Hier, bei seiner Frau, versagte er. Und das ausgerechnet in dem Augenblick, da er ihr beweisen wollte, was für ein großartiger Mann er war. Sie reagierte auf seine Niederlage ohne Nachsicht, mit Spott und Hohn. Sein Waterloo war für sie Anlaß, ihn zu demütigen. Und sie tat es ausgiebig, nicht nur, wenn sie zu zweit waren und er zu neuen Versuchen startete. Sie tat es auch in Gegenwart von Freunden und Bekannten. Von einer Frau in dieser Weise erniedrigt zu werden, hilft keinem Mann weiter, er fällt immer tiefer in seine sexuelle Bedeutungslosigkeit zurück.

*

An den Wochenenden fanden in der Gaststätte „Zur Quelle" Tanzvergnügen statt. Manfred lud seine Frau dazu ein. Sie nahm seine Einladung an. Sie war gern unter Leuten, doch sie ahnte nicht, daß er sich einen teuflischen Plan zurechtgelegt hatte. Zuerst machte er sie betrunken, flößte ihr große Mengen Alkohol ein, während er sich zurückhielt. Dieses unwürdige Spiel ging so weit, daß der Kellner sich weigerte, weitere Bestellung entgegen zu nehmen. Den anderen Gästen am Tisch wurde schnell klar, was der Mann im Schilde führte. Er wollte seine Frau bloßstellen, sie vorführen, sie klein und erbärmlich machen. Er wollte, daß man sie rauswarf, sie der Gaststätte verwies. Er steigerte das böse Spiel, forderte sie zum Tanz auf. Dazu war Gesine nicht mehr in der Lage. Unfähig zu tanzen, vermochte sie nicht, auf die Musik zu reagieren, bewegte sich wie im Taumel, knickte ein, konnte sich nicht mehr auf den Beinen halten. Unbeeindruckt von der verärgerten Aufmerksamkeit der Gäste, unbeeindruckt vom hilflosen Zustand seiner Frau, schleifte und zog er sie über die Tanzfläche. Eine makabre, gespenstische Szene.

Als Manfred aufbrechen wollte, weigerte sich Gesine mit ihm zu gehen. Sie lallte ihre Abwehr. Er griff sie hart an. Sie sank bewußtlos zu Boden.

Am nächsten Tag war ihr Körper voller Hämatome.

*

Dann kam der 30. August 1980, ein Samstag. Der Männerchor der Tuchfabrik feierte sein Stiftungsfest. Manfred hatte in diesem Chor gesungen, nun sang er nicht mehr, war aber noch Mitglied. Das Fest fand in einem Dorf statt, etwa dreißig Autominuten entfernt. Die Gäste reisten mit Bussen an. Auch Manfred und Gesine waren eingeladen. Der Leiter des Männerchores begrüßte das Ehepaar, wies ihm einen Tisch zu. Das Fest begann um 18 Uhr und sollte um ein Uhr enden. Eine Kapelle war engagiert, zum Tanz aufzuspielen. Während die Gäste das Festmahl einnahmen, spielte die Kapelle gefällige Weisen zur Unterhaltung.

Der Wirt hantierte hinter dem Tresen, die Mutter des Wirts machte sich in der Küche zu schaffen, der Kellner bediente, die Frau des Kellners war als zusätzliche Hilfe für diesen Abend eingestellt worden.

Nach dem Essen wurde getanzt. Auch Manfred bat seine Frau aufs Parkett. Sie sah an diesem Abend besonders gut aus, trug einen weißen Rock und eine schwarze elegante Bluse. Oft genug saß sie allein am Tisch, während ihr Mann mit diesem und jenem Bekannten an der Theke stand und trank.

Die spezielle Begabung der Kapelle bestand darin, kleine Spiele zu organisieren, die die Gäste zur Fröhlichkeit animieren sollten. Eines dieser Spiele war der „Reigentanz". Und der lief so ab: Der männliche Gast bekam einen Zettel, auf dem stand ein Name, beispielsweise Tristan, der weibliche Gast bekam einen Zettel, auf dem stand beispielsweise Isolde. Tristan und Isolde, das weiß jeder halbgebildete Musikfreund, ist das klassische Paar aus einer Oper von Richard Wagner. Andere Paare hießen Hänsel und Gretel oder Papageno und Papagena und so weiter, quer durch Opernwelt und Literaturgeschichte.

Der Kapellmeister rief Tristan auf die Tanzfläche, zu ihm hatte sich das Pendant, also Isolde zu gesellen. Auch Gesine beteiligte sich an diesem neckischen Spiel, sie war das Gretchen und zu Gretchen gehört nun mal Faust. Nachdem Faust aufgerufen und Gretchen sich zu ihm begeben hatte, tanzten sie zusammen. Regisseur in diesem harmlosen Spiel war der Zufall. Doch der sollte eine tödliche Konsequenz haben.

Gretchens Faust war ein junger blonder Mann, den sie nie zuvor in ihrem Leben gesehen hatte. Trotzdem machte es ihr

Spaß, mit ihm zu tanzen. Nach dem Tanz brachte er sie brav an ihren Tisch zurück. Bald darauf erschien Manfred, der am Stammtisch eine Lage spendiert hatte. Gesine wurde es plötzlich schlecht, sie hatte wieder zu viel getrunken. Sie sagte, sie müsse an die Luft. Im gleichen Augenblick verließ auch ihr Tanzpartner den Saal. Manfred registrierte das mit aufkeimendem Mißtrauen. Er bestand darauf, sie zu begleiten. Gemeinsam verließen sie den Saal, gingen auf den Hof. Sie war blaß, ihr war übel, sie atmete die frische Abendluft tief ein, lehnte sich stützend an die Wand.

Manfred sagte: „Laß uns nach Haus fahren." Doch womit. Der gemietete Bus, so war es verabredet, würde erst gegen ein Uhr zurückfahren. Er wollte sich um ein anderes Fahrzeug kümmern, ging in die Gaststube zurück, fragte den Kellner, ob er ihn mit seinem PKW nach Hause fahren könnte. Der Kellner sagte, er könne nicht fahren, er habe getrunken, aber seine Frau, die in der Küche half, könnte es tun, sie hätte nicht getrunken. Manfred ging in den Hof zurück. Gesine war nicht mehr da, war verschwunden. Ein wilder, böser Verdacht stieg in ihm auf, dieser junge Mann, jener Faust, dachte er, war in Wirklichkeit kein Fremder, den der Zufall ihr zugespielt hatte, es war Moritz, ihr Liebhaber. Der hatte sich unter die Gäste gemischt, obwohl er nicht dazu gehörte, auch nicht eingeladen war. Sie hatte ihm dabei geholfen, hatte das skandalöse Rendezvous organisiert. Ohne ihre Hilfe wäre er nie in die Gaststätte eingelassen worden. Das Stiftungsfest war schließlich eine „Geschlossene Gesellschaft". Sie wollte ihn, ihren eigenen Mann vor aller Welt blamieren.

Er nahm sich vor, das Paar in flagranti zu ertappen und den Liebhaber zusammenzuschlagen. Auf der Suche nach einem Knüppel entdeckte er einen Hocker, brach ein Stuhlbein ab und begab sich auf die Suche nach dem vermeintlichen Liebespaar. Er suchte, fand jedoch keinen Liebhaber, kein Liebespaar, aber er fand auch seine Frau nicht.

Doch plötzlich sah er hinter der Kegelbahn etwas Weißes schimmern. Leise schlich er sich heran, sah im trügerischen Abendlicht eine Gestalt, eine Frau, die einen weißen Rock trug. Sie lag auf dem Rücken. Als er näher kam, fand er seine Frau. Er triumphierte, er hatte sie erwischt. Er trat an sie heran, sprach sie an, sie reagierte nicht. Zwischen dem Verschwinden von Gesine und seiner Entdeckung, waren etwa vier Minuten vergangen. Trotzdem war er davon überzeugt, daß sie mit ihrem Geliebten intime Liebesspiele vollzogen hatte.

Eine Frau legt sich ins Gras, wenn der Liebhaber bei ihr ist.

Sein Verstand hätte ihm sagen müssen, die Zeit für eine zärtliche Umarmung hätte gar nicht ausgereicht. Da muß doch etwas anderes passiert sein. Er dachte nicht logisch, er dachte wohl überhaupt nicht. Sein Verstand war ausgeschaltet, wie man Licht ausknipst. In ihm regierten Wut, Rache, Vergeltung und die animalische Lust, seine Frau zu quälen.

Noch hielt er das Stuhlbein in der Hand, ein kräftiges Stück Holz. Damit schlug er zu. Er schlug auf ihren Kopf, nahm alle Kraft zusammen, schlug und schlug, zertrümmerte ihre Schädeldecke. Dann zog er Strumpfhose und Höschen bis zu den Kniekehlen herunter und stieß ihr das Stuhlbein in die Scheide. Das Stuhlbein drang 27 Zentimeter in die Vagina ein. Danach ließ er sein Opfer liegen, ging zurück in die Gaststätte, stellte sich an die Theke und trank ein Bier und noch eins.

Der Kellner kam, sagte, man sei jetzt bereit, ihn und seine Frau nach Haus zu bringen. Manfred willigte ein. Sie verließen die Gaststätte. Manfred führte den Kellner und dessen Frau zu Gesine. Der Kellner glaubte zunächst, sie sei betrunken, versuchte sie auf die Beine zustellen. Da erst bemerkte er, daß sie blutete. Blut war überall. „Ein Arzt muß her", sagte er entschieden, „deine Frau hat sich verletzt."

Der Wirt rief den Notarzt. Der Krankenwagen kam, schaffte sie ins Krankenhaus. Später sagte der aus: „Als diensthabender Arzt wurde ich gegen 23.30 Uhr informiert, daß in der Gaststätte in Malewitz ein Notfall vorliege. Mit Schwester Christine fuhr ich in den Ort. Wir trafen gegen 23.40 Uhr am Unfallort ein, fanden eine weibliche Person ausgestreckt auf dem Rücken liegend vor. Es fiel eine starke Blutung im Kopfbereich auf, Blutfluß aus beiden Ohren, aus der Nase und dem Mund. Die Patientin stöhnte laut. Wir legten sie in eine stabile Seitenlage und brachten sie ins Krankenhaus. Die Diagnose lautete Schädelbasisfraktur und schwere Hirnkontusion (Hirnquetschung). Die Patientin wurde auf die Intensivstation gebracht. Der Chef der Chirurgie wurde gerufen. Beim Versuch, die Patientin zu entkleiden, die Sachen mußten größtenteils mit der Schere aufgeschnitten werden, fiel, zwischen den Oberschenkeln liegend, eine vierkantige Holzleiste auf, die in der Vagina steckte. Daraufhin wurde sofort der Chef der Gynäkologie gerufen.

Gegen 0.20 Uhr wurde die Patientin zum Röntgen gefahren, wo sich der Verdacht auf eine Schädelbasisfraktur bestätigte. Um 0.35 Uhr wurde die Patientin im OP intubiert. Das Befinden verschlechterte sich. Bei der gynäkologischen Untersuchung wurde der Pfählungsgegenstand entfernt, worauf sich ein Schwall Blut aus der Scheide ergoß. Der Pfählungsgegenstand bestätigte sich als Stuhlbein, er steckte in der Scheide und im Unterleib, hatte die Blasenhinterwand und die Gebärmutter zerrissen.

Der Chefarzt der Inneren Abteilung wurde gerufen. Der Puls flachte ab, es kam zum Atemstillstand. Es wurde sofort mit der Reanimation begonnen; Herzmassage, intrakardiale Injektion,

Schrittmachertherapie. Nach einer Stunde mußten alle Versuche abgebrochen werden.

Gesine Krimke starb um 3.42 Uhr.

*

An diesem Samstag hatten die Polizisten Koslowski und Wilke Dienst im Volkspolizeikreisamt. Es war gegen 23 Uhr, als sie den Auftrag erhielten, in die Gaststätte nach Malewitz zu fahren, einen Sachverhalt zu klären. Der Wirt dieser Gaststätte habe die Polizei gerufen, sagte der Offizier vom Dienst, weil auf seinem Grundstück eine schwer verletzte Frau gefunden worden war. Die beiden Polizisten machten sich sofort auf den Weg. Als sie dort ankamen, fuhr der Krankenwagen gerade vom Gelände. Sie konnten weder den Arzt noch die verletzte Person sprechen. Sie gingen in die Gaststätte, in der es laut war. Die Kapelle spielte, es wurde getanzt, gelacht und getrunken.

Der Wirt, ein noch junger Mann, der die Gastwirtschaft von seinem Vater übernommen hatte und sie erfolgreich weiterführte, stand hinter der Theke. Er schien auf die Polizisten gewartet zu haben. „Gut, daß Sie kommen", sagte er, „der Arzt hat mir aufgetragen, Sie zu benachrichtigen."

„Hier wurde eine Frau gefunden, schwer verletzt", fragte Koslowski, der ältere der beiden Polizisten, „wer ist diese Frau? Was ist passiert?"

„Sie ist Gast des Gesangvereins", sagte der Wirt, „heißt Krimke, mit Vornamen Gesine, glaube ich."

„Wer hat sie gefunden?"

„Der Kellner, denk ich, er hat ja den Notarzt gerufen. Ich habe ihn noch nicht fragen können. Sie sehen ja, was hier los ist."

„Was wissen Sie über den Vorfall?"

„Nichts, der Arzt sagte bloß: 'Das ist ein Fall für die Polizei. Rufen Sie sofort an.' Das tat ich dann auch."

„Kennen Sie die Frau näher?“

„Ich kenne sie überhaupt nicht, nur ihren Mann, den kenne ich gut. Das ist sozusagen ein Kollege, er leitet eine Gaststätte in der Stadt.“

„Haben Sie seine Adresse? Wo finden wir ihn?“

Der Wirt lächelte, wies mit ausgestrecktem Arm auf einen runden Tisch, an dem etwa sechs Männer saßen. In der Mitte des Tisches prangte das Fähnchen „Stammtisch“. „Der Mann mit dem runden Gesicht, der am Fenster, das ist er, das ist Manfred Krimke, der Ehemann.“

Die Polizisten sahen zu dem Mann, der gerade sein Bierglas hob, daraus trank, es behutsam wieder absetzte, sich den Schaum vom Mund wischte. Dieser Mann saß hier, schien unberührt von dem, was mit seiner Frau passiert war und trank Bier. „Er wollte mit dem Krankenwagen mitfahren“, sagte der Wirt, „der Arzt hat es ihm verboten, er solle hier auf die Polizei warten.“

„Wo können wir in Ruhe mit ihm reden?“

Der Wirt deutete auf eine Tür unweit der Theke. „Da, das Billardzimmer.“

Polizeimeister Koslowski ging zum Stammtisch. „Wir haben ein paar Fragen an Sie, Herr Krimke.“

Manfred Krimke ließ sein Bier stehen, stand auf, griff ein Paar Damenschuhe, die auf dem leeren Stuhl neben ihm gestanden hatten und folgte den Polizisten. Er setzte sich an einen der Tische. „Wollen Sie was trinken?“ fragte er.

„Wir möchten wissen, was mit Ihrer Frau passiert ist“, sagte Wilke, ohne auf sein Angebot einzugehen. „Sie liegt, wie wir erfahren haben, schwer verletzt im Krankenhaus.“

„Woher soll ich wissen, was passiert ist? Ich ruf nachher mal da an.“

„Wo hat man sie gefunden?“

„Bei der Kegelbahn."

„Wer hat sie gefunden?"

„Ich."

„Erklären Sie uns die Zusammenhänge. Hatten Sie Streit?"

„Jeder ist für sich selbst verantwortlich."

Die Polizisten sahen sich an, verstanden nicht, was das für ein Mensch war, der nicht um seine Frau bangte, Besorgnis nicht einmal heuchelte. „Sie wollen uns keine Auskunft geben?"

„Nein. Fragen Sie sie selbst."

„Wem gehören die Schuhe, die sie da festhalten?"

„Keine Ahnung."

„Sie müssen doch wissen, wem diese Schuhe gehören."

„Kann sein, sie gehören meiner Frau."

„Wie sind Sie zu diesen Schuhen gekommen?"

„Keine Ahnung."

„Herr Krimke, Sie sind offensichtlich nicht daran interessiert zu erfahren, was sich da draußen bei der Kegelbahn abgespielt hat."

„Das erfahre ich noch früh genug."

„Sie können wieder zu Ihrem Stammtisch gehen, aber verlassen Sie nicht das Lokal."

Krimke stand auf, ging leicht schwankend, die Schuhe fest in der Hand, zur Tür und verschwand.

„Hier muß die Kripo her", sagte Koslowski, „das war kein gewöhnlicher Unfall. Ich ruf den K-Dauerdienst an."

Es dauerte dreißig Minuten, bis die Kriminalisten da waren. Sie begannen mit gezielten Vernehmungen des Kellners und der übrigen Gäste. Die Kriminaltechniker gingen auf Spurensuche. Koslowski und Wilke bekamen den Auftrag, Krimke ins Krankenhaus zu fahren. Dort sollte eine Blutalkoholbestimmung gemacht werden. Und wenn der Promillegehalt es zuließ, sollten sie ihn in die Ausnüchterungszelle stecken.

Auf der Fahrt ins Krankenhaus saß Koslowski am Steuer, Wilke neben Krimke. Sie waren erst wenige Meter gefahren, als Wilke seinen Kumpel anstieß. „Er schläft", sagte er, „der Mann schläft. Das ist doch nicht zu fassen, der Mann kippt einfach ab."

Krimke lag in der Ausnüchterungszelle. Er hatte sich in sein Schicksal ergeben, protestierte nicht, lag ruhig da, hielt die Augen offen, vielleicht dachte er nach, nur wenn er merkte, daß jemand durch das Guckloch sah, tat er, als ob er schlief. Noch in der Nacht kam einer der diensthabenden Polizisten in seine Zelle und sagte ihm, seine Frau sei gestorben.

Nach ersten Feststellungen der Kriminalisten am Tatort und dem Bericht der Mediziner erhärtete sich der Verdacht, daß der Tod von Gesine Krimke gewaltsam herbeigeführt worden war. Ein Ermittlungsverfahren gegen Unbekannt wurde eingeleitet.

Fritz Lützkendorf, Leiter der Mordkommission, war beauftragt, den Fall Gesine Krimke zu bearbeiten. Er suchte Manfred Krimke auf. „Es besteht der Verdacht", sagte er, „daß Ihre Frau vorsätzlich getötet wurde."

„Was reden Sie da", fuhr Krimke auf, „meine Frau soll ermordet worden sein? Das glauben Sie doch selber nicht."

„Was ich glaube, ist völlig uninteressant", erwiderte Lützkendorf. „Für uns existieren nur Tatsachen, sonst nichts."

„Ist mir auch egal, ich will jetzt nach Hause, heut ist Sonntag, ich will mich ausschlafen."

„Vorher werden Sie uns noch ein par Fragen beantworten müssen."

„Müssen muß ich gar nichts."

Zunächst war Krimke nicht bereit, sich den Fragen zu stellen, als er merkte, daß er damit nicht weiterkam, er den Kriminalisten nicht beeindrucken konnte, war er bereit zu reden.

„Also gut", fing er an, „ich sage jetzt, was ich weiß. Wenn Sie alles protokolliert haben, geh ich nach Hause. Ich will duschen, ein anständiges Frühstück und schlafen. So, nun passen Sie mal gut auf: Ich weiß nicht, was mit meiner Frau passiert ist. Ich habe sie gesucht, weil sie plötzlich vom Tanzboden verschwunden war. Im Garten habe ich sie dann gefunden. Ich war wütend, sie hatte mit einem Mann getanzt, der gar nicht eingeladen war, der auch nicht zum Gesangverein gehört. Dieser Mann hat meine Frau, während sie tanzten, geküßt. Er heißt mit Vornamen Moritz, den Nachnamen kenne ich nicht, er ist seit etwa einem Jahr der Liebhaber meiner Frau. Wenn es stimmt, daß meine Frau ermordet wurde, dann ist er der Täter."

„Das ist ja interessant", sagt Lützkendorf, „woher wollen Sie wissen, daß er der Täter ist?"

„Das sagt mir meine Logik. Auf der Suche nach meiner Frau, näherte ich mich dem Garten, da sah ich den Schatten eines Mannes im Dunkeln verschwinden. Das kann nur dieser Moritz gewesen sein. Ich ging weiter und sah meine Frau auf dem Boden liegen. Sie war nicht ansprechbar, rührte sich nicht."

„Haben Sie Hilfe geholt, einen Arzt gerufen?"

„Quatsch, ich wollte sie ohne Aufsehen nach Hause bringen."

„Aber Sie brachten sie nicht nach Hause?"

„Es gab eine Schwierigkeit, die Busse fuhren erst nach Mitternacht zurück. Also mußte ich nach einer anderen Möglichkeit suchen. Ich wußte, daß der Kellner ein Auto hat. Ich fragte ihn, ob er uns mal schnell nach Hause bringen kann. Er sagte, das gehe nicht, weil er getrunken hätte. Aber er versprach, mit seiner Frau zu reden, die nichts getrunken hatte. Sie könne uns fahren, sagte der Kellner. So war es abgemacht."

„Aber Sie fuhren trotzdem nicht."

Der Kriminalist schien an einen wunden Punkt gekommen zu sein. Krimke reagierte unwirsch. „Daran war nur dieser

Blödmann, der Kellner, schuld. Ich sagte zu ihm, wir müssen mit dem Wagen bis in den Garten fahren, am besten rückwärts, dort liegt meine Frau, die müssen wir einladen."

„Und? Was geschah dann?"

„Der Kellner sagte, seine Frau wäre eine gute Kraftfahrerin, aber diesen engen Weg rückwärts zu fahren, das wollte er lieber selbst machen. Zu dritt gingen wir also in den Garten. Der Kellner ging davon aus, daß meine Frau betrunken ist und ich sie alleine nicht in den Wagen kriege. Als er sie anfaßte, um sie ins Auto zu tragen, entdeckte er, daß sie bewußtlos war und stark blutete. Er sagte sofort, hier muß ein Arzt her. So kam meine Frau ins Krankenhaus, woran sie gestorben ist, weiß ich nicht."

*

Ein Mensch, der einen anderen Menschen getötet hat, gerät in einen Konflikt. Er kennt sich plötzlich selbst nicht mehr, begreift nicht, was geschehen ist. Er möchte die Tat rückgängig machen, und weiß doch, daß es nicht möglich ist. Sein einziger Ausweg ist, alles, was mit dem Vorgang zu tun hat, zu verdrängen.

Im Verlauf der Ermittlungen verstärkten sich die Verdachtsmomente gegen Krimke. Widersprüche tauchten auf, die Aussagen der anderen Gäste stimmten mit seinen Angaben nicht überein. Noch wurde er als Zeuge vernommen, doch schon kurze Zeit später wurde aus der Zeugenbefragung eine Beschuldigtenvernehmung. Ihm wurde mitgeteilt, daß er vorläufig festgenommen sei.

Nach der Strafprozeßordnung der DDR durfte sich eine vorläufige Festnahme nur über 24 Stunden erstrecken. Danach mußte der Festgenommene freigelassen werden, oder die Kriminalpolizei mußte beim Staatsanwalt den Antrag auf Erlaß eines Haftbefehls stellen.

Der Verdacht gegen Manfred Krimke war so stark, daß der Haftrichter einen Haftbefehl ausstellte.

*

Das Ermittlungsverfahren lief nun nicht mehr gegen Unbekannt. Zwei Tage nach dem Tod von Gesine Krimke wurde Manfred Krimke unter dem Verdacht, seine Frau ermordet zu haben, in Untersuchungshaft genommen.

Natürlich ging die Polizei allen Hinweisen nach, die mit dem Tod der Frau in Zusammenhang gebracht werden konnten. Moritz, der Liebhaber der Getöteten, wurde ausfindig gemacht und verhört. Er war ein Mann von 26 Jahren, kräftig von Gestalt, dunkelblond, mit hausbackenem Charme. Ein Typ, auf den Frauen leichtfertig fliegen.

„Welche Frauenbekanntschaften hatten Sie in der letzten Zeit?“ fragte ihn der Kriminalist.

„Na, Sie stellen ja Fragen, also, ich denk, es waren drei.“ Er lächelte ein kleines, frivoles Lächeln. „Sonja Kirsch, Vera und dann eine, deren Namen ich vergessen habe. Ich glaube, sie hieß Elke, war so eine lange, dürre.“

„Ist das die Wahrheit?“

„Die volle Wahrheit.“

„Kannten Sie nicht auch Gesine Krimke?“

Ein Hauch von Verlegenheit überkam ihn. „Ja doch, ich habe nichts von ihr gesagt, weil sie verheiratet ist. Ihr Mann soll ziemlich rabiat sein. Ich will ihr keinen Ärger machen. Und ich will auch keinen Ärger. “

„Wo waren Sie am Samstag?“

„Samstag ist bekanntlich arbeitsfrei, da schlafe ich bis gegen Mittag. Dann habe ich Plakate für den FDGB beschriftet, 18 Stück. Das dauerte bis gegen 17 Uhr, danach traf ich mich mit Andy, einem Arbeitskollegen. Zusammen gingen wir ins Kulturhaus. Andy hatte Geburtstag, gab einen aus." Moritz hielt inne. „Warum fragen Sie mich den Käse?"

„Gesine Krimke ist gestern Nacht ermordet worden."

Moritz blieb der Mund offen. Das Lächeln schwand aus seinem Gesicht. „Ach du Scheiße, das ist ja furchtbar. Sie war eigentlich ganz nett."

„Haben Sie das Kulturhaus verlassen?"

„Nein, Andy hatte unsere Anoraks in die Garderobe gebracht und die Garderobenmarke behalten. Als wir gingen, holte er unsere Klamotten. Zuerst tranken wir in der Gaststube ein Bier, dann gingen wir hoch in den ersten Stock. Dort wurde getanzt. Im Tanzsaal hielten wir uns bis zum Schluß auf. Ich saß mit Juppi und der Freundin von ihm zusammen, und natürlich war Andy dabei. Alle können bestätigen, daß ich das Haus nicht verlassen habe. Einmal war ich auf der Toilette, das dauerte wenige Minuten. Kurz vor Schluß kam Andy, brachte mir meinen Anorak. Ich ging zur Kapelle und kaufte mir zwei Poster. Dann gingen wir nach Hause. Es muß so gegen ein Uhr gewesen sein."

Moritz schrieb die Adressen seiner Alibizeugen auf einen Zettel, dann durfte er gehen.

*

Manfred Krimke hatte ausgesagt, er habe, als er sich seiner Frau näherte, den Schatten eines flüchtenden Mannes gesehen. War es die Schutzbehauptung, die allen Tätern einfällt, wenn sie von sich ablenken wollen? Oder stimmte seine Beobachtung? Die Kriminalisten hatten die Pflicht, seinen Angaben nachzugehen. Sie entschlossen sich zu einer Tatortrekonstruktion. Dabei stellte sich heraus, daß Krimke den Mann hätte sehen müssen, wenn dieser geflüchtet wäre. Einen anderen Weg gab es nicht. Der Weg war zu schmal, um unerkannt zu entkommen.

„An mir ist er nicht vorbeigekommen", erklärte Krimke, enttäuscht vom Ergebnis der Rekonstruktion, „ich habe den Schatten gesehen. Es muß noch einen anderen Weg geben."

„Welchen?"

„Ich weiß es", trumpfte Krimke auf, „er ist durch das Loch im Zaun geklettert."

„Dann sehen wir uns den Zaun doch mal an", sagte der Kriminalist.

Im Maschendrahtzaun war tatsächlich ein Loch, groß genug, einen Menschen durchzulassen. Doch diese Möglichkeit schied aus. Das Loch war von einer Spinne mit einem elegant geknüpften Netz zugebaut worden. Dieses bizarre, feingliedrige Kunstwerk wäre, hätte sich ein Mensch hindurchgezwängt, rettungslos zerstört worden. Das mußte selbst Manfred Krimke einsehen.

*

Den Kriminalisten blieb es nicht erspart, jene Mitglieder des Gesangvereins zu befragen, die sich vorwiegend im Saal aufgehalten hatten. Alle Fragen hatten den gleichen Wortlaut: „Kennen Sie Frau Krimke? Mit wem tanzte sie am Abend?"

Elli E.: „Ich habe sie beim 'Reigentanz' mit Torsten M. tanzen sehen. Geküßt haben sie sich nicht."

Waldemar E.: „Sie tanzte nur mit Torsten den 'Reigentanz'."

Charlotte S.: „Ich habe nicht hingesehen."

Hildegard N.: „Wer ihr Partner war, weiß ich nicht."

Erika H.: „Ihr Partner war Torsten M. Für meine Begriffe tanzte Torsten etwas ungeschickt."

Anna R.: „Ich kenne weder Herrn Krimke noch seine Frau."

43 Aussagen glichen sich in ihren wesentlichen Punkten. Nirgendwo war ein Anhaltspunkt, der die Kriminalisten veranlaßt hätte, eine neue Spur aufzunehmen.

*

Die Ermittlungen konzentrierten sich auf den Ehemann. Er wurde immer wieder vernommen, gab sich bedrückt und grämlich, fürchtete die Wirkung seiner Worte, wenn er zu schnell geantwortet hatte. Er forschte dann unverhohlen im Gesicht des Vernehmers, welchen Eindruck seine Worte hinterlassen hatten.

Manfred Krimke bewegte sich auf dem schmalen Grat zwischen Wahrheit und Lüge. Nicht der Tod seiner Frau schien ihn zu bewegen, eher die Furcht, nicht glaubwürdig zu erscheinen. Er war zurückhaltend, dann wieder entrüstet. „Ich stehe vor einem Rätsel", sagte er töricht und sanftmütig zugleich. „Es tut mir leid, was mit meiner Frau passiert ist. Ich denke unentwegt darüber nach, wer sie umgebracht haben könnte." Er unterstrich seine Klage mit einer schwachen Geste der Schuldlosigkeit.

Immer wieder wurde er aufgefordert zu berichten, wie der Abend verlaufen, wie es zum Tod seiner Frau gekommen ist.

„Es war so", begann er seinen Bericht, „Gesine war es schlecht geworden. Ich ging mit ihr die Treppe hinunter auf den Hof, wollte sie an die frische Luft bringen. Wir gingen bis zur Mauer und blieben dort stehen. 'Wenn dir schlecht ist', sagte ich zu ihr, 'besorge ich ein Auto und laß uns nach Hause fahren.'"

„Und weiter?"

„Sie reagierte nicht darauf. Also ging ich in die Gaststätte zurück, verhandelte mit dem Kellner. Das wollte ich meiner Frau mitteilen, ging wieder in den Hof. Aber sie war nicht mehr da. Ich ging los, sie zu suchen, fand sie bei der Kegelbahn auf dem Boden liegend." Krimke unterbrach seinen Bericht, als überwältigte ihn die Erinnerung. Mit kleiner Stimme fügte er hinzu: „Sie blutete aus der Nase."

„Warum blutete sie aus der Nase?"

„Woher soll ich das wissen."

„Sie wissen genau, warum sie blutete. Sie haben ihr einen Faustschlag versetzt."

Krimke stutzte, zog die Brauen zusammen. „Wer sagt das?"

„Als Sie mit ihr die Treppe runtergingen, versuchten Sie, Ihre Frau zu umarmen. Sie wehrte Sie ab. Da versetzten Sie ihr einen Faustschlag ins Gesicht."

„Wer erzählt so einen Unsinn?"

„Zeugen, die bereit sind, gegen Sie auszusagen."

„Die lügen doch."

„Ich lese Ihnen einen Satz aus dem ärztlichen Bericht vor: 'Ein Hämatom wurde festgestellt, die Mundschleimhaut im Mundvorhof ist eingerissen und durchtrennt. Sechs 0,5 Zentimeter große Zerreißungen sind vorhanden und zeichnen die untere Zahnreihe ab.' Reicht Ihnen das? Streiten Sie immer noch ab, daß Sie Ihre Frau zusammengeschlagen haben?"

Krimke senkte den Kopf, sah auf seine Schuhspitzen, eine stille Feindseligkeit stieg in ihm auf. „Das stimmt nicht. Sie ist hingefallen, davon ist die Verletzung. Sie war betrunken." Krimke wirkte schäbig und hilflos zugleich.

„Im Krankenhaus stellten die Ärzte Verletzungen fest, die nicht vom Faustschlag, aber auch nicht vom Hinfallen stammen."

„Bin ich Arzt?" sagte Krimke aufmüpfig. „Woher soll ich wissen, was mit ihr geschehen ist."

„Herr Krimke", sagte der Kriminalist, „Ihrer Frau wurde der Schädel mit einem schweren Gegenstand eingeschlagen. Der Täter schlug nicht nur einmal, er schlug drei, viermal zu."

„Ja und?" erwiderte Krimke. „Sie müssen herauskriegen, wer das war. Dafür sind Sie schließlich da. Ich habe damit nichts zu tun."

Krimke wurde in seine Zelle zurückgebracht. Es war der zehnte Tag nach dem Tod seiner Frau. Vielleicht hatte er eine schlaflose Nacht, vielleicht sagte er sich, daß es unklug ist, so heftig zu reagieren. Vielleicht hatte er den Kriminalisten gegen sich aufgebracht. Er dachte darüber nach, wie er einlenken konnte. Er war nicht sicher, was günstiger war, weiter leugnen oder Entgegenkommen zeigen, vielleicht sogar ein Teilgeständnis abzulegen. Das würde Punkte bringen. Es stand nicht gut um ihn, das wußte er, er war nicht sicher, heil aus der Sache herauszukommen. Dann sagte er sich: Wächst die Gefahr, wächst auch die Rettung. Er legte seine Strategie fest. Wenn er ein Geständnis ablegte, sollte es wirkungsvoll sein.

Schon am nächsten Morgen war es dann soweit. Mit einem Gefühl der Überlegenheit saß er seinem Vernehmer gegenüber. Mit leicht schleppender, resignierter Stimme und einer gewissen hinterlistigen Aufmerksamkeit sagte er: „Ich habe mich dazu durchgerungen, Ihnen jetzt die volle Wahrheit zu sagen."

„Das finde ich großartig", erwiderte der Kriminalist, „fangen Sie an."

„Als ich mit dem Kellner die Modalitäten unserer Heimfahrt geklärt hatte, verließ ich die Gaststube, glaubte meine Frau dort vorzufinden, wo ich sie verlassen hatte. Doch wie ich schon sagte, war sie nicht mehr da. Ich ging über die Terrasse in Richtung Kegelbahn. Auf dem Weg dahin, bei den großen Kastanien, stolperte ich über eine Latte. Ich ging weiter. Bei der Kegelbahn sah ich dann was Weißes. Als ich näher kam, erkannte ich meine Frau. Sie lag auf dem Rücken, die Arme seitwärts ausgestreckt, das linke Bein leicht angewinkelt, der Rock ein wenig verschoben. Jetzt habe ich dich ertappt, dachte ich. Hier läßt du dich von deinem Liebhaber bumsen."

„Wie lange haben Sie gebraucht, Ihre Frau zu finden?"

Krimke dachte nach. „Fünf Minuten vielleicht."

„Fünf Minuten und in dieser Zeit soll das stattgefunden haben?"

„An die Zeit habe ich nicht gedacht. Ich war so wütend, daß ich an nichts anders dachte“, fuhr Krimke fort, „mich läßt sie nicht ran und mit dem macht sie es.“

„Was taten Sie dann?“

„Nichts.“

„Haben Sie mit ihr gesprochen?“

„Nein.“

„Sagte Ihre Frau etwas, richtete sie sich auf, bewegte sie sich?“

„Ich dachte, soll sie hier liegenbleiben, ich ging zurück in die Gaststätte. Auf dem Weg dahin sah ich wieder die Latte, über die ich gestolpert war. Ich hob sie auf, da kam mir der Gedanke, meine Frau zu bestrafen. Ich kehrte um, ging zu ihr zurück. Sie lag noch immer so, wie ich sie verlassen hatte. Da tat ich es. Ich faßte unter ihren Rock, griff den Bund der Strumpfhose und den Schlüpfer, riß die Sachen bis zum Oberschenkel runter, so daß ihr Geschlechtsteil entblößt war. Dann stieß ich den Gegenstand in ihr Geschlechtsteil. Ich mußte erhebliche Kraft aufwenden. Ich stieß, bis ich Widerstand spürte.“

„Schrie Ihre Frau?“

„Nein, sie schrie nicht.“

„Gab sie ein Lebenszeichen von sich?“

„Sie schrie nicht, wehrte sich nicht, sie röchelte nur.“

„Was taten Sie dann?“

„Ich ging in die Gaststätte, bestellte mir ein Bier, dann ein zweites und schließlich sagte ich dem Kellner, daß wir jetzt nach Haus fahren möchten. „Meine Frau“, sagte ich zu ihm, „liegt betrunken bei der Kegelbahn. Am besten wir fahren den Wagen bis dahin und laden sie dort ein.“

Das war's, dachte Krimke, mir kann keiner etwas nachweisen. Er war sicher, seine Aufrichtigkeit würde honoriert werden. Sein kluges Geständnis würde ihm die Freiheit bringen.

Am nächsten Tag war alles anders. Die Vernehmung begann mit der Zeremonie, die die Strafprozeßordnung nun mal vorschreibt. Krimke folgte ihr wohlgelaunt, sicher, daß sich seine Vermutung erfüllen würde. Er registrierte beim Vernehmer nichtssagende Freundlichkeit, der hatte ihn zwar höflich, doch wie aus weiter Ferne begrüßt. Erwartet hatte er ein verstecktes Lob, eine unmerkliche Anerkennung. Dann sagte der Kriminalist, ohne Anzeichen von Entgegenkommen: „Sie haben Ihrer Frau den Schädel eingeschlagen."

Krimke fiel aus allen Wolken. Darauf war er nicht vorbereitet. Er sprang auf, schrie „Nein, das habe ich nicht getan! Ich habe ihr nur die Latte in das Geschlechtsteil gestoßen, das gebe ich zu, alles andere streite ich ab."

„Setzen Sie sich hin und beruhigen Sie sich."

„Es war der Mann, ihr Liebhaber. Der hat sie umgebracht. Ich kann es gar nicht gewesen sein."

„Warum sollte er das getan haben? Die beiden hatten sich gern, wollten zusammenbleiben."

Er überlegte, wie er sich retten könnte. „Es gibt noch jemand, der es getan haben könnte", schrie er mit unkontrollierter Stimme. „Zwei Brüder, wir wohnten früher in einem Haus. Denen habe ich erzählt, daß meine Frau einen Liebhaber hat. Die könnten sich an ihr vergriffen und sie dann erschlagen haben."

„Waren diese Brüder auch auf dem Fest?"

Krimke lief rot an. „Gesehen habe ich sie nicht."

*

Es war der 12. September 1980, Krimke wurde erneut vernommen. „Es gibt da noch ein paar Unklarheiten", sagte der Kriminalist, „die wollen wir jetzt ausräumen."

Krimke war nervös und unsicher. „Was soll es noch geben? Ich habe alles gesagt."

„Trotzdem möchte ich wissen, wo Sie sich an dem Abend überall aufgehalten haben. Das wissen Sie doch noch, oder?"

„Selbstverständlich weiß ich das. Also, ich war im Tanzsaal, in der Gaststätte, an der Theke, am Stammtisch. Dann war ich auf der Terrasse, auf der Toilette und an der Kegelbahn, dort, wo ich meine Frau gefunden habe, dann bei den Kastanien, dort stolperte ich über die Latte." Er machte eine rhetorische Pause, legte seine Stirn in Falten und setzte hinzu: „So, das war's, sonst war ich nirgendwo."

„Waren Sie nicht auch auf dem Wirtschaftshof?"

Krimke lächelt selbstsicher. „Stimmt, da war ich mal, aber das ist ein Jahr her oder sogar noch länger. Jetzt war ich nicht dort, nein, was hätte ich dort tun sollen."

„Na gut", sagt der Kriminalist, „dann habe ich noch eine andere Frage, welche Schuhe hatten Sie an diesem Abend an?"

Krimke ahnte nicht, was hinter den Fragen steckte, antwortete wahrheitsgemäß. „Das kann ich Ihnen genau sagen, es waren schwarze Halbschuhe, Salamander, die haben 112 Mark gekostet. Ich habe sie erst am Vormittag des 30. August gekauft. Auf dem Stiftungsfest trug ich sie das erste Mal."

Für den Kriminalisten schien die Schuhfrage erschöpfend beantwortet zu sein. Er stellte eine andere Frage: „Woher stammt der Gegenstand, den Sie in das Geschlechtsteil Ihrer Frau eingeführt haben?"

Krimke ahnte nun, wohin diese Frage führen würde, an seinen Schläfen spielten Muskeln, als ob er die Zähne zusammenbisse. Unwirsch sagte er „Das habe ich Ihnen doch gesagt, verdammt noch mal. Die Latte lag auf dem Weg bei den großen Kastanien."

„An Ihren Schuhen fanden wir Spuren, die vom Wirtschaftshof stammen. Was sagen Sie jetzt?"

„Das stimmt nicht."

„Sie waren auf dem Wirtschaftshof. Was haben Sie dort gemacht?“ Der Kriminalist machte eine Pause, ließ ihm Zeit, sich auf die neue Situation einzustellen. Kleinlaut sagte Krimke: „Es stimmt, ich war auf dem Wirtschaftshof.“

„Was wollten Sie dort?“

„Ich suchte eine Rübe, die wollte ich meiner Frau ins Geschlechtsteil schieben.“ Er stockte, schwieg.

„Und, haben Sie die Rübe gefunden? “

„Am Stallgebäude sah ich einen Hocker. Ich nahm ihn, trat mit dem linken Fuß auf ein Hockerbein, mit der rechten Hand riß ich das Bein ab. Dann ging ich zurück zur Kegelbahn, ihr ein Denkzettel zu verpassen.“

„Warum?“

„Seit fünf Wochen war ich wieder bei ihr, hatte meine Freundin für immer verlassen. Ich habe ihr gesagt, sei nicht traurig Rosi, ich geh zu meiner Frau zurück und werde bei ihr bleiben. Und was macht meine Frau? Die trifft sich mit ihrem Geliebten.“

„Wann hatten Sie den letzten Geschlechtsverkehr mit Ihrer Freundin Rosi?“

„Das geht Sie gar nichts an.“

„Ich sage es Ihnen, es war am 29. August, einen Tag vor dem Fest, einen Tag, bevor Sie ihre Frau aus Eifersucht töteten.“

„Das kann überhaupt keiner wissen“, brauste Krimke auf, „wer sagt so was?“

„Ihre Freundin Rosi.“

*

Der Kriminalist, der sich mit dem Verbrechen des Manfred Krimke befassen mußte, mag es bei der Vorstellung, was dieser Mann seiner Frau angetan hatte, kalt über den Rücken gelaufen sein.

„Warum ließen Sie es zu, daß Ihre Frau mit dem Gegenstand in der Scheide ins Krankenhaus eingeliefert wurde?"

„Ich habe mich geschämt."

„Sie wollten verhindern, daß man Ihre Frau ins Krankenhaus schafft. Sie wollten sie nach Hause bringen, hatten Angst, die Ärzte würde den Gegenstand finden."

Krimke antwortete nicht.

„Der Kellner hat Ihre Flucht verhindert. Er war es, der den Notarzt rief. Sie wollten Ihre Frau heimlich und möglichst schnell nach Hause fahren."

„Kann sein, ich weiß es nicht."

„Warum wollten Sie nicht zugegeben, daß das Hockerbein aus dem Wirtschaftshof stammt?"

„Ich weiß es nicht."

*

Es war Mittag geworden. Das Verhör war beendet. Krimke wurde in seine Zelle geführt, man brachte ihm das Mittagessen.

Der Kriminalist setzte sich an seinen Schreibtisch, schrieb folgende Aktennotiz: „Am 12. September wurde der Beschuldigte Krimke von 9.15 Uhr bis 12.30 Uhr vernommen. Nach Ende der Vernehmung begab ich mich in mein Dienstzimmer. Gegen 14 Uhr wurde mir mitgeteilt, daß der Beschuldigte Krimke mich zu sprechen wünscht. Er will ein Geständnis ablegen. Also begab ich mich um 14.15 Uhr wieder in die Haftanstalt und begann erneut mit der Vernehmung.

Krimke war im erregten Zustand, mußte zweimal aufgefordert werden, Platz zu nehmen. Dann sagte er folgendes aus: Er habe das Hockerbein beschafft, um den jungen Mann, der mit seiner Frau getanzt hat, zu verprügeln. Daß er mit dem Hockerbein auf seine Frau geschlagen hat, stritt er nach wie vor ab. Ich sagte ihm, wenn er sich schon zu einem Geständnis durchgerungen hat, solle er alles sagen, um sein Gewissen zu erleichtern, nichts verschweigen. Er erwiderte, er habe alles zugegeben, will für diese Tat zur Rechenschaft gezogen werden."

Das Geständnis, das Krimke ablegt hatte, war auf Tonband aufgenommen worden. Zwei Tage später ließ man Krimke holen, um ihm die Abschrift der Tonbandaufnahme vorzulegen.

„Lesen Sie jede Zeile sorgfältig durch und unterschreiben Sie jede Seite einzeln."

Krimke tat, wie ihm geheißen, las das Protokoll, doch bevor er unterschrieb, sagte er. „In diesem Geständnis fehlt etwas. Ich habe nicht die volle Wahrheit gesagt."

Krimke war bereit, die Pfählung zuzugeben, nicht aber den tödlichen Schlag. Er ging davon aus, eine Pfählung wäre keine todeswertige Verletzung, höchstens eine Körperverletzung. Mit dieser Straftat könnte er bei Gericht mit einer Bewährungsstrafe davonkommen. Wenn man aber einem Menschen den Schädel einschlägt, ist das ein anderer Tatbestand. Diesem Täter droht lebenslange Haft. Also, schlußfolgerte Krimke naiv und bar aller medizinischer Kenntnisse, ist es besser, die Pfählung zuzugeben, die Schläge zu bestreiten.

Der Kriminalist ahnte Krimkes Gedankengänge, begriff, was in ihm vorging. Er ermunterte ihn, sein Gewissen zu erleichtern. Er kannte solche Situationen. Wie oft hatte er erlebt, daß Täter mit sich rangen, erst dann zur Ruhe kamen, wenn sie sich zu ihrer Schuld bekannt hatten. Danach fiel es ihnen nicht mehr so schwer, die Hauptverhandlung zu überstehen und die Haft mit Anstand zu ertragen.

Es sah aus, als hätten die Worte des Kriminalisten eine wohltuende Wirkung auf Krimke gehabt. Vielleicht spürte er, daß der Kriminalist ihm helfen wollte.

Es war 15.30 Uhr als Krimke dem Kriminalisten sagte, er wolle ein neues Geständnis schreiben.

„Ein guter Entschluß."

Krimke zögerte, sagte dann: „Kann ich das gleich hier, in Ihrer Gegenwart tun?"

„Selbstverständlich. Ich sorge dafür, daß Sie Papier und einen Kugelschreiber bekommen."

Krimke setzte sich an den Tisch und schrieb. Die Überschrift lautete: „Freiwilliges Geständnis".

Er schrieb auf, was er getan hatte, erlebte so die Tat noch einmal. Als er fertig war, brach er in Tränen aus, kleine, salzige Rinnsale liefen über seine Wangen, tropften auf seine Jacke. Ein Gemisch aus Selbstmitleid, Reue, Selbstbewunderung, Trauer um seine tote Frau. Angst vor der Zukunft. Aber vielleicht auch aus Sorge um seine vier Kinder, die nun allein waren.

Er las das Geständnis noch einmal durch, setzte seinen Namen darunter, stand auf, gab dem Kriminalisten die Hand, sagte: „Sie haben mir geholfen, die Wahrheit zu finden. Sie haben geholfen, mich mit meinem Leben auseinander zu setzen. Dafür danke ich Ihnen."

Krimke wurde in seine Zelle gebracht. Er hatte ein vollständiges Geständnis abgelegt, hatte zugegeben, seine Frau mit vier Schlägen auf den Kopf getötet zu haben. Und, was für die Kriminalisten von besonderer Bedeutung war, Krimke hatte exakt die genauen Umstände der Tat beschrieben, sie auf dem Papier noch einmal vollzogen. Die letzten Sätze lauteten: „Zuvor habe ich gelogen, weil ich mich für meine Handlung geschämt habe. Das Geständnis habe ich aus innerem Antrieb geschrieben."

*

Kriminalisten ringen immer um die Wahrheit. Der Beschuldigte ist an der Wahrheit nicht interessiert. So entsteht eine naturgewollte Rivalität, die in Feindschaft ausarten kann. Bei Krimke und dem Kriminalisten schien sich diese simple Wahrheit nicht zu bestätigen. Die Aussagen, die Krimke gemacht hatte, die Beschreibungen, die Zeitangaben, all das stimmte mit den Aussagen der Zeugen überein, sie deckten sich auch mit den Feststellungen, die die Spurensuche und die Kriminaltechniker gemacht hatten. Und sie stimmten mit den Feststellungen der Ärzte im Krankenhaus überein und dem Bericht der Gerichtsmediziner.

Nachdem Krimke das Geständnis abgelegt hatte, stand ihm nun eine besonders harte Prüfung bevor. Um sicher zu gehen, daß alle Details stimmten, daß dem Gericht beweisbare Ergebnisse vorgelegt werden konnten, mußte eine Tatortrekonstruktion gemacht werden. Krimke wurde an den Ort des Geschehens gebracht. Die Tat, die er längst bereut hatte, sollte er noch einmal erleben. Es sollte alles so ablaufen, wie es an jenem Abend gelaufen war. Er mußte „seine Frau“ im Gelände suchen, sie finden, ihr mit dem Hockerbein den Schädel „einschlagen“ und mußte schließlich das tun, was so schrecklich war, daß man es gar nicht aussprechen möchte.

Krimke war, trotz der seelischen Belastung, bereit, alles zu tun. Er wollte der Wahrheit dienen, sagte er, und damit ein kleines Stück seiner Schuld abtragen.

Für den ersten Teil der Handlung, hatte sich eine Kriminalistin zur Verfügung gestellt. Sie mußte sich dort hinlegen, wo Krimke seine Frau gefunden hatte. Er gab Anweisungen, wie sie zu liegen hatte, dirigierte und korrigierte. „Als ich sie fand“, sagte er, „stellte ich mich an ihre rechte Körperseite.“

„Dann stellen Sie sich dahin.“

„Dann griff ich mit beiden Händen das Hockerbein, holte aus und schlug zu.“

„Deuten Sie die Schläge an.“

„Der erste Schlag“, sagte er, „traf sie an der rechten Kopfseite in der Nähe des Ohres. Die anderen drei Schläge trafen die Schädeldecke."

Die Stellen, die er angab, stimmten exakt mit dem Bericht der Gerichtsmediziner überein. Sie hatten in ihrem Obduktionsbericht festgestellt, wo Gesine vom ersten Schlag getroffen wurde und wo, an welchem Teil des Schädels, die übrigen Schläge auf sie niedergingen. Diese Einzelheiten konnte nur einer wissen: der Täter. Wie wichtig es war, die Rekonstruktion mit dieser Präzision, dieser peniblen Genauigkeit durchzuführen, sollte sich später bei der Hauptverhandlung zeigen.

Für den zweiten Teil der Rekonstruktion wurde eine lebensgroße Puppe eingesetzt. Einer Frau konnte man diese Aufgabe nicht zumuten. Krimke zeigte, wie er die grausame Tat vollführt, wie er seine Frau gepfählt hatte.

*

Der Kriminalist vermerkte später in einer Aktennotiz: „Bei der Rekonstruktion wurde deutlich, daß Krimke eindeutiges, umfassendes Täterwissen besitzt. Die Tathandlung entspricht den Feststellungen und Wertungen der Gerichtsmedizin. An den von ihm bezeichneten Kopfpartien, die er beim Schlagen mit dem Stuhlbein getroffen haben will, wurden bei der Obduktion die entsprechenden Schädelverletzungen festgestellt.

Diese Übereinstimmung ist deshalb bemerkenswert, da dem Beschuldigten vor der Rekonstruktion keinerlei Vorhaltungen gemacht worden waren, aus denen er Art und Lage der Verletzungen entnehmen konnte. Während der Rekonstruktion konnte er im Detail die Lage seiner Ehefrau vor und nach der Schlageinwirkung und beim Einführen des Stuhlbeins wiedergeben. Krimke korrigierte mehrfach die Lage der Arme, der Beine und des Kopfes der Demonstrationsperson und der

Puppe. Es ist festzustellen, daß Krimke ein hohes Erinnerungsvermögen an das Tatgeschehen hat."

Nach der Rekonstruktion schien es, als hätte Krimke begriffen, wie wichtig es war, die Tat einzugestehen und bei der Aufklärung mitzuhelfen. Er arbeitete von nun an interessiert mit, half ungenaue Fakten zu klären. Immer wieder verlangte er nach seinem Vernehmer wenn ihm einfiel, daß er dies und jenes seinem Geständnis noch hinzufügen müßte. Als man ihn fragte, ob er sich nicht einen Anwalt nehmen wolle, sagte er: „Ich weiß, wie schwer mein Verbrechen ist, ich brauche keinen Verteidiger, weil es da nichts zu verteidigen gibt."

In den Vernehmungen zeigte er Einsicht, hatte alle Vorbehalte verloren, verzichtete auf taktische Spielchen, versuchte auch nicht, den Vernehmer zu irritieren.

Doch plötzlich war es, als hätte die Welt aufgehört sich zu drehen, alles war mit einem Mal anders. Krimke hatte den Boden unter den Füßen verloren. Seine Vernunft war wie weggeblasen. Der einsichtige Mann mutierte zum kleinen hinterhältigen Ganoven. In den Vernehmungen gab er sich blasiert, gelangweilt, stellte Tatsachen, die längst feststanden, in Abrede. Seine Antworten bewegten sich im kühlen Konjunktiv, etwa so: „Es könnte so gewesen sein, vielleicht, vielleicht auch nicht."

Die Kriminalisten ahnten, daß es nicht mehr lange dauern würde, bis er seine Geständnisse widerrufen würde. Was war mit ihm geschehen? War das noch der gleiche Mann? Hatte er Einsicht und Reue nur gespielt, war er in Wirklichkeit der egoistische Typ, der sich das Recht herausnahm, seine Tat als eine von Gott gewollte Strafaktion zu werten?

Der Kriminalist sagte zu ihm: „Sie haben die Tat gestanden,

auf Ihren ausdrücklichen Wunsch haben Sie das Geständnis in meiner Gegenwart geschrieben. Nun soll alles nicht mehr wahr sein?“

Krimke gähnte.

„Beantworten Sie meine Frage.“

„Sie haben mir die Worte in den Mund gelegt. Ich habe nie zugegeben, meine Frau umgebracht zu haben.“ Er grinste höhnisch, blickte gelangweilt in die Gegend, spielte den Unbeteiligten. Am Schluß der Vernehmung sagte er: „Ich sage ab jetzt überhaupt nichts mehr. Außerdem kann ich mich an nichts mehr erinnern.“

*

Altgediente Kriminalisten kennen solche Situationen. Es sind die Zellengenossen, die diese Wandlung bewirken. Wenn ein Untersuchungsgefangener von der Vernehmung in die Zelle zurückkommt, wird er von seinen Zellengenossen ausgefragt. Er ist froh, erzählen zu können. Die Zellengenossen geben ihm Ratschläge. „Du bist doof, alles zuzugeben“, sagen sie, „bei den Bullen mußt du alles abstreiten, am besten, du sagst nichts und grinst nur.“

War es bei Krimke auch so? Ließ er sich von kleinen, primitiven Gaunern beeinflussen? Er gehörte seiner Bildung nach nicht zu den Intellektuellen, war aber doch ein Mann mit Sachverstand und praktischer Klugheit. Daher war anzunehmen, daß etwas Ungewöhnliches geschehen sein mußte.

Und so war es auch, Krimke hatte die verhängnisvolle Bekanntschaft von Thomas Maurer gemacht, war ihm regelrecht in die Hände gefallen. Maurer präparierte ihn für die Vernehmungen, bereitete ihn auf den Prozeß vor, sie hatten Gefallen aneinander gefunden, tauschten Erfahrungen aus, berieten Verhaltensweisen. Maurer, der erprobte Knastbruder verfügte über erprobte Methoden, Hinweise für das Leben im Knast. Er wußte, wie man sich zu verhalten hat, wie man Kassiber schmuggelt. Er kannte Strategie und Taktik zur Irreführung von Behörden.

Ließ Krimke sich von ihm instrumentalisieren? Die Vermutung lag nahe, daß Maurer ihn benutzte, um gegen seinen Erzfeind, Staatsanwalt Helbig, zu intrigieren. Später, in der JVA Brandenburg, kam zu dieser unheiligen Allianz noch Hans Zelinski. Kopf der Gruppe war Maurer. Seine Taktik war, sich im Hintergrund zu halten, selbst nicht auffällig zu werden, sondern den einfältigen Zelinski vorzuschieben, der hatte den Angriff auf Staatsanwalt Helbig zu inszenieren. Die Aktion gegen Helbig verabredeten alle drei, den Strafantrag gegen Helbig unterschrieben sie auch alle drei. Sie wollten Helbig vernichten, lasteten ihm an, er habe sie für lange, sehr lange Zeit in den Knast gebracht.

*

Die Ermittlungen gegen Manfred Krimke waren abgeschlossen. Die medizinischen Gutachten lagen vor, die Tatortbefundsberichte, die Bilddokumentationen der Tatortrekonstruktionen, die Berichte der Kriminaltechniker, die Vernehmungen der Zeugen, des Beschuldigten, seine Geständnisse und ihr Widerruf. Krimke hatte sich zwei Anwälte genommen. Von ihnen erwartete er ein Wunderwerk der Verteidigung. Er war überzeugt, die Anklage wegen Mordes werde fallengelassen, das Gericht werde lediglich wegen Körperverletzung verhandeln. Er sah sich, etwas voreilig, den Gerichtsaal mit einer Bewährungsstrafe verlassen.

Sorgen bereitete ihm allerdings die Tatsache, daß er zwei Geständnisse geschrieben hatte, die dem Gericht vorlagen. Er hatte sie zwar widerrufen, doch er war nicht sicher, ob das Gericht sein Täterwissen nicht doch in die Beweisaufnahme aufnehmen würde. Er mußte diese Gefahrenzone umgehen, und er wußte auch, wie er es machen würde. Er wollte dem Gericht erklären, die Geständnisse wären durch Drohungen, Beschimpfungen und Schikanen erpreßt. Mit dieser Anklagerede hatte er im Gerichtssaal einen großen Auftritt, genützt hat es ihm nichts.

Der Prozeß begann am 12. Mai 1981 vor dem Ersten Strafsenat des Bezirksgerichts Cottbus. Vorsitzender Richter war Frau Wehrstedt, die Anklage wurde von Staatsanwalt Helbig vertreten. Der Prozeß dauerte fünf Tage. Am 25. Mai 1981 verkündete die Richterin das Urteil: Der Angeklagte wird wegen Mordes, gemäß § 112 Abs. 1 StGB zu lebenslänglicher Haft verurteilt.

Die Urteilsbegründung umfaßte 18 Seiten. Es hieß darin: Die Handlung des Angeklagten ist Ausdruck äußerster Grausamkeit und Brutalität. Schulderschwerend wirkt, daß er das reglose Opfer, das bereits im Sterben lag, mit solcher Intensität pfählte, daß nochmals todeswertige Verletzungen entstanden.

Über die Ursachen für den Mord erklärte das Gericht: Der Beweggrund trägt stark egoistische Züge, indem sich der Angeklagte anmaßte, die Ehefrau für Handlungen zu bestrafen, die er für seine Person als normal anerkannte und gesellschaftlich für gerechtfertigt hielt.

*

Die Anwälte legten beim Obersten Gericht der DDR Berufung ein. Nach vier Monaten kam das Urteil, es lautete: „Die Berufung wird als unbegründet abgelehnt."

Damit war das Urteil rechtskräftig.

Krimkes Schwester legte auf ihre besondere Art Berufung ein. Sie schrieb an die oberste Volksvertretung der DDR: „Als Täter kommt für uns mein Bruder nicht in Frage." Und sie beschwerte sich, ihr Bruder habe während des Prozesses an zwei Verhandlungstagen kein warmes Mittagessen bekommen.

Die Sorge der Schwester, die zu ihrem Bruder ein inniges Verhältnis hatte, auch seine Ratgeberin war, ist verständlich. Sie bestimmte, was er tun und was er nicht tun sollte. Er war ihr auf eine nahezu hörige Weise ergeben. Ihr Einfluß ging so weit, daß er ihr seine Geliebte, Frau Rosi, zur Begutachtung vorgeführt hatte. Danach hatte sie erklärt, in ihrem Haus rieche es zwar sonderbar, aber sie genehmigte seine außereheliche Beziehung.

Selbst als er festgenommen wurde, verlangte er, seine Schwester müsse bei der Vernehmung anwesend sein.

Steffi nahm die vier mutterlosen Kinder bei sich auf. Sie wären sonst im Heim gelandet. Auch ihr Leben hatte sich durch den Mord grundlegend verändert. Von nun an steckte sie ihre ganze Kraft in ein Unternehmen, von dem ihr ein kluger Anwalt hätte abraten sollen. Sie betrieb die Kassation des Urteils. Das brachte nichts ein. Also versuchte sie die Wiederaufnahme des Verfahrens zu erwirken. Diese kann bekanntlich nur erfolgen, wenn neue Beweise auftauchen, die dem Gericht nicht bekannt waren.

*

Krimke war inzwischen in die Haftanstalt Brandenburg eingeliefert worden. Er war unter allen Umständen gewillt, diese neuen Beweise zu liefern. Das schien ihm zu gelingen. Er schrieb an den Staatsanwalt, er habe in der Haftanstalt einen Mann namens Rackwitz ausgemacht, der, nur der wäre der Mörder seiner Frau. Er habe es ihm selbst erzählt. Dieser Rackwitz und sein Freund Fritz wären am Abend des 30. August in Malewitz gewesen, hätten sich dort an seine Frau rangemacht, versucht, sie zu vergewaltigen, was aber nicht gelungen sei. Der Freund habe die Frau dann niedergeschlagen. Rackwitz und sein Freund Fritz wären die wirklichen Täter. Das, schrieb Krimke, sei der Beweis für seine Unschuld.

Krimkes Brief löste eine neue Welle der Ermittlungen aus. Ein Hinweis dieser Art muß von der Staatsanwaltschaft ernst genommen werden. Die Ermittlungen werden streng, korrekt und ohne Vorbehalte geführt.

Sie kosteten viel Zeit und viel Geld.

Am Ende stand folgendes fest: Krimke hatte gelogen. Rackwitz behauptete, noch nie mit ihm gesprochen zu haben, wußte auch sonst nichts von ihm, nicht einmal, weshalb er im Knast saß. Um sicher zu gehen, zeigten ihm die Ermittler ein Foto von Krimke. Rackwitz sagte: „Den habe ich schon einmal gesehen, das war, als ich zwei Tage Küchendienst hatte. Dort fungierte ein Koch, der dem Mann auf dem Foto ähnlich ist, gesprochen habe ich ihn nicht."

Die Ermittler gaben sich damit nicht zufrieden. Sie stellten Nachforschungen an, wo sich Rackwitz am 30. August, dem Tag, an dem Gesine Krimke ermordet wurde, aufgehalten hat. Sie fanden heraus, daß er in Güstrow war, in der Bäckerei Hofmann gearbeitet hatte. Beide, die Bäckersfrau und Rackwitz, erinnerten sich unabhängig voneinander, denn an diesem Tag hatte es Streit zwischen ihnen gegeben. Die Bäckerin hatte sich geweigert, Rackwitz den Lohn auszuzahlen. Ihm würde, begründete sie, ein Stempel im Gesundheitspaß fehlen. Erst wenn er diesen Stempel vorweise, bekäme er seinen Lohn.

Nach den langen Ermittlungen, Vernehmungen, Gegenüberstellungen und Alibiüberprüfungen teilte man Krimke mit, daß sein Antrag auf Wiederaufnahme des Verfahrens aus gesetzlichen Gründen abgelehnt werden muß. Der Nachweis, daß die genannten Personen den Mord verübt hatten, konnte nicht erbracht werden.

Krimkes Schwester allerdings war da anderer Meinung. „Nach meiner Auffassung erfolgte die Verurteilung damals zu unrecht. Mein Bruder hat seine Ehefrau nicht umgebracht. Es ist ein anderer gewesen, dieser hat auch gegenüber der Staatsanwaltschaft seine Täterschaft eingeräumt. Es ist daraufhin nichts veranlaßt worden. Mein Bruder muß entlassen werden. Ich verstehe nicht, warum es bisher nicht zu einer bedingten Entlassung gekommen ist."

*

Die Zeit war dahingegangen. Krimke hatte sechs Jahre seiner lebenslangen Haft verbüßt, als er die Nachricht bekam, seine lebenslange Strafe wird durch eine Amnestie mit Wirkung vom Juli 1987 auf 15 Jahre herabgesetzt. Das löste Freude aus, verführte ihn aber auch zu einer waghalsigen Rechnung. Bekanntlich verbüßt ein Häftling zwei Drittel der Haft. Wenn der Strafgefangene sich nicht eines neuen Verbrechens schuldig gemacht hat, wird er nach diesem Zeitraum entlassen.

Krimke rechnete so: Wenn seine Strafe auf fünfzehn Jahre herabgesetzt ist, brauchte er davon nur zwei Drittel zu verbüßen. Er hatte begriffen, Wohlverhalten zahlt sich aus, Anpassung ist das erste Gebot. Das sind die günstigsten Vorbedingungen für eine zeitige Entlassung.

Der Leiter des Strafvollzugs nährte die unerlaubten Träume. Er teilte der Staatsanwaltschaft mit, Krimke verhalte sich vorbildlich, werde im Kollektiv der Strafgefangenen geachtet und anerkannt. Er sei kameradschaftlich und hilfsbereit, sein Auftreten gegenüber den Angehörigen des Strafvollzugs höflich und korrekt. Erteilte Weisungen würden von ihm ohne Diskussion ausgeführt werden. Er wäre auch bereit, wenn es notwendig sei, außerhalb der Arbeitszeit zusätzliche Arbeiten zu übernehmen.

Zu seiner Straftat befragt, gebe er an, den Mord nicht begangen zu haben. Er habe seiner Frau mit einem Stock lediglich auf die Oberschenkel geschlagen. Zusammenfassend könne man sagen, daß der Strafgefangene Krimke bisher nur positiv in Erscheinung getreten ist.

So erfreulich es ist, wenn man hört, daß ein Strafgefangener sich anständig verhält, stimmt dieser Bericht doch nachdenklich. Er beschreibt Äußerlichkeiten, ihm fehlt der Nachweis auf die innere Wandlung des Menschen. Krimke empfand keine Reue, sprach sich von jeder Schuld frei. Er habe seine Frau nicht getötet, sagte er, er habe sie nur ein bißchen verhauen. Er wollte über die Runden kommen, deshalb war er fleißig und höflich und angepaßt. Das Wesen des Strafvollzugs hatte er nicht begriffen.

Inzwischen hatte sich die Welt draußen verändert. Nichts war mehr, wie vorher. Eine gesellschaftliche Umwälzung hatte sich vollzogen. Die Wende veränderte die gesellschaftlichen Strukturen und weckte manche Erwartungen. Die Strafgefangenen in den Haftanstalten lebten im Taumel ihrer eigenen Phantasien. Jeder erwartete sein privates Wunder: die Rehabilitation, die Kassation, den Gnadenerlaß, die Wiederaufnahme des Verfahrens oder schlicht und einfach die sofortige Entlassung mit möglichst hoher Haftentschädigung. Ihre Erwartungen lebten von der Hoffnung, die neuen Richter und Staatsanwälte wären Gegner des DDR-Regimes. Schon die Tatsache, von einem DDR-Gericht verurteilt worden zu sein, genüge, um rehabilitiert zu werden.

Es kam ihnen nicht in den Sinn, daß für Mörder und andere Verbrecher die gleichen Kriterien in Ost wie in West gelten. Die politischen Prozesse freilich ausgenommen.

In den Haftanstalten begann das große Briefeschreiben. Die

schweren Jungs mutierten zu sanften Engelchen, beteuerten ihre Unschuld und pochten auf ihre Freilassung.

Krimke hatte den Anwalt gewechselt. Er glaubte, einem ehemaligen DDR-Anwalt fehle Kompetenz, er könne sich bei Richtern und Staatsanwälten aus dem Westen nicht durchsetzen. Er ließ sich einen Anwalt aus dem Westen empfehlen, der auf den ersten Blick ein tüchtiger Bursche zu sein schien. Doch das war er nicht, ihm fehlte Contenance. Bei jedem Vorgang, der nicht nach seinem Gusto verlief, nahm er eine drohende Haltung ein. Er drohte mit Beschwerden, verfaßte eine Dienstaufsichtsbeschwerde, kündigte Beschwerden beim Minister an. So wild er sich auch gab, er zeigte damit nur seine Schwäche. Krimke hatte sich den falschen Mann gegriffen.

Bei der Auseinandersetzung zwischen Anwalt, Staatsanwaltschaft, Gericht und Strafvollstreckungskammer ging es um eine einzige Frage: Steht es Krimke zu, nach zwei Dritteln der Strafe entlassen zu werden? Der Anwalt hätte es wissen müssen. In einem Brief unterstellte er, Krimke würde unrechtmäßig in Haft gehalten, ließ durchblicken, dies könnte strafrechtliche Folgen haben, deutet an, die Staatsanwaltschaft habe sich der Freiheitsberaubung schuldig gemacht. Diese sonderbare Art, Probleme zu besprechen, machte keinen Eindruck auf die Staatsanwälte in Cottbus. Krimke merkte bald, daß er sich den falschen Mann genommen hatte und schrieb nun seine Briefe selbst. Er fand bald die Schuldigen, die ihn unrechtmäßig festhielten. „Die alten Seilschaften auf den Gerichten", schrieb er, „müßten doch bald weg sein." Ein DDR-Staatsanwalt war in seinen Augen eine alte Seilschaft, er war es, der seine Entlassung verhinderte. Und das konnte nur einer sein: Staatsanwalt Helbig.

Krimkes Schwester wirbelte durch alle möglichen Ämter, schrieb Briefe an alle möglichen Leute, ließ darin verlauten:

„Auf Grund der Wiedervereinigung versprachen wir uns, es wird einiges einfacher gemacht, aber bis jetzt ist das Gegenteil eingetreten. Herr Staatsanwalt Helbig ist noch voll im Amt, er hat zwar seinen Mantel gedreht, aber doch nicht seine Meinung und Haltung."

War das der Aufschrei einer unglücklichen Seele oder nur primitive Denunziation, verbunden mit der Absicht, den Staatsanwalt zu bestrafen, der das Verbrechen ihres Bruders aufgeklärt hatte?

Die Strafvollstreckungskammer des Landgerichts Potsdam machte der fruchtlosen Diskussion ein Ende. In einem ebenso klaren wie klugen Beschluß stellen die Richter fest: „Bei der Verhängung einer lebenslangen Freiheitsstrafe kommt eine Aussetzung der Reststrafe erst nach Ablauf von 15 Jahren in Betracht. Bei der Berechnung der verbüßten Strafe ist die vom Gericht verhängte Freiheitsstrafe, nicht aber die von der Amnestie ermäßigte Strafe zu Grunde zu legen."

Demnach hätte Manfred Krimke am 31. August 1995 entlassen werden müssen.

Krimke hatte Glück, der Justizminister verfügte auf dem Gnadenweg die vorzeitige Entlassung; am 29. November 1993, 8.10 Uhr, verließ Krimke das Gefängnis. Die Bewährungsfrist war für drei Jahre festgelegt.

Die DDR hatte ihm durch eine Amnestie eine zeitige Entlassung beschert. Der andere Staat ließ Gnade vor Recht ergehen und schenkte ihm zwei Jahre. Warum er dann, voller Haß und Rache, gegen Staatsanwalt Helbig vorging, ist schwer zu begreifen. Diese Haltung mag einer falschen Einstellung zu sich selbst und zum Verbrechen, das er begangen hatte, geschuldet sein.

Plädoyer für einen Staatsanwalt

Lohnt es, über Menschen wie Zelinski, Maurer und Krimke aufwendig zu recherchieren, zu schreiben, das Geschriebene der Öffentlichkeit preiszugeben? Nein, es lohnt nicht. Diese Männer verdienen keine Aufmerksamkeit, in ihnen hat sich keine Wandlung vollzogen. Keiner der drei Mörder ist aus der Tiefe seiner moralischen Verkommenheit herausgekommen. Es hat den Anschein, als wäre bei Menschen dieser Art die Erziehung der Gefühle wirkungslos geblieben.

Das Kainsmal ethischer Verkommenheit trägt Zelinski genauso wie seine Kumpane Maurer und Krimke. Trotz ihrer moralischen Bedeutungslosigkeit habe ich über sie geschrieben. Ich tat es nur aus einem Grund, der Fall der drei Männer hatte nach der Wende eine politische Dimension angenommen. An ihnen wird ein Kapitel Zeitgeschichte transparent.

Im Frühjahr 1991 traten in den öffentlichen Einrichtungen Leute aus dem Westen ihren Dienst an. In ihren Köpfen die Erkenntnis, die DDR ist ein Unrechtsstaat gewesen. Die Staatsanwälte, die nach Cottbus herbeieilten, waren nicht frei von der Meinung, alle Staatsanwälte hier seien rote Socken und alle rote Socken sollten weg. Doch so radikal ging man höchstens in Sachsen vor, bekanntlich wurde Sachsen aus Bayern dirigiert. Cottbus hatte Nordrhein-Westfalen zum Patenland, da ging es freundlicher zu. Es wurde ebenso wohlwollend wie wohlüberlegt gehandelt. Manch Staatsanwalt mußte zwar gehen, doch viele blieben im Amt. Staatsanwälte, die eine Funktion innegehabt hatten hatten, wurden entlassen. Vor allem jene, die sich der Rechtsbeugung schuldig gemacht hatten. Auch die Staatsanwälte, die mit dem MfS zusammengearbeitet hatten, mußten gehen.

In der Cottbuser Staatsanwaltschaft saß einer, der fast dreißig Jahre im Dienst der DDR Justiz gestanden hatte – Staatsanwalt Horst Helbig. Er hatte Tötungsdelikte bearbeitet und das mit überdurchschnittlichem Erfolg. Trotz dieser Erfolge machte er in der DDR keine Karriere. Er war nicht in den Olymp der DDR-Justiz aufgestiegen. Und das hatte seinen Grund: Man hatte ihm eine Führungsposition im Parteiapparat der SED angeboten, er lehnte ab. Er wollte Staatsanwalt sein und nicht Funktionär. Das machte ihn in den Augen der DDR-Oberen suspekt. Also sah man an ihm vorbei, wenn es um Beförderungen ging.

Nach der Wende stand man diesem Mann mit Skepsis gegenüber. Er paßte nicht in das übliche Schema. Man grübelte, ob man ihn feuern oder probeweise behalten sollte. Immerhin, er war ein guter Fachmann. Doch wer wußte schon, ob seine Weste wirklich weiß war. Also fing man an, die Fälle, die er bearbeitet hatte, zu überprüfen. Diese ausführlichen, aufwendigen Prüfungen genügten nicht, man schickte die Akten auch noch zur Prüfung ins Ministerium, in dem bekanntlich besonders kluge Köpfe sitzen.

Horst Helbig hatte das Gesetz nie verletzt, nie gebeugt. Er hatte die Gesetze der DDR korrekt eingehalten. Trotz dieses positiven Ergebnisses wurde Helbig vor eine Kommission geholt, die seine Unbedenklichkeit, seine Loyalität prüfen sollte. Seine Vergangenheit wurde durchforscht. Die Kommission stellte nach gründlicher Recherche fest, Helbigs Vergangenheit war lupenrein. Es gab keine Anhaltspunkte für eine Verfehlung. Ein weiterer Pluspunkt kam hinzu, Horst Helbig war auserkoren worden, beim Sturm auf die Staatssicherheit staatsanwaltschaftlichen Beistand zu leisten. Nun war allen klar, Helbig konnte bleiben, sich weiter um Tötungsdelikte kümmern.

*

Zu der Zeit, da Helbig, von jedem Verdacht befreit, wieder aufatmend seiner Arbeit nachging, erschien in der Zeitung „Super" ein groß aufgemachter Artikel. Darin hieß es: Staatsanwalt Helbig ist ein Verbrecher. Er hat das Recht gebeugt und Häftlinge mißhandelt. Es sei eine Schande, daß dieser Mann noch Staatsanwalt ist. Als Zeugen wurden drei Namen genannt: Hans Zelinski, Thomas Maurer und Manfred Krimke. Diese drei Männer wären von Helbig angeklagt und unschuldig verurteilt worden. Nun strebten sie Gerechtigkeit an, hätten nunmehr Anzeige gegen ihn erstattet.

Als dieser Artikel erschien, tauchten erneut Zweifel an der Integrität des Mannes auf. Sollte sich der Reporter alles aus den Fingern gesogen haben? Die Stimmung im Haus war geteilt. Nichts ist unerfreulicher als Korridorgeflüster, Kantinengespräche, die dann verstummen, wenn der Betreffende sich nähert.

Das Interview, das den bösen Wirbelsturm erzeugt hatte, war so verlaufen: An einem Freitag im August 1991 klingelte im Büro von Staatsanwalt Helbig das Telefon. Es meldete sich ein Mann namens Michael Helberg, der vorgab, Reporter im Burda-Verlag zu sein. Er wolle, sagte er, ein Interview mit ihm machen.

Für Pressegespräche ist normalerweise der Pressesprecher zuständig. Helbig hätte den Mann ohne Mühe abwimmeln können. Doch zufällig befand sich in diesem Moment der Pressesprecher in Helbigs Zimmer. Man kam überein, den Reporter zu empfangen. Gegen Mittag erschien der Reporter, erklärte, er arbeite für eine Zeitung mit Namen „Super". Dieses Blatt, das weiß inzwischen jeder im Lande, war nach der Wende gegründet worden, um den DDR Bürgern zu erklären, in welch furchtbarem Land sie gelebt hätten. Dem Blatt ging es um Skandale und Enthüllungen. Noch heute, 15 Jahre nach diesem „kalten Krieg", sucht man nach dem tieferen Sinn jener geballten Verleumdungskampagne. War sie integrierter Bestandteil der Ostpolitik?

Helberg war nach Cottbus gekommen, um Staatsanwalt Helbig und Fritz Lützkendorf, den Leiter der Mordkommission, als Verbrecher zu entlarven.

Der Reporter stellte Fragen. Doch die Antworten interessierten ihn nicht. Er wollte nicht aufgeklärt werden, wollte keine Sachverhalte erklärt haben. Er wollte eine Skandalstory schreiben. Seine Fragen kamen mit der Heftigkeit eines Maschinengewehrfeuers. Sie prasselten wie Schläge auf Helbig nieder. Nun ist es ja so, daß bestimmte Fragen, die in einem geschichtlichen Kontext stehen, ausführlicher Erklärungen bedürfen. Fragen, die den beruflichen, gesellschaftlichen, privaten Weg betreffen, können nicht einfach mit einem lapidaren Ja oder Nein beantwortet werden. Der Befragte muß die Möglichkeit haben, ausführlich erzählen zu können.

Das Interview, das eher einem Verhör glich, verlief etwas so:

„Die Herren Zelinski, Maurer und Krimke haben Anzeige gegen Sie erstattet. Sie, Herr Helbig, haben sich der Erpressung, Nötigung und Rechtsbeugung schuldig gemacht. Äußern Sie sich!"

„Unsinn."

„Thomas Maurer wurde 270mal vernommen, er bekam Spritzen, um ihn aussagewillig zu machen, er ist geschlagen und mißhandelt worden, er hat immer Handschellen tragen müssen. Äußern Sie sich!"

Noch bevor Staatsanwalt Luft holen konnte, wurde er mit neuen Fragen attackiert.

„Wie erklären Sie sich die Häufung von Anzeigen? Sie stecken mit einem ganz üblen Burschen, dem Leiter der Mordkommission, unter einer Decke. Äußern Sie sich dazu."

„Alle Urteile der DDR-Gerichte sind unrechtmäßig, weil die DDR ein Unrechtsstaat war."

„Die Urteile gegen Zelinski, Maurer und Krimke sind aus politischen Motiven gefällt worden. Was sagen Sie dazu!"

„Welche Beziehungen hatten Sie zum MfS?"

„Waren Sie Mitglied der SED?"

„Haben Sie Auszeichnungen erhalten?"

Helbig begriff, worauf der Reporter hinaus wollte, trotzdem versuchte er ausführlich und seriös zu antworten. Der Mann ging nicht darauf ein, ihn interessierten Helbigs Antworten nicht.

Im Raum saß immer noch der Pressesprecher, Staatsanwalt Schäfer, er erlebte die bittere Komödie mit, versuchte eine zahme Rechtfertigung. „Wir haben nichts zu verbergen." Fügte im fordernden Ton hinzu: „Wir erwarten eine faire Berichterstattung." Das sicherte ihm der Reporter grinsend zu.

Wohlgelaunt, seine Rechnung war aufgegangen, verließ der Reporter die Staatsanwaltschaft, fuhr hinaus in ein Dörfchen nahe Cottbus. Hielt vor einem Haus, in dem der Leiter der Mordkommission Lützkendorf und seine Familie wohnte. Er klingelte an der Gartentür. Der Fotograf versteckte sich listig hinter einer Hecke. Es war ein heißer Sommertag, Lützkendorf, in Turnhemd und Turnhose, erschien in der Tür, nicht ahnend, welch Scheusal da vor seiner Tür stand.

Der Reporter rief: „Sind Sie Herr Lützkendorf?"

Lützkendorf nickte. Und wie er es bei Helbig gemacht hatte, trieb er es auch hier, nur mit dem Unterschied, daß er die Fragen durch den Vorgarten bis zur Haustür mit Lautstärke brüllte. „Kennen Sie Herrn Maurer?"

„Sie haben seinen 13jährigen Bruder bedroht."

„Sie haben dem Maurer in der U-Haft Spritzen verpaßt."

„Sie haben einen Jagdschein. Wie sind Sie dazu gekommen?“
„Sie haben mit dem MfS zusammengearbeitet.“
Lützkendorf verlor nicht die Fassung, war aber auch nicht bereit, auf diese Fragen in dieser sonderbaren Atmosphäre zu reagieren. „Kommen Sie in zwei Stunden wieder, dann können wir uns in Ruhe unterhalten.“
Das lehnte der Reporter ab. Das Gespräch, sagte er, habe jetzt, in den nächsten 15 Minuten stattzufinden.
Inzwischen war der Fotograf hinter der Hecke vorgesprungen und knipste wild darauf los. Lützkendorf machte, was jeder vernünftige Mensch machen würde, er ließ den Mann stehen, drehte sich um und ging ins Haus zurück. Durch das Fenster sah er, wie die beiden Männer um das Haus strichen, aus den unterschiedlichen Perspektiven fotografierten. Er hörte den Reporter sagen: „Was diese rote Socke für ein Haus hat. Das gibt noch ein Echo.“ Der Fotograf machte sich an seinem Golf zu schaffen, fotografierte ihn.

Wenige Tage später erschien in der „Super“ das Interview. Es trug die fette Überschrift: „Du Sau, Dich laß ich aufhängen!“
Im Text hieß es: „Kaum vorstellbar, daß Staatsanwalt Helbig 29 Jahre lang der Schrecken der Gerichtssäle von Cottbus war.“ Und weiter: „Drei Lebenslängliche aus der Haftanstalt Brandenburg haben ihn jetzt wegen Erpressung von Falschaussagen angezeigt.“
Ein Reporter der „Super“ habe Helbig ins Verhör genommen, stand geschrieben, habe ihm die Frage gestellt: „Was sagen Sie zu den Strafanträgen?“
Helbig hätte geantwortet: „Es sind alles Verbrecher, lauter Verbrecher.“
Darunter die fettgedruckte Zeile: „Und er ist immer noch Staatsanwalt.“

Ein Foto von Lützkendorf wurde gezeigt, darunter die Zeile: „Der Verhörspezialist des Staatsanwalts. Seine Opfer schildern die Verhöre: Schläge ins Gesicht mit Knüppel oder Faust, dann eine Zigarette, dann wieder Schläge."

*

Die Gewalt des Staates gliedert sich in drei Teile: Legislative, Exekutive und Judikative. Jetzt hatte sich eine vierte Gewalt etabliert: die Presse. Die drei Gewalten werden kontrolliert, um Machtmißbrauch zu verhindern. Die Presse ist nicht kontrollierbar. Bei bestimmten Blättern herrscht das Gesetz des Profits. Daß Einzelpersonen Schaden nehmen, wird billigend in Kauf genommen. Je größer der Skandal, desto größer die Auflage.

Das Bürgertum erstritt sich im Kampf gegen den Absolutismus die Pressefreiheit. Der Absolutismus hat die Gesellschaft eingeholt.

*

Nun möchte man meinen, der „Fall Helbig" sei bereinigt, abgeschlossen, zu den Akten gelegt. Helbig ist zu seiner Arbeit zurückgekehrt, kann auch wieder ruhig schlafen und auch seine Familie, die mit ihm gelitten hat, ist zur Tagesordnung übergegangen. So war es nicht. Ein Atom läßt sich leichter zertrümmern als ein Vorurteil, sagt Albert Einstein. Der muß es wissen. Und wir, die Menschen im Osten, wissen es auch. Die Vorurteile gegen uns lassen sich nicht zertrümmern.

Ein Beispiel. Ein Anwalt aus West-Berlin vertrat einen Mann vor Gericht, der beschuldigt wurde, eine 12jährige Schülerin sexuell mißbraucht und dann getötet zu haben. Dieser Mann war bereits wegen Sexualdelikten mehrfach vorbestraft.

Leiter der Ermittlung und Ankläger war Staatsanwalt Helbig. Der Anwalt aus Berlin verstand es, den Prozeß drei Jahre lang hinzuziehen, obwohl der Sachverhalt relativ klar war. Einen Prozeß über drei Jahre vorsätzlich zu verschleppen, ist auch eine Leistung. Der Anwalt gab sich mit keiner Entscheidung des Gerichts zufrieden, stellte unentwegt Anträge, die oft genug sinnlos waren, er legte Beschwerden ein, forderte die Abberufung eines Richters. Er spielte virtuos die ganze Skala der Strafprozeßordnung durch.

Und er schoß sich auf Staatsanwalt Helbig ein, dabei kam ihm folgender Vorfall zu Hilfe: Bei der Mordkommission leugnete der Beschuldigte die Tat. Aber als Staatsanwalt Helbig ihn verhörte, war er bereit, ein Geständnis abzulegen. Um ihn nicht zu unterbrechen, seine Aussagebereitschaft nicht zu stoppen, verhielt sich Helbig still, griff wortlos über den Tisch, schaltete das Mikrofon ein. Es war eine Handbewegung, die der Beschuldigte nicht nur zur Kenntnis nahm, sondern auch durch Kopfnicken billigte.

In diesem Geständnis offenbarte er Täterwissen. Sein Opfer, sagte er, habe eine Verletzung an der rechten Augenbraue gehabt. Diesen Umstand konnte nur einer wissen: der Täter, sonst niemand.

Dieses Geständnis wäre nicht verwertbar, triumphierte der Anwalt, es sei rechtswidrig zustande gekommen. Da bekam der Angeklagte Oberwasser und erklärte: „Zu weiteren Vernehmungen bin ich nicht bereit, es sei denn, meine Anwälte wünschen es."

Der Anwalt versuchte, Helbig unglaubwürdig zu machen, griff in eine üble Trickkiste, holte die vier Jahre alte „Super" hervor. Sie war nach kurzem freudlosen Dasein eingegangen. Er schickte dem Landgericht den Artikel, zitierte daraus den Satz: „Du Sau, Dich laß ich aufhängen."

„Und dieser Mann", schrieb der Berliner Anwalt, „ist immer noch Staatsanwalt." Die Kammer möge ihm mitteilen, ob gegen Helbig ein Ermittlungsverfahren eingeleitet worden sei. Der Vizepräsident des Landgerichts antwortete dem Anwalt kurz und bündig: Die Kammer sehe keine Veranlassung, ein Ermittlungsverfahren gegen Staatsanwalt Helbig einzuleiten und derartige Vorgänge in das Verfahren einzubeziehen.

Diese Schlacht hatte der Anwalt verloren. Doch nun war zu erwarten, daß er während der Verhandlung Helbig angreifen und die alten Geschichten ausbreiten würde, obwohl sie mit der Hauptverhandlung nichts zu tun hatten.

Helbig informierte seinen Chef: Es bestehe die Gefahr, daß die Verteidigung versuchen würde, den Abschuß eines Staatsanwalts medienwirksam vorzuführen. „Die Verteidigung wird es darauf anlegen, einen ehemaligen DDR-Staatsanwalt zu disqualifizieren und zu diffamieren, ihm nachzuweisen, daß er mit der Rechtsstaatlichkeit nicht vertraut ist. Sie will erreichen, die Beschuldigtenvernehmung in Zweifel zu ziehen und zu erschüttern."

Es ging also in dieser Sache nicht um die übliche und auch akzeptable Konfrontation zwischen Verteidigung und Staatsanwaltschaft in einem Indizienverfahren, sondern um eine einseitige, unsachliche Vorgehensweise der Verteidigung, um dadurch möglichst spektakulär wirksam zu werden.

Er, Helbig, wolle sich einem solchen „Schauspiel" nicht stellen. Er wäre bereit, als Zeuge aufzutreten, damit böte er dem Verteidiger eine geringere Angriffsmöglichkeit und könnte außerdem die Fürsorge des Gerichts in Anspruch nehmen.

Helbigs Chef, der Leitende Oberstaatsanwalt Robineck, entsprach seinem Wunsch. Zwei andere Staatsanwälte, Oberstaatsanwalt Rösler und Staatsanwalt Schulz vertraten nun die Anklage.

Staatsanwalt Helbig stand als Zeuge dem Gericht zur Verfügung. Immer wieder wurde er in den Zeugenstand gerufen, er weiß heute nicht mehr, ob es zehn- oder zwölfmal war. Mit seiner Aussage half er dem Gericht bei der Beweisaufnahme, half, die Wahrheit zu finden. Und er half dem Gericht, das richtige Urteil zu fällen. Der Angeklagte wurde der Tat überführt und zu lebenslanger Haft verurteilt.

*

Die Zehn Gebote, die Gott auf dem Berg Sinai dem Moses übergab, haben Ewigkeitswert. Die Strafprozeßordnung hat es nicht. Sie ist auch noch nicht ganz so alt, aber alt genug, um ein bißchen überarbeitet und modernisiert zu werden. Solange Ministerin Zypries noch etwas zu sagen hat, sollte sie das überlegen. In der überarbeiteten Fassung könnten zum Beispiel die Rechte der Verteidiger nicht etwa beschnitten, nur exakter bestimmt werden.

*

Die Lebensleistung von Staatsanwalt Horst Helbig kann man nicht an der Zahl der überführten Mörder messen. Und doch ist es ebenso bemerkenswert wie mitteilenswert, daß er etwa 50 Mörder überführen konnte. Unter diesen Morden gab es Fälle, die zunächst und über einen längeren Zeitraum als nicht aufklärbar galten.

Dem Raffinement eines intelligenten Mörders auf die Spur zu kommen, kostet Ausdauer und ein feines Gespür für den wirklichen Verlauf der Tat. Mitunter sind die Widersprüche nicht sichtbar, müssen erahnt werden. Diese Begabung kann man nicht erlernen, sie ist eine Gabe Gottes. Horst Helbig sah seinen Beruf nicht als Broterwerb an. Ihm ging es darum, die ethisch-moralischen Werte, ohne die ein Volk nicht leben kann, zu beschützen.

Nun ist der Mann in Rente gegangen. Sein letzter Fall, den er zwar bearbeitet und angeklagt, vor Gericht aber nicht vertreten hat, ist der Fall der schönen Vicky Wendorf. In der kleidsamen Robe des Anklägers, erlebte das Publikum den jungen dynamischen Staatsanwalt Gernot Bantelon.

Rendezvous im Wald

Am 10. November 2002 begann der Prozeß gegen die Studentin Vicky Wendorf. Er fand im Saal 212 des Landgerichts statt. Vicky Wendorf war angeklagt, die Ermordung ihres Vaters, Felix Wendorf, gewollt, vorbereitet und finanziert zu haben. Die Anklage sah das Mordmerkmal der Heimtücke nach Paragraph 211 des Strafgesetzbuchs als erfüllt an. Die Angeklagte hatte geplant, die Arg- und Wehrlosigkeit des Vaters zu nutzen, um ihn zu töten. Unter Vortäuschung einer Notlage, einer Autopanne, lockte sie ihren Vater in eine einsame Waldgegend, wo er statt der hilfsbedürftigen Tochter auf Mitglieder der Russenmafia treffen würde, die ihn töten sollten. Dabei spielte das Überraschungsmoment eine besondere Rolle.

Als Motiv gab die Angeklagte an, er sei eine Bedrohung für ihre Mutter, die sich von ihm trennen wollte, sie liebte einen anderen Mann. Es war zu befürchten, daß er sie nicht gehen lassen, sie möglicherweise gar töten würde. Als weiteres Motiv gab sie an, daß sie ihren Vater nicht leiden könne.

In der Beweisaufnahme hatte das Gericht zu prüfen, inwieweit eine tatsächliche Bedrohung für die Mutter bestand und ob der Tatbestand der Habgier nach § 211 vorlag.

*

Das Haus der Wendorfs lag in einem parkähnlichen Garten. Es bot der Familie luxuriöse Behaglichkeit. Zur Familie gehörten Felix Wendorf, 58, seine Frau Jenny, 41 und Vicky, 20, Medizinstudentin an der Humboldt-Universität.

Aus erster Ehe existierte eine Tochter, Maria Wendorf, 27.

Felix Wendorf war Besitzer der Restaurantkette „Cosima", seriöse Lokale der Luxusklasse. Er galt als vermögend. Seine Mutter, Amalia Wendorf, war bis zu ihrem tragischen Tod

Seniorchefin der kleinen gastronomischen Goldgrube und bestimmende Kraft des Unternehmens.

Die Angeklagte erschien am Morgen des ersten Prozeßtages in eleganter, legerer Jeanskleidung. Sie war groß und schlank, hatte dunkles Haar, das sie, dem Ruf einer kurzlebigen Mode folgend, kurz und asymmetrisch geschnitten hielt. Das schöne Mädchen betrat den Saal mit dem verhaltenen Lächeln, das man sowohl als Verlegenheit, als auch als spöttische Ignoranz werten konnte. Im Publikum regte sich leiser Unwille. Ein Mädchen, das seinen Vater ermorden lassen wollte, hatte Reue zu zeigen, hatte sich zerknirscht zu geben, konnte nicht hereinspaziert kommen, als ginge sie zu einer Promi-Party. Man hatte erwartet, sie in Ketten zu sehen, bewacht von umsichtigen Wachleuten der Justizvollzugsanstalt. Statt dessen kam sie leichten Fußes hereinspaziert, begleitet von einem Mann, der sich mit der Nonchalance eines Alain Delon bewegte. Er wies auf die Anklagebank in der Art, wie man ein barockes Kunstwerk vorführt, geleitete sie dahin, ließ sie Platz nehmen und setzte sich neben sie. Er war ihr Verteidiger.

Das Gericht trat ein, die Angeklagte erhob sich willig. Ein Zeremoniell lief ab, das jede Gerichtsverhandlung einzuleiten hat.

Zu Sache befragt, sagte die Angeklagte mit angenehm dunkler Stimme, in der kein Hauch von Verlegenheit oder Nervosität war, eher wie jemand, der sich seines Sieges sicher ist: „Ich weiß nicht, wann ich den Entschluß gefaßt habe, meinen Vater zu töten. Ich weiß nicht einmal, ob dieser Entschluß langsam in mir gewachsen ist oder wie ein bedingter Reflex entstand. Ich bin sicher, daß alles, was im Leben geschieht, nur die Reaktion auf das ist, was vorausgegangen ist. Das ist so in der Menschheitsgeschichte und das ist auch so in meinem Leben."

Den kleinen philosophischen Exkurs nach Hausfrauenart verzieh ihr der Vorsitzende Richter mit leisem Lächeln, was Vicky selbstgefällig registrierte.

„Als ich 18 wurde, richtete mir Vater im ersten Stock unseres Hauses eine separate Wohnung ein. So konnte ich es einrichten, nur gelegentlich am Familienleben teilzunehmen."

„Warum haben Sie sich aus dem Familienleben ausgeklinkt?"

„Ich war Schülerin einer Eliteschule für Naturwissenschaften, habe mein Abitur mit Auszeichnung gemacht. Ich hatte für die Schule zu lernen. Und ich konnte die Gegenwart meines Vaters nur schwer ertragen."

„Zum Geburtstag schenkte er Ihnen ein Auto. Ist das nicht ein Zeichen besonderer Aufmerksamkeit?"

„Ja", erwiderte Vicky, „er schenkte mir einen Corsa 1,8 Liter, ich hatte mit einem Porsche gerechnet."

„Sie sind nicht gerade bescheiden."

„Bescheidenheit, Herr Vorsitzender, ist die schlimmste Form der Eitelkeit."

Der Richter beugte sich über seine Akten, vielleicht, um sein Lächeln zu verbergen. „Warum konnten Sie Ihren Vater nicht ertragen?"

Ohne zu überlegen, als spielte sie eine Rolle, mit der sie immer schon Erfolg hatte, sagt sie: „Er ist ein schwacher Charakter, hatte zahllose Affären. Er ist der Typ des Mannes, der Frauen braucht, um sie zu beherrschen. Er betrog seine erste Frau mit seiner zweiten und die zweite mit vielen anderen. Mitunter sah ich ihn morgens, wenn ich mich zur Schule fertig machte, nach Hause kommen. Er roch nach Alkohol und sah nicht aus wie ein Mann der besseren Gesellschaft.

Es gab da einen Zwischenfall, den ich nie vergessen werde. Ich war ungefähr zwölf Jahre alt, schlief in meinem Zimmer. Mitternacht war vorbei, als ich ängstliches Wimmern hörte. Ich erkannte die Stimme meiner Mutter, sprang aus dem Bett, lief zur Treppe, sah hinunter in die Diele. Vater, ein großer breitgebauter Mann schlug meine kleine zierliche Mutter. Die Schläge trafen sie an Kopf und Schulter. Sie hatte die Arme vor dem Kopf gekreuzt, um ihr Gesicht zu schützen. Ich schrie auf, ein Schrei, der die Welt aus ihren Angeln riß. Vater hielt inne, sah zu mir hoch, kam zur Besinnung, fiel vor Mutter auf die Knie, bettete seinen Kopf in ihren Schoß. Heute weiß ich, es sind immer die sexuellen Disharmonien, die zu solchen Brüchen führen. Es ist die Gewöhnung, die das sexuelle Verlangen kaputtmacht und damit die Ehe zerstört."

„Angeklagte, Sie befinden sich hier nicht auf einem Kolloquium über den Zerfall der bürgerlichen Ehe. Wir wollen herausfinden, warum Sie Ihren Vater töten lassen wollten."

*

Martin Zeisberg lebte seit einem Jahr mit Christine, einer arbeitslosen Bibliothekarin. Durch sie lernte er ein Mädchen kennen, das sich Vicky nannte. Die Mädchen hatten sich in einer eleganten Boutique kennengelernt, für die Christine gelegentlich Botengänge erledigte und damit ihre Neidgefühle auffrischte. Die Mädchen freundeten sich ein wenig an, es war eine eher lose Verbindung. Zwischen ihnen bestand eine soziale Kluft von beträchtlichem Ausmaß, die Christine eine untergeordnete Rolle zuwies. Sie begriff nicht, warum sich Vicky immer wieder mit ihr traf. Eines Tages dann sagte Vicky, sie möchte Martin kennenlernen, suche einen privaten Personenschutz für ihre Mutter, die sich bedroht fühlte. Martin, so meinte sie, wäre der rechte Mann dafür, er kenne sich in der Szene aus, habe als Türsteher in Nachtlokalen gearbeitet, war im Wachdienst tätig, im Personenschutz und als Kaufhausdetektiv. Und er war seit zwei Jahren arbeitslos.

Man verabredete sich im Spielcasino. Er ging vor der Zeit hin, beobachtete das Mädchen am Spieltisch. Sie spielte mit hohen Einsätzen. Er bewunderte ihre geschmeidigen, gemessenen Bewegungen, ihr schönes Gesicht, das ohne Schminke auskam, ihre großen Augen in königsblau. Das also war die Freundin seiner kleinen, braven Christine? Die beiden Frauen paßten nicht zusammen. Er begann zu ahnen, daß irgend etwas da nicht stimmen konnte.

„Hallo Vicky", sagte Christine, „ich habe dir versprochen, dich mit Martin bekannt zu machen, hier ist er."

Vicky löste sich vom Spieltisch, sie setzten sich an einen Tisch, bestellten Wein. Als der Kellner sich entfernt hatte, sagte sie: „Die Ehe meiner Eltern ist zerstört. Es gibt jeden Tag Streit. Ich mache mir große Sorgen."

Die ortsübliche Lösung hieße Scheidung, erwiderte Martin.

„Großer Gott", stöhnte sie auf, „Vater ließe das nicht zu, eher würde er Mutter totschlagen und mich gleich mit."

„Was gibt es doch für rabiate Menschen." Martin nahm sie nicht ernst.

„Du glaubst mir nicht?" fragte sie. „Mein Vater ist ein Scheusal."

„Ich denk, du übertreibst." Er dachte, da muß etwas anderes dahinter stecken. Heutzutage dreht sich doch alles ums Geld. „Wem gehört das Unternehmen?"

Zögernd sagte sie: „Bei einer Scheidung gingen Mutter und ich leer aus."

„Viel?" fragte Martin.

„Eine ganze Menge und die schöne Villa."

„Also doch Geld", sagte Martin ungerührt.

„Mutter hat in Vaters Unternehmen lange gearbeitet."

„Hat sie einen anderen Mann?" fragte Martin.

„Das geht dich nichts an."

„Ich kann deinen Alten verstehen, er verprügelt sie, weil sie fremd geht."

„Es muß etwas geschehen."

„Geh zur Polizei, bei Mißhandlungen ist sie die beste Adresse."

Vicky zwang sich zu einem Lächeln. „Ich dachte, du könntest mir helfen."

„Soll ich deine Mutter beschützen? Mach ich, ich habe eine Lizenz."

Sie schwieg lange, viel zu lange. Es sah aus, als ob sie gar nicht mehr den Mund aufmachen wollte.

„Das kostet was", fuhr Martin fort. „Personenschutz ist teuer. Das weißt du hoffentlich."

„Das Gespräch bleibt doch unter uns", sagte sie plötzlich, sah sich im Raum um, als fürchtete sie, jemand könnte sie belauschen.

„Großes Ehrenwort, keine Silbe kommt über meine Lippen."

„Der Alte muß weg."

„Wie weg?"

Sie machte eine schnelle Handbewegung, als schnitte sie sich die Kehle durch. „So weg", sagte sie, ohne zu lächeln.

Er sah in ihre kalten, blanken Augen. „Du willst deinen Vater umbringen?"

„Ja."

„Eine radikale Lösung, das muß ich schon sagen." Er konnte diesem verwöhnten Mädchen nicht mehr zuhören. „So was schickt sich nicht für eine junge Dame."

„Red nicht im Kindergartenton mit mir und behandele mich nicht wie einen Vollidioten. Wenn ich etwas sage, meine ich es so."

„Das kann nicht wahr sein, man tötet doch seinen Vater nicht, nur weil man ihn nicht leiden kann."

„Ach hör auf." Sie formte die Worte mit gehässiger Lust. „Du bist doch selbst kriminell, hast Erfahrungen im Milieu." Sie sah ihn mit spöttisch vertieften Mundwinkeln an.

Das Luder hat Erkundigungen eingezogen, dachte Martin.

Sie tat alles mit Bedacht. Es stimmte, er hatte sich mitunter am Rande der Gesetze bewegt. Einer Betrugshandlung wegen, hatte er sechs Monate im Knast gesessen.

„Ich werde es nicht selbst machen", sagte das Mädchen, „du wirst es machen oder jemanden finden, der das macht."

„Du bist verrückt. Darauf steht lebenslanger Knast. Die Anstiftung zum Mord wird wie Mord bestraft."

„Spar dir deine Belehrung. Über das Strafgesetzbuch mußt du mich nicht aufklären."

Sie hat einen Spleen, dachte er, irgendwann wird sie es selbst merken und ihren Plan aufgeben. Sie ist doch ein kluges Mädchen.

Aber so war es nicht. Schon am nächsten Tag rief sie an, verabredete sich mit ihm im Spielcasino. Als wäre der Mord beschlossene Sache, sagte sie: „Vater fährt gelegentlich nach Polen. Dort kann man was organisieren, es muß wie ein Raubmord aussehen. Das ist doch ganz einfach, verstehst du, man braucht nur ein paar Sachen dazu."

Das Mädchen wurde ihm unheimlich. Sie war fest entschlossen. Nichts hielt sie zurück. Sie meinte es ernst. Es war unglaublich, sie wollte ihren Vater tatsächlich töten.

Was mache ich jetzt, überlegte Martin, ich könnte mich einfach weigern, abhauen, irgendwohin fahren, mich nicht mehr mit ihr treffen. Dann sucht sie sich einen anderen, einen, der keine Skrupel hat. „Du willst deinen Vater also wirklich töten?" fragte er.

„Alle sind wir Gott einen Tod schuldig." Sie bediente sich eines Zitats, um den Mord zu rechtfertigen.

„Du bist ein Ungeheuer“, sagte Martin, „aber ich überlege mir was. Erstens, Polen taugt für so was nicht. Es ist zu unsicher, zu unübersichtlich, besser, man macht es hier.“

„Wer macht es hier, du?“

„Mal sehen, ich kenne da jemanden.“

„Die Russenmafia?“

Martin nickte.

„Wußte ich es doch.“ Ihre Laune stieg, sie lächelte. „Darauf trinken wir was.“ Sie bestellte eine Flasche Champagner. „Wie soll das vor sich gehen? Erzähle, los.“

„Am besten man nimmt Gift, das im Körper nicht nachzuweisen ist. Es sieht dann wie ein Herzinfarkt aus.“

„Großartig, eine fabelhafte Idee. Vater leidet an einer Herzinsuffizienz, das wissen alle in der Familie.“

„Man muß ihn in eine Falle locken.“

Vicky kippte den Champagner, als wäre es Wasser. „Kein Problem, ich fahre in den Wald, täusche eine Autopanne vor, ruf ihn über Handy an, daß er mir helfen muß.“

„Wird er kommen?“

„Wenn das Töchterchen ruft, springt der Alte.“

„Ich denk, er ist ein Scheusal?“

„Na ja, er hat auch seine guten Seiten.“

„Wer erbt dann das Vermögen?“

„Meine Mutter und ich.“

„Sonst niemand?“

„Maria, die Tochter aus erster Ehe, ist erbberechtigt. Ich werde sie abfinden, wenn es erst vorbei ist.“

„Geht denn das?“

„Ich habe mich bei einem Anwalt erkundigt.“

„Dann bist du ja eine gute Partie.“

„Was verlangen die Russen?“

„Keine Ahnung, ich muß fragen.“

„Zwanzigtausend, die habe ich flüssig, mehr nicht.“
„Abgemacht.“
„Ich werde mit Mutti reden, brauche einen Tag Bedenkzeit.“

*

Martin Zeisberg befand sich in der schwierigsten Lage seines Lebens. Bis jetzt hatte er sich immer zu helfen gewußt, war kein hilfloser Bauerntölpel. Jetzt wußte er nicht weiter. Am Mord würde er sich nicht beteiligen, das stand fest. Er konnte sich auch nicht einfach zurückziehen, mußte er doch damit rechnen, daß sie einen fand, der ohne Skrupel war.

Was wäre, wenn er Anzeige erstattete? Was passierte dann? Man würde sie vorladen, befragen. Sie würde den Staatsanwalt süß anlächeln und überzeugend beteuern: „Es war doch nur Spaß, oder hat Herr Zeisberg Beweise für diese ungeheuerliche Behauptung?“

Er hatte keine Beweise, kannte nicht einmal ihren Familiennamen. Der Staatsanwalt würde zu ihr sagen, Spaß machen sei kein Straftatbestand und ließe sie nach Hause gehen. Was sollte er tun? Mit Christine reden? Sie war klug und fair. Nein, sie hatte es nicht verdient, in die schmutzige Sache reingezogen zu werden.

Er brauchte Beweise, und er mußte hinter das Motiv des geplanten Mordes kommen. Die Geschichte vom eifersüchtigen Ehemann, der seine Frau verprügelt, mochte stimmen. Aber war das ein Grund, einen Menschen zu töten? In diesem Mädchen lebte ein böser Geist.

Der Zufall kam ihm zur Hilfe. Auf Umwegen erfuhr er, daß Vickys Mutter seit Wochen im Krankenhaus lag. Sie hatte Krebs, die Heilungschancen waren gering.

„Warum hat sie uns nichts davon erzählt?“ fragte er Christine.

„Ich weiß es nicht."

Das also war es, nun wußte er, warum Vicky und ihre Mutter ein falsches Spiel trieben. Das Testament der Eheleute sah vor, daß beim Tod des Vaters seine Frau Alleinerbin war. Nach der Logik der Natur und den biologischen Parametern konnte man davon ausgehen, daß die wesentlich jüngere Gattin den Ehemann überlebt. Doch plötzlich, von einem Tag zum anderen, änderte sich die Lage. Die Ehefrau wurde krank, lebensgefährlich krank, drohte zu sterben. Es war damit zu rechnen, daß sie vor ihrem Mann von dieser Welt ging.

Dann wäre er Witwer, frei, sich eine andere Frau zu nehmen. Vielleicht kam sogar noch ein Kind zur Welt. Die Erbfolge würde sich ändern. Seine neue Frau wäre Alleinerbin, Vicky bekäme bestenfalls ein Trostpflaster.

Das war die Situation, also suchten Mutter und Tochter nach einem Ausweg. Die Lösung war: Der Ehemann mußte vor seiner Frau sterben. Und weil er es nicht freiwillig tun würde, gesund und munter war, mußte er umgebracht werden. So die Logik des Mädchens und ihrer Mutter. Deshalb also die Eile, deshalb ihre Unerbittlichkeit, deshalb ihre unheimliche Aktivität. Ihr Vermögen war in Gefahr. Martins Entschluß stand fest, er würde zum Staatsanwalt gehen.

Vicky machte es ihm leicht, seinen Vorsatz umzusetzen. Sie rief ihn an. „Wir müssen uns unbedingt sehen", sagte sie, „es muß jetzt bald geschehen."

„Warum die Eile?" fragte er heuchlerisch.

„Es gab wieder Streit", log sie.

„Hat er deine Mutter wieder geschlagen?" fragte Martin, gespannt, ob sie weiter lügen würde.

„Ja", sagte sie und fing leise an zu schluchzen.

„Beruhige dich", bat er mit sanfter Stimme. „Wir machen dem ein Ende. Ich brauche ein Foto von deinem Vater und einen Vorschuß von zweitausend Mark. Das kannst du doch besorgen."

Ihre Stimmung hob sich. „Klar, wir treffen uns im Casino."

Martin hatte von seinem Handy aus telefoniert und das Gespräch gespeichert. Wenn er Geld und Foto hatte, konnte er zum Staatsanwalt gehen.

Vicky war schon da, als er kam, gab ihm drei Fotos von ihrem Vater, jedes aus einer anderen Perspektive. „Drei sind besser als eins", sagte sie, „damit es den Richtigen trifft." Sie lächelte.

Dann gab sie ihm einen Umschlag mit zweitausend D-Mark.

„Wir müssen jetzt festlegen, wo es stattfinden soll", sagte er. „Am besten, wir setzen uns ins Auto und suchen einen günstigen Platz."

„Den habe ich schon gefunden. Ich habe mich umgesehen", erwiderte sie, „schlage vor, wir fahren über die B 113 und biegen nach der letzten Bushaltestelle bei Waldhennersdorf rechts ab, den Waldweg entlang. Da ist ein Platz, wo geschlagenes Holz geschichtet ist, von der Straße aus ist der Platz nicht einzusehen."

„Der ideale Ort, was?" fragte Zeisberg.

„Wir fahren gemeinsam hin, sehen uns das an", sagte sie. „Schließlich mußt du die Leute dahin dirigieren."

„Morgen geht es nicht", sagte er, „aber übermorgen."

Sie nippte an ihrer Cola, stand auf. „Oh Gott, bin ich froh, daß es endlich klappt. In vier Tagen ist alles vorbei."

„Wie geht es deiner Mutter?"

„Gut", sagte das Mädchen, „es geht ihr gut, wenn sie ihn nicht sieht."

*

Einen Tag später stand Martin Zeisberg in der Anmeldung der Staatsanwaltschaft. „Ich muß einen Staatsanwalt sprechen", sagte er.

„Um was geht es?"

„Um Leben und Tod", erwiderte er.

„Seit Erschaffung der Welt geht es immer um Leben und Tod", sagte die Frau hinter der Glasscheibe. „Gehen Sie zu Staatsanwalt Helbig. Zimmer 212. Ich melde Sie an."

Wenig später saß Martin dem Staatsanwalt gegenüber, erklärte, ein Verbrechen anzeigen zu wollen.

„Bevor Sie die Anzeige machen, muß ich Sie über drei Punkte belehren", sagte der Staatsanwalt. „Sie müssen nicht aussagen, wenn sie sich selbst damit belasten. Sie dürfen nicht die Unwahrheit sagen, um beschuldigten Personen zu helfen. Und Sie dürfen keine Straftat vortäuschen. Haben Sie verstanden?"

Martin nickte.

„So, nun können Sie anfangen."

Martin erzählte, wie er Vicky kennengelernt und was sich daraus entwickelt hatte. „Zuerst wurde ich nicht schlau aus ihr, dachte, sie will sich wichtig machen oder nur mal aussprechen."

„Und, war es nicht so?"

„Sie war auf der Suche nach einem Mann, der ihren Vater töten sollte. Sie plant den Tod ihres Vaters, wie man eine Grillparty plant. Sie sprach offen aus, was sie vorhatte, war nicht etwa betrunken, stand auch nicht unter Drogen."

„Gibt es Beweise für diese Verabredung?"

„Wir haben Gespräche übers Handy geführt. Ich habe sie gespeichert, kann sie Ihnen zur Verfügung stellen. Sie sagte, es solle aussehen wie ein Unfall, damit keine weiteren Ermittlungen stattfinden und die Lebensversicherung und das sonstige Kapital der Mutter und ihr selbst zukämen."

„Wie kam diese Frau gerade auf Sie?"

„Sie hatte sich mit meiner Lebensgefährtin angefreundet, von ihr wußte sie, daß ich im Sicherheitsdienst tätig war, auch als Kaufhausdetektiv gearbeitet habe. Da nahm sie an, daß ich Verbindung zur Russenmafia oder anderen Ganoven hätte. Ich machte ihr den Vorschlag, dem Mann ein Mittel beizubringen, das ihn benommen macht. Dann bringt man ihm eine größere Dosis bei, die tödlich wirkt. Sie war damit einverstanden."

„Und wie soll die Tat ablaufen?"

„Sie will den Vater in eine Falle locken, eine Autopanne vortäuschen, ihn um Hilfe bitten. An verabredeter Stelle warten zwei von der Russenmafia, die den Alten umbringen. Wenn er tot ist, lassen wir seinen Wagen einen kleinen Abhang runterrollen, damit es aussieht, als hätte er während der Fahrt einen Infarkt erlitten."

„Ein perfekter Plan."

„Ich verlangte zweitausend als Anzahlung und ein Foto des Vaters. Die Restzahlung von achtzehntausend D-Mark soll in der Zeit zwischen der ersten Betäubung und der eigentlichen Tötung erfolgen. Ich redete ihr ein, die Leute von der Mafia wären mißtrauisch, fürchteten, sie könnte mit dem Geld abhauen. Damit war sie einverstanden. Aber sie stellte die Bedingung, die Zahlung dürfe nicht auffallen, sie soll durch Kontoauszüge nicht nachvollziehbar sein."

Martin legte einen Briefumschlag auf den Schreibtisch. „Das ist die Anzahlung, zweitausend Mark und drei Fotos von ihrem Vater. Übrigens, der Termin, der Ermordung wurde auf den 23. oder 24. November festgelegt."

„Haben Sie nicht versucht, sie von diesem Plan abzubringen?"

„Hundertmal, zuletzt gestern Abend. Wir trafen uns auf dem Parkplatz am Kino, ich gab ihr eine Tube Zahnpasta, von der ich behauptete, sie enthalte eine Substanz, die sich im Körper aufbaut und dazu dient, den Infarkt vorzubereiten. Sie solle dafür sorgen, daß er diese Zahnpasta benutzt. Ich dachte, jetzt, wo es konkret wird, werden ihr Bedenken kommen. Es war nicht so, sie bedankte sich, stieg in ihr Auto und fuhr davon."

„Wie heißt sie und wo wohnt sie?" fragte der Staatsanwalt.

„Vicky heißt sie, den Nachnamen kenne ich nicht. Sie war sehr darauf bedacht, mir ihren Namen nicht zu nennen. Meine Freundin kennt das Haus, in dem sie wohnt."

Der Staatsanwalt bat darum, Zeisberg von einem Richter vernehmen zu lassen. Seine Fingerabdrücke wurden genommen, um Vergleichsmaterial zu haben. Es wurde angeordnet, auch SMS der Vicky Wendorf fotografisch festzuhalten.

Wenig später gingen Zeisberg und ein Kriminalist los, die Wohnung des Mädchens zu suchen. Christine hatte Weg und Haus beschrieben. Die Rosengasse lag am Rande der Stadt in einer Villengegend. Als Martin und der Kriminalist in die Rosengasse einbogen, auf das beschriebene Haus zufuhren, kam ein Mercedes über den Kiesweg der parkähnlichen Gartenanlage, fuhr zur Straße. Am Steuer saß ein Mann, den Martin als den Vater von Vicky erkannte. Der Kriminalist notierte die Autonummer, fragte in der Zulassungsstelle nach dem Besitzer. Die Antwort kam sofort, der Wagen war auf Felix Wendorf zugelassen. Eine Nachfrage im Einwohnermeldeamt bestätigte, daß im Haus Rosengasse 3 folgende Personen gemeldet waren: Felix Wendorf, Jenny Wendorf und Tochter Vicky.

Vom Amtsgericht erwirkte die Staatsanwaltschaft die Genehmigung, in den Wagen von Zeisberg Abhörgeräte einzubauen, die es ermöglichten, Gespräche, die im Wagen geführt werden, aufzunehmen. Über das Landeskriminalamt wurden die Inhaber der Telefonanschlüsse folgender Personen festgestellt; Martin Zeisberg, Vicky Wendorf, Felix Wendorf und Jenny Wendorf. Das Amtsgericht genehmigte die Überwachung der Telefonate zwischen den genannten Personen über einen Zeitraum von drei Tagen.

Mit Gerichtsbeschluß wurde auch erreicht, die Kontenbewegungen zu verfolgen. Die Staatsanwaltschaft drängte auf Eile; signalisierte: Gefahr im Verzug.

Dann kam der Tag, an dem Felix Wendorf ermordet werden sollte.

Verabredet war, daß Vicky ihren Wagen am Holzplatz stehen läßt und in Martins Wagen steigt. Sie würden etwa fünfhundert Meter weiter fahren, tiefer in den Wald hinein. Dort würden sie warten. Vicky würde den Vater anrufen, den Part der hilflosen Tochter spielen, ihn so in die Todesfalle locken.

Vicky war überzeugt, ihr Vater würde kommen. Er würde bis zum Holzplatz fahren, wo ihr Auto abgestellt war, würde aussteigen, zu ihrem Wagen gehen. Auf diesem kurzen Weg konnten sich die Männer der Russenmafia auf ihn stürzen, und ihn zunächst nur betäuben. Wenn er bewußtlos am Boden lag, ginge der vermeintliche Mörder zum Wagen von Martin, um sich dort von Vicky das Geld zu holen. Danach erst, so war es geplant, würde er sein Werk, Felix Wendorf zu töten, vollenden. Die Aktion sollte nicht länger als dreißig Minuten dauern.

Doch es kam ein wenig anders.

Wenige Minuten bevor Martin von zu Haus starten wollte, hatte sein Handy geklingelt. Er erkannte Vickys Stimme, atmete auf, dachte, sie hat ihren Plan aufgegeben.

„Hallo Martin“, sagte das Mädchen, „Mutter liegt im Krankenhaus. Sie hat sich entschlossen, die Scheidung einzureichen. Damit ist unser Plan in Gefahr. Ich muß zu ihr, sie umstimmen. Wir treffen uns also nicht auf dem Parkplatz, sondern vor dem Krankenhaus, du kennst das Waldkrankenhaus?“

„Wenn sie sich scheiden lassen will, blasen wir den Plan ab?"

„Auf keinen Fall. Wenn sie nicht mitmacht, zieh ich das Ding allein durch."

„Hast du es dir gut überlegt?"

„Ja."

„Wie du willst, ich habe dich gewarnt."

„Wenn du mir das Gift von den Russen besorgst, machte ich es selbst, und zwar zu Hause. Das ist nicht so aufwendig."

„Das geht nicht."

„Na gut, dann um 17 Uhr vor dem Waldkrankenhaus."

Sie trafen sich wie verabredet, fuhren los. Als sie ihren Standort erreicht hatten, begann Vicky den Mord einzuleiten, sie wählte die Handynummer ihres Vaters, doch sie bekam keine Verbindung. Sie wählte noch einmal und dann immer und immer wieder, sie wählte 45 Minuten lang die Nummer ihres Vaters und bekam doch keine Verbindung. Martin gab ihr sein Handy, aber auch da kam keine Verbindung zustande. Sie wechselten den Standort, fuhren ein paar Kilometer weiter, auch dort hatte sie kein Glück. Das Gespräch mit ihrem Vater kam nicht zustande. „Scheiß Technik", fluchte sie, „jetzt macht uns Vater noch einen Strich durch die Rechnung."

Sie fuhren zurück. Martin steuerte den Wagen, Vicky hielt beide Handys in den Händen, starrte sie an, wartete auf einen Empfangsbalken. Als er sich endlich zeigte, hielt Martin den Wagen an und sie wählte erneut Vaters Nummer. Sie rief ihn auf seinem Handy und auf seinem Festnetzapparat an. Der Ruf ging zwar raus, doch es meldete sich niemand.

„Mir ist kalt", sagte sie plötzlich, „und Hunger habe ich auch."

„Ich fahr dich in die nächste Gaststätte", sagte Martin, „dort kannst du was essen und dich aufwärmen."

„Und was machst du in der Zeit?"

„Ich informiere die Russen, damit sie nicht abhauen."

„Um Gottes willen. Die sollen ja bleiben. Mach ihnen das klar."

Nach einer knappen Stunde holte Martin sie ab. Sie hatte ein Bauernfrühstück gegessen und ein Bier getrunken, hatte sich aufgewärmt und war wieder guter Dinge. Martin war, während sie in der Gaststätte saß, in den Wald gefahren, hatte die Polizisten, die sich dort versteckt hielten, vom Telefonmalheur informiert.

Gemeinsam verließen sie die Gaststätte, auf der Straße versuchte Vicky erneut, ihren Vater zu erreichen, vergebens. „Der Alte wird mir noch alles versauen. Er sitzt irgendwo, trinkt seinen Whisky und das Handy liegt im Wagen."

„Vielleicht ist er ins Krankenhaus gefahren, deine Mutter zu besuchen."

„Dann ruf ich dort an."

Sie wählte die Nummer des Krankenhauses, der Apparat ihrer Mutter war besetzt. „Sie telefoniert mit ihrem Liebhaber", knurrte das Mädchen. Dann rief sie die Telefonzentrale im Krankenhaus an, ließ sich die Station geben, sagte der diensthabenden Schwester, sie müsse dringend mit ihrer Mutter sprechen, sie solle zu ihr gehen und sie veranlassen, den Hörer aufzulegen.

Endlich meldete sich die Mutter. „Was ist los", fragte sie, „was machst du für ein Terror?"

„Ich muß Vater sprechen, ist er bei dir?"

„Er hat angerufen und gefragt, was du von ihm willst, er hat deine Anrufe mitbekommen. Was willst du von ihm?"

„Ach was, ich wollte ihn nur informieren, wie es dir geht."

„Das kann ich ihm auch selber sagen."

„Verdammt noch mal, ich will mit ihm sprechen. Er soll mich anrufen."

Sie saßen im Wagen, warteten. Immer wieder versuchte sie, den Vater zu erreichen, er meldete sich nicht. Noch einmal rief sie bei ihrer Mutter an, der Apparat war wieder besetzt. „Verdammt noch mal, die telefoniert schon wieder mit ihrem Liebhaber."

„Das muß ja eine heiße Liebe sein", sagte Martin, „sind sie schon lange zusammen?"

„Zwei Jahre, er ist ein Heini, neulich habe ich einen Liebesbrief gelesen, den er ihr geschrieben hat, mir ist schlecht geworden dabei. Meine verrückte Mutter hat sich Dessous gekauft, die zieht sie an, wenn sie zu ihm geht. Das Zeug hat sie bei mir versteckt, damit Vater es nicht findet."

„Was wird mit dem Unternehmen, wenn der Vater tot ist?"

„Wir verkaufen alles und ziehen in die ewige Sonne."

Wieder versuchte sie, den Vater zu erreichen. Diesmal war sein Handy besetzt. Als sie es noch einmal versuchte, war ihr Akku leer. Sie tauschten ihre Handykarten. Nach 38 Versuchen war es soweit. Vickys Vater meldete sich. „Hallo Schatz, was ist los? Hast du Probleme?"

„Ich versuche schon die ganze Zeit, dich zu erreichen, habe eine Panne, das Auto fing an zu ruckeln, läßt sich nicht mehr starten. Kannst du mir helfen?"

„Sag mir wo du bist, ich komme sofort."

Vicky erklärte ihm ihren Standort. „Wann kannst du hier sein?"

„Wenn ich mich nicht verfahre, in zehn Minuten."

„Ich friere nämlich."

„Tut mir leid, Schätzchen, ich beeile mich."

Wendorf beeilte sich, doch er verfuhr sich. Er rief sie an, ließ sich erneut ihren Standort erklären. Aber auch das nützte nichts, er fand die Einfahrt zum Holzplatz nicht. Er fuhr in den nächsten Ort, ging in ein Geschäft, der Inhaber kannte den Weg auch nicht, doch er hatte eine Wanderkarte, gemeinsam suchten sie den richtigen Weg.

Zwanzig Minuten waren vergangen. Martin bewunderte das Mädchen, das ruhig war, seine kühle Sachlichkeit behielt. „Jetzt ist es gleich soweit. Vater hat den richtigen Weg gefunden. Was meinst du, wann schlagen die Russen zu?"

„Das weißt du doch, wenn er aussteigt und zu deinem Wagen geht. Danach kommt einer und holt das Geld."

„Wenn es nur schon so weit wäre."

„Am besten, wir bleiben danach noch einen Moment im Wagen, damit die Russen sich verziehen können, dann bringe ich dich zu deinem Auto und du fährst nach Haus."

„Mein Horror ist, daß ich heut Nacht im Bett liege und er es irgendwie überlebt hat, dann ins Haus reingepoltert kommt. Das ist meine Befürchtung."

„Mach dir keine Gedanken, die wissen schon, was sie tun."

„Wie viele Russen sind denn da überhaupt?"

Sie wird nervös, dachte Martin, es dauert ihr zu lange.

„Zwei oder drei, die lassen sich nicht in die Karten gucken."

„Wenn alles hier vorbei ist, fahr ich ins „Cosima", laß mir etwas Exquisites servieren, dann geh ich ins „Lola". Ich weiß bloß nicht, wie ich mich verhalten soll, wenn die Polizei morgen kommt, um mir den Tod meines Vaters mitzuteilen. Ich weiß nicht, ob ich heulen kann. Mal seh'n, was Mutti sagt, wenn sie es erfährt. Diese Energie hat sie mir bestimmt nicht zugetraut."

„Willst du sie informieren?"

„Sie ist nicht ganz dicht, benimmt sich wie eine Zwanzigjährige."

„Weil sie verliebt ist?"

„Das ist ja in Ordnung, aber es paßt mir nicht in mein Timing und es geht mir auch auf den Kranz. Ich find's ja schön, daß sie glücklich ist, aber es kotzt mich an. Neulich kam sie zu mir hoch mit so einem Ding, ich glaube, es sollte ein String-Tanga sein, aber es war noch weniger als ein String-Tanga. Ich mußte erst dreimal gucken, wie man das Ding überhaupt anzieht. Das hat er ihr geschenkt, und ich sollte ein Foto machen, wie sie in diesem Ding von hinten aussieht. Ich dachte, ich bin im falschen Film."

*

Nach langer Irrfahrt hatte Wendorf die Bushaltestelle erreicht. Von dort waren es noch hundert Meter bis zum Wanderweg, der auf gerader Strecke durch den Wald zum Holzplatz führte. Er fuhr vorsichtig, der Waldweg war holprig, der Auspuff lag tief, er wollte sich keinen Schaden einhandeln. Der Duft von frisch geschlagenem Holz lag in der Luft. Der Holzplatz war zu sehen, er atmete auf, erkannte den Wagen seiner Tochter, war zufrieden. Falls sich der Wagen nicht starten ließe, würde er sie in seinem Auto nach Hause fahren und den Pannendienst verständigen.

Vicky war still geworden, als ein Mann auf ihren Wagen zukam. Er war schwarz gekleidet, trug eine Maske. Das war das Zeichen. Es ist geschehen. Vater ist dahin. Endlich. Der Vermummte war am Wagen angelangt. Martin öffnete das Fenster. Der Mann murmelte ein paar russische Worte.

„Vicky, gib ihm das Geld", sagte Martin.

„Na klar." Vicky öffnete ihre Tasche, holte ein Bündel Geldscheine heraus, gab es Martin. Der reichte das Geld dem vermummten Mann durchs Fenster, der sofort damit verschwand.

*

Felix Wendorf sah zwei Männer auf sich zukommen. Sie bedeuteten ihm zu halten. Er wußte nicht, was das zu bedeuten hatte. Die Männer hielten ihm eine Erkennungsmarke hin. „Steigen Sie aus, wir haben mit Ihnen zu reden."

*

Vicky hatte sich nach der Geldübergabe, erschöpft und zufrieden zurückgelehnt. „Gott sein Dank", stöhnte sie leise, „es ist geschafft." Dann war es, als träfe sie ein Keulenschlag. Sie erschrak, plötzlich tauchten Männer aus der Dunkelheit des Waldes auf, kamen auf das Auto zu.

„Polizei, steigen Sie aus, Sie sind festgenommen."

Ihre Welt war in dieser Zehntelsekunde untergegangen. Ihr Leben abgestürzt.

*

„Was ist los, warum halten Sie mich an?" Wendorf hatte den Wagen verlassen, war aufgebracht und irritiert. „Ich muß meiner Tochter helfen, sie hat eine Panne. Was wollen Sie von mir?"

„Ihre Tochter hat Sie hergelockt, um Sie umbringen zu lassen."

„Was reden Sie da?" Wendorf glaubte dem Mann kein Wort. „Meine Tochter würde so etwas nie tun. Dafür leg ich meine Hand ins Feuer."

„Wir haben Ihre Tochter festgenommen."

*

Die Überraschung war gelungen. Vicky warf Martin einen Blick zwischen Spott und Verachtung zu. Dann stieg sie, langsam, als könnte sie damit das Unheil aufhalten, aus dem Wagen. Einer der Polizisten faßte sie am Oberarm, sie zum Polizeiauto zu führen. Mit einer heftigen Bewegung, als müßte sie sich gegen einen Übergriff zur Wehr setzen, schüttelte sie ihn ab. Bevor sie das Polizeiauto erreichte, sah sie sich um, hoffte, die

Leiche ihres Vaters zu entdecken. Noch wußte sie nicht, was sich wirklich ereignet hatte. Die Fahrt vom Tatort ins Polizeipräsidium genügte ihr, sich der neuen Situation bewußt zu werden, unterschiedliche Verhaltensweisen durchzuspielen. Das erste Spiel hatte sie verloren. Jetzt hatte sie sich einer neuen Herausforderung zu stellen. Dieses Spiel wollte sie gewinnen.

Es war fast Mitternacht, als das Verhör begann. Der Vernehmer bestaunte die Gelassenheit des Mädchens, ihre arrogante Herablassung. Von Reue oder Ängstlichkeit war nichts zu spüren. Sie verfügt, dachte der Kriminalist, über die außerordentliche Fähigkeit, ihre Gefühle unter Kontrolle zu halten. Es war, als trenne eine Wand aus Eis dieses lieblose Wesen von der übrigen Welt. Es wird eine schwierige Vernehmung, dachte er. Eine Frau wie sie hatte er selten erlebt.

Er war überzeugt, sie hatte sich eine Verteidigungsstrategie zurechtgelegt, die sie kompromißlos verfolgen würde.

Seine erste Frage lautete: „Frau Wendorf, Sie stehen im Verdacht, ihren Vater ermorden lassen zu wollen. Wollen Sie sich dazu äußern?"

„Nein", sagte sie, „dazu äußere ich mich nicht. Ich wünsche, daß ein Anwalt hier erscheint. Ohne ihn werde ich keine Aussage machen."

Der Kriminalist blätterte in seinem Notizbuch. „Herbert Lange?"

„Nein, Dr. Schubert, sonst keinen."

„Selbstverständlich." Doch alle Versuche, den Anwalt zu erreichen, scheiterten. Mitternacht war vorbei. Das Mädchen gab sich zufrieden. „Na gut", sagte sie, „dann ohne Anwalt." Sie machte eine Pause. „Aber ich verlange, daß man meine Mutter aus dem Krankenhaus holt."

Auch darauf ließ sich der Kriminalist ein. Er telefonierte mit dem Waldkrankenhaus, ließ den Chefarzt aus dem Bett holen.

Der war entsetzt über das Ansinnen der Tochter. „Frau Wendorf wird morgen operiert", sagte er, „sie kann die Fahrt zum Präsidium nicht antreten. Sie hat eine Beruhigungsspritze bekommen. Ein Transport und eine psychische Belastung dieser Art, ist ihr nicht zuzumuten." Die Tochter akzeptierte die Entscheidung nicht. „Mutter kann diese Belastung ohne weiteres verkraften."

Als gäbe sie sich geschlagen, sagte sie dann: „Sie können Ihre Fragen stellen, allerdings unter einer Bedingung, daß ich selbst eine Frage stellen kann."

Der Kriminalist willigte zögernd ein. „Gut, stellen Sie Ihre Frage."

„Ist der Schutz meiner Mutter gewährleistet?" fragte sie.

Der Kriminalist sah sie verwundert an, noch ahnte er nicht, daß sie mit dieser Frage ihre Verteidigung einleitete. „Droht Ihrer Mutter eine Gefahr?"

„Eine Gefahr auf Leben und Tod. Mein Vater hat angekündigt, sie und mich totzuschlagen."

War dieses Mädchen raffiniert, naiv oder einfach nur dumm? Zielte sie darauf ab, die Tat umzudrehen? Aus ihrer Mordabsicht Notwehr zu konstruieren?

„Diese sonderbare Frage sollten Sie mir doch erst einmal erklären."

Sie sah ihn herablassend an. „Was ist da zu erklären?" sagte sie. „Nicht ich habe meinen Vater töten wollen", sie machte die Unschuldsmiene eines Kindes, „mein Vater wollte mich töten. Ich bin froh, hier bei der Polizei zu sein. Da bin ich wenigstens sicher."

„Beruhigen Sie sich, Frau Wendorf, erzählen Sie, was sich in Ihrer Familie abgespielt hat."

Vom Vater, sagte sie, hätte sie nur Mißbilligungen erfahren. Er haßte sie und deshalb haßte sie ihn auch. An ihrer Mutter würde sie hängen, die liebe sie über alles, sie litte darunter, daß der Vater sie täglich prügelte. „Er wird immer aggressiver." Und mit theatralischer Geste setzte sie hinzu: „Er ist eine Bestie."

Dann wieder klang ihre Stimme verloren und ein wenig elegisch. „Mutter und ich hätten unser Todesurteil unterschrieben, wenn sie die Scheidung eingereicht hätte." Als wäre sie am Ende ihrer Kraft fügte sie hinzu: „Das Leben, das ich führe, läßt nur zwei Dinge zu, entweder ich nehme mir einen Strick oder lande in der Klapsmühle. Ich kenne in meinem Vater immer nur das Tier."

Hatte ihre melancholische Klage ihr Ziel erreicht? Hatte sie den Vernehmer damit rühren können, war er nun milde gestimmt und zu Kompromissen bereit?

Doch der fragte im geschäftlichen Ton: „Es ist jetzt 3.10 Uhr, fühlen Sie sich in der Lage, der Vernehmung zu folgen?"

„Warum fragen Sie das?" erwiderte das Mädchen. „Haben Sie den Eindruck, ich kann Ihnen geistig nicht folgen? Lieber rede ich mit Ihnen, als allein in der Zelle zu sitzen."

Und so blieb die Schleuse geöffnet, aus der ungebremst Bezichtigungen, Beschimpfungen, Vorwürfe gegen ihren Vater sprudelten. Sie übergab ihn der ewigen Verdammnis.

*

Am gleichen Tag wurde auch Felix Wendorf vernommen. Er hatte den Schock noch nicht überwunden. Er würde Jahre brauchen, aus der Starrheit seiner Irritationen zu erwachen. Immer wieder stellte er sich die Frage: Warum hat sie das getan? Warum? Er liebte dieses schwierige Mädchen. Es war sein Kind.

„Sie ist kühl", sagte er, „introvertiert. Aber sie kann auch sehr nett sein, hatte nie Schwierigkeiten in der Schule. Sie ist der typische Einzelgänger. Ein wenig unordentlich, ein wenig egoistisch, ein wenig trotzig. Deshalb gab es manchmal Ärger. Einmal, ein einziges Mal habe ich ihr eine Ohrfeige gegeben.

Sie hatte alles, was sie sich wünschte, wir haben ihr jeden Wunsch erfüllt, sie bekam soviel Geld, wie sie brauchte. Wir haben sie verwöhnt. Sie war die Herrscherin, alles geschah, wie sie es wollte. Vielleicht war es unser schlechtes Gewissen. Weil wir uns nicht genug um sie gekümmert haben. Aber das ist so in meinem Beruf. In der Gastronomie ist man immer beschäftigt. An den Wochenenden brachten wir sie zur Oma. Inzwischen ist sie 20 und aus dem Haus, studiert Medizin in Berlin. Ich sehe sie selten. Im Haus hatte sie eine eigene Wohnung. Meine Frau brachte ihr das Essen hoch und holte auch das schmutzige Geschirr wieder ab. Maria, meine Tochter aus erster Ehe, versteht sich gut mit meiner Frau. Sie kam Sonntags zum Essen zu uns. Nur selten wollte Vicky ihr guten Tag sagen. Ich begreife nicht, was geschehen ist."

*

Das Amtsgericht hatte Haftbefehl erlassen. Er wurde Vicky verkündet. Sie hörte aufmerksam, doch ohne wirkliches Interesse zu, kam in Untersuchungshaft, hatte Zeit über sich nachzudenken. Sie empfand weder Reue noch Bedauern noch Mitleid. Vielmehr dachte sie darüber nach, warum ihr Plan, von dessen Unfehlbarkeit sie überzeugt war, nicht aufgegangen war.

Ihr eigentliches Anliegen aber war die Frage: Wie komme ich mit heiler Haut davon. Also fing sie an, lange wehmütige Briefe an ihre Mutter zu schreiben. Sie öffnete ihr Herz in tiefer Zerknirschung und unendlicher Sehnsucht. Sie wolle sich mit Vati versöhnen, schrieb sie. „Mein Herz schreit lauthals nach einer Versöhnung mit ihm. Aber hier, im Gefängnis, sind die Voraussetzungen dafür nicht gegeben. Ich habe seinen Brief beantworten wollen, bin aber immer wieder in Tränen ausgebrochen. Ich liebe ihn nun mal. Ich habe ihn immer geliebt. Ich hätte Vati nie etwas tun können, ich könnte ihm nie etwas tun.

Im Gefängnis ist weder Raum noch Zeit, eine Versöhnung mit Vati zu vollziehen. Meine einzige Angst ist, daß ich eine Haftstrafe bekomme, daß ich im Gefängnis bleiben muß. Ich warte darauf, daß sich die Tore öffnen. Damit ich weiter an mir arbeiten kann, auch mit therapeutischer Unterstützung. Ich bin hier zur besseren Einsicht gekommen, bin auf dem besten Weg, dieses Kapitel meines Lebens abzuschließen und neu anzufangen. Ich habe nur die unglaubliche Angst, daß mir der Richter mit seinem Urteil alles kaputt macht, indem er mich nicht aus der Haft entläßt. Das würde mich zugrunde richten und mich völlig zerstören, für immer. Ich würde diese Mauern als seelisches Wrack verlassen.

Aber wenn sich in absehbarer Zeit die Gefängnistore öffnen, werde ich eine veränderte Vicky sein. Das habe ich hier gelernt. Alles liegt in den Händen der Justiz. Eine Haftstrafe würde für mich das seelische Todesurteil sein."

Die Briefe waren zwar an die Mutter gerichtet, lesen sollten sie aber ganz andere Leute. Die eigentlichen Adressaten waren der Richter, der Staatsanwalt, die Justizbeamten. Ihre Briefe, das wußte sie, wurden von Leuten gelesen, die über sie zu bestimmen hatten. Das konnte beim Prozeß eine Rolle spielen. Wohlüberlegt bereitete sie ihre Verteidigung vor. In der Hauptverhandlung würde sie erklären: „Ich habe nur scherzhaft mit Martin über die Tötung gesprochen, ich habe meinen Vater nicht wirklich töten wollen. Doch Martin wollte das Geld, er hat mich dazu gezwungen."

*

Mit ihrer Methode schien sie Erfolg zu haben. Beim ersten Haftprüfungstermin wurde entschieden, daß der Haftbefehl außer Vollzug zu setzen ist. Mit einem Lächeln akzeptierte sie die Auflagen: Sie habe sich einer stationären Therapie in der psychosomatischen Abteilung einer Klinik zu unterziehen, hat jeder Ladung des Gerichts und der Staatsanwaltschaft Folge zu leisten. Sie hat sich straffrei zu führen. Und eine Kaution von 30.000 DM zu hinterlegen.

Sie selbst besaß kein Geld, das war für den Auftrag zur Ermordung ihres Vaters draufgegangen. Sie bat den Vater um das Geld und er zahlte, damit die Tochter das Gefängnis verlassen konnte. Fünf Wochen blieb sie in der Klinik, dann durfte sie nach Hause, war überzeugt, daß die Angelegenheit damit erledigt wäre. Von der Justiz würde man sie nicht mehr behelligen.

Ein verhängnisvoller Trugschluß. Nach ein paar Monaten flatterte die Vorladung zur Hauptverhandlung vor der Dritten Großen Strafkammer ins Haus. Dieser Prozeß, dachte sie, ist eine Formsache, wird mit einem Freispruch enden. Es mußte ihr nur gelingen, das Gericht von der Brutalität des Vaters zu überzeugen, den Richtern glaubhaft zu machen, daß sie sich in permanenter Lebensgefahr befand.

Der Termin war angesetzt, man rechnete mit 14 Verhandlungstagen. Der Staatsanwalt verlas die Anklage, die zehn Seiten lang war und mit dem Schlußsatz endete: „Die Angeschuldigte wird durch die angegebenen Beweismittel in der Hauptverhandlung überführt werden. Es besteht hinreichender Tatverdacht."

Unter den Zeugen auch Maria Wendorf, die Halbschwester, eine ruhige, selbstbewußte Frau. „Ich hatte wenig Kontakt zu Vicky", bekennt sie, „aber wenn ich mit ihr plauderte, habe ich nie gespürt, daß sie Angst vor unserem Vater hatte. Auch ihre Mutter, die angeblich jeden Tag verprügelt wurde, zeigte weder Spuren der Schläge noch hatte sie Angst vor ihm. An den Sonntagen, an denen ich dort zum Essen war, war die Stimmung immer ganz locker. Wir haben oft gelacht, auch mal ein Glas Sekt getrunken. Ich kann auch versichern, daß meine Mutter, also Vaters erste Frau, nie von ihm geschlagen wurde. Obwohl ich bekennen muß, daß Vater einen gewissen Hang zum Jähzorn hat. Diese Gemütsaufwallungen vergehen jedoch schnell. Nach einem Ausbruch ist er dann immer äußerst verzweifelt über seine Unbeherrschtheit.

Einmal erzählte er mir, er wäre bedrückt und niedergeschlagen, weil er seine Frau verprügelt habe. Sie war fremdgegangen und hatte ihn belogen.

Auf die Frage des Richters, welche Rolle Vicky in der Familie gespielt habe, sagte Maria: „Vicky wurde verwöhnt, sie bekam alles, was sie sich wünschte. Immer wieder ging sie Vater um Geld an, rief ihn über Handy an, verlangte Geld. Bedanken konnte sie sich nicht. Dankbarkeit ist eine vergessene Kategorie."

Vicky hatte die Vernehmung der Halbschwester herablassend lächelnd, dann mit wachsender Unruhe verfolgt, sie witterte Gefahr. Das Bild, das sie dem Gericht von ihrem Vater gezeichnet hat, drohte zu verblassen. Sie fürchtete, das Gericht könnte sich fragen, ob ein Vater, der seiner Tochter jeden Wunsch erfüllt, das Studium, ihren Lebensunterhalt bezahlt, Geld gibt, wann immer sie es fordert, ein Unmensch sein kann. Seine erste Frau, mit der er siebzehn Jahre zusammen war, hatte er nie geschlagen. Dieser Mann kann doch kein brutaler Gewohnheitsschläger sein. Wenn das Gericht zu diesem Schluß kommen würde, war sie verloren. Sie entschloß sich, ihre Schwester als Lügnerin bloßzustellen. Also rief sie laut in den Saal: „Du lügst, das ist nicht wahr. Ich habe nie Geld gefordert."

„Vicky, hör nun endlich auf zu lügen. Ich kann es dir doch beweisen."

„Na, da bin ich aber gespannt." Vicky lachte, was für einen Beweis sollte sie wohl haben.

„Zufällig habe ich Vatis Handy, da ist manches gespeichert." Sie wandte sich dem Gericht zu. „Das Handy ist in meiner Jacke, die hängt draußen im Vorraum. Wenn das Gericht gestattet, hole ich es her."

Das Gericht gestattete es. Maria brachte das Handy. Die Richter hörten sich die Gespräche an, wußten nun, wer die Wahrheit gesagt hat.

Die Kriminalisten wurden in den Zeugenstand gerufen. Sie bestätigten, was durch die Ermittlung ohnehin schon bekannt war. Vicky Wendorf hatte jederzeit die Möglichkeit, ihren Plan aufzugeben. Noch in letzter Minute, im Wald, als das Geld dem vermeintlichen Russen übergeben wurde, wußte sie, der Mord hatte noch nicht stattgefunden, würde aber in den nächsten zehn Minuten erfolgen. Da hatte sie immer noch die Möglichkeit, alles abzublasen. Sie tat es nicht.

Vicky war empört, wies die Aussagen der Kriminalisten als Lüge zurück. Niemand, sagte sie, könne ihr das beweisen, sie habe den Tod des Vaters nie gewollt.

Dann kam die große Überraschung. Das Gericht beschloß, sechs Kassetten zum Gegenstand der Hauptverhandlung zu machen. Kassetten, auf denen die Gespräche zwischen Martin und Vicky, die sie im Auto geführt hatten, aufgezeichnet waren.

Einen besseren Beweis für ihre Schuld gab es nicht. Von diesen Kassetten hatte sie keine Ahnung. Sie war verblüfft. Wie hätte sie damit rechnen können, daß man ihre Gespräche heimlich aufnahm. Sie mußte sich ihre eigenen Worte anhören, erlebte die 38 rebellischen, verschlagenen Versuche, den Vater per Handy zu erreichen.

Dann das Gespräch mit ihm. Und das, was sie über ihn gesagt hatte. „Der Alte muß weggeklatscht werden", hörte sie sich selbst und „Tod bedeutet auch Tod." Den Zuhören lief es kalt über den Rücken, als sie das Mädchen sagen hörten: „Es sind die letzten Stunden seines Lebens, ich versteh nicht, daß er mir jetzt noch, an seinem letzten Tag, so einen Ärger macht. Ich seh schon, er wird mir wieder alles vermasseln, durch seine Blödheit. Es hat schon seine Gründe, weshalb ich ihn weghaben will."

Dann war der Empfang gestört. Man hörte sie lachend sagen: „Das nächste Mal bitte eine andere Gegend." Und: „Jedenfalls, muß der heute abend weg sein."

Sie mußte sich auch ihre Telefonate mit der Mutter im Krankenhaus anhören und die Bemerkung, die sie über die Mutter und ihren Liebhaber gemacht hatte.

Während die Kassetten abgespielt wurden, saß der Vater ihr gegenüber, hatte den Kopf tief gesenkt. Er nahm als Nebenkläger am Prozeß teil.

Ein Zuhörer mußte den Saal verlassen, ihm wat schlecht geworden.

Vicky hatte sich nach ihrem ersten Schreck schnell erholt, lächelte, wispert mit ihrem Verteidiger, tat, als ginge sie das alles nichts an.

Am nächsten Tag traf sie sich mit Reportern eines Privatsenders. Man wollte einen Film über sie drehen. Sie und ihre Mutter machten sich fein, wollten gut aussehen, vielleicht ließ sich aus den Fernsehauftritten Kapital schlagen.

*

Die Jugendstrafkammer blieb davon unbeeindruckt. Das Urteil wurde am 24. April 2002 verkündet: Die Angeklagte ist der versuchten Anstiftung zum Mord schuldig. Gegen sie wird auf eine Jugendstrafe von zwei Jahren und sechs Monaten erkannt. In der Urteilsbegründung, die 23 Seiten umfaßt, heißt es unter anderem: Die Tat der Angeklagten erfüllt das Mordmerkmal der Heimtücke aus § 211 Strafgesetzbuch. Die Angeklagte hat konkret geplant, die Arg- und Wehrlosigkeit ihres Vaters zu dessen Tötung auszunutzen.

Mit diesem Urteil hat Vicky nicht gerechnet. Es zerstörte Träume. Ihre Reuebekundungen, die Drohung, im Knast unterzugehen, ihr Bekenntnis zum Vater, ihre Demut, das alles hatte nicht geholfen. Sie mußte in den Knast.

An dem sonnigen Nachmittag, an dem das Urteil verkündet wurde, verließ sie das Gerichtsgebäude, ging durch die Stadt. Eine Meute von Reportern lief hinter ihr her. Sie sonnte sich im Medieninteresse. Auf die Frage, wie sie das Urteil aufgenommen hat, sagte sie: „Ich habe morgen vier Vorlesungen. Ich weiß nicht, wie ich sie überstehen soll."

Irgendwann war sie im Knast, dort machte man ihr das Leben leicht. Sie war gefügig, artig und brav. Nach wenigen Wochen bekam sie Freigang, durfte die Vorlesungen an der Uni besuchen. Zum Schlafen mußte sie allerdings wieder in ihrer Zelle sein. Sie bekam sogar Urlaub, besuchte ihre Eltern. Die lebten inzwischen in Scheidung.

Vicky Wendorf verbüßte zwei Drittel der Strafe, dann wurde sie entlassen. Sie konnte ihr neues Leben beginnen.

*

Erst kürzlich telefonierte sie mit ihrem Vater: „Hallo Paps", sagte sie munter, „ich habe einen Anschlag auf dich vor."

Der Mann erbleichte.

„Ich brauche dringend fünfzehntausend Euro."

Gefälliger Nachsatz

Horst Helbig, der Staatsanwalt, der 41 Jahre lang Mörder jagte, ist nun in Rente gegangen. Der Abschied fiel ihm nicht schwer, obwohl sich ein leises Ziehen in der Herzgegend schon bemerkbar machte. Der Abschiedsschmerz hielt sich in jener Grenze, die er selbst gezogen hatte. Er fiel nicht in das berüchtigte Rentnerloch, in dem es nur noch Erinnerungen und Langeweile gibt.

Nun, da er frei ist, hätte er sich einen Globus nehmen, den Finger darauf legen und zu seiner Frau sagen können: „Da fahren wir jetzt hin, machen einen langen, schönen Urlaub." Das jedoch tat er nicht, er wollte nicht verreisen, er will es nicht, ja, er kann es nicht und es tut ihm nicht einmal leid.

Das allgemeine Aufjauchzen der DDR-Menschen, als die mühelos erworbene Reisefreiheit über sie kam, erreichte sein Ohr, nicht sein Herz. Ihm lag nichts daran, am weißen Strand in Fuerteventura zu faulenzen, ehrfurchtsvoll in die Königsgräber bei Luxor zu steigen oder die Schären bei Stockholm zu bestaunen. Seine Wege haben immer nur ein Ziel, den kleinen Garten unweit der Mietwohnung im Plattenbau.

Es ist ein heiß erkämpftes Stück Erde, früher, vor der Wende, war es der Müllplatz der LPG. Er befreite das Gelände unter unsäglichen Mühen von Schutt und Unrat, kultivierte es, verwandelte es in einen blühenden Garten. Dort nun verbringt er seine Zeit. Bei ihm die Enkeltochter. Das Mädchen wurde, als sie ein Jahr alt war, Opfer eines ärztlichen Behandlungsfehlers. Zwanzig Jahre sind seitdem vergangen, sie ist geistig und körperlich behindert. Die Ehe seiner Tochter zerbrach unter der schweren Last dieser Krankheit. Die Koordinaten seines Lebens und das seiner Frau werden von dem behinderten Mädchen bestimmt. Er liebt dieses Mädchen, überläßt ihm sein Leben.

Wenn er gelegentlich auf seine Berufsjahre zurückblickt, ist er nicht sicher, ob er noch einmal Staatsanwalt werden wollte. Oder ob er damals nicht besser den bekömmlicheren Job eines Justitiars in einem Großbetrieb hätte annehmen sollen. Jurist allerdings wollte er unbedingt werden. Diese klare Sicht auf seinen künftigen Beruf verdankte er einem freundlichen Zufall, aber auch der Tatsache, daß es in seiner Familie einmal einen Friedensrichter gegeben hatte.

Der Zufall trug sich so zu: Der junge Helbig stand kurz vor dem Abitur. Eines Morgens, auf dem Weg zur Schule, fing es fürchterlich an zu regnen. Er rettete sich in das Haus, das ihm am nächsten war, es war das Gericht von Marienberg. Er betrat das Gebäude. Neugierig ging er durch die Gänge, geriet unversehens in einen Verhandlungsraum, dort lief ein Prozeß. Gebannt verfolgte er das Geschehen. Der Angeklagte war ein armer Teufel, er hatte Holz gestohlen. Der Staatsanwalt wütete gegen diesen Mann, fühlte sich offenbar als der Vollstreckungsgehilfe des Jüngsten Gerichts. Man schrieb das Jahr 1954, Holz war knapp, alles war knapp. Der junge Helbig dachte, muß der Staatsanwalt den alten Mann wie einen Schwerverbrecher behandeln? In diesem Moment fiel die Entscheidung, er wollte Jura studieren, Staatsanwalt werden und gerecht sein gegen jedermann. Womit wieder einmal bewiesen ist, daß der Zufall nur ein anderes Wort für Vorsehung ist.

Horst Helbig ging seinen Weg, machte das Abitur, ging nach Leipzig zur Uni, studierte Jura und wurde Staatsanwalt. Er blieb es 41 Jahre lang. Diebe, die Holz klauten, um eine warme Stube zu haben, begegneten ihm nicht mehr. Er hatte das Ressort Leben und Tod, fahrlässige und vorsätzliche Tötung und unnatürliche Todesfälle zu leiten.

Entgegen anderslautenden Meldungen haben auch Staatsanwälte eine dünne Haut. Wenn Helbig an die Mordopfer von

Zelinski, Maurer oder Krimke denkt, läuft es ihm immer noch kalt über den Rücken. Und er fragt sich: Mußte ich mir das antun, warum mußte ich mich mit solchen Typen abgeben?

Mit der Wende erlebte Helbig den Wechsel der Staatsform als einen geschichtlichen, normalen Vorgang. Er empfand die Vereinigung als eine historische Korrektur, die längst überfällig war. Er war überzeugt, Ost und West würden gleichberechtigt miteinander leben. An ein Stiefmütterchendasein der Ostdeutschen hatte er nicht geglaubt, schon gar nicht, daß der Osten zum Armenhaus der Republik werden könnte. Als dann die Staatsanwälte aus dem Westen kamen, als man das westliche Rechtssystem dem eigenen überstülpte, als die Rote-Socken-Kampagne losgetreten wurde, als man die DDR-Staatsanwälte rigoros entließ, kamen ihm gelinde Zweifel an der Redlichkeit der Politiker. Er begriff, daß es nur deshalb noch Ost-Staatsanwälte gab, weil nicht genügend West-Juristen bereit waren, in den Osten zu gehen. Sonst wären alle Ost-Staatsanwälte rausgeflogen.

Auch Helbig hing lange in der Luft. Er wußte an manchem Abend nicht, ob er am nächsten Tag noch Staatsanwalt sein würde. Dann ereignete sich ein Vorfall, der die Vorbehalte der West-Kollegen gegen ihren Ost-Kollegen relativierte. Eines Tages tauchte in Cottbus eine Band auf. Sie kam aus England, nannte sich „Screwdriver". Die sechs wilden Burschen wollten nicht nur Musik machen, sie wollten vor allem ihre rechtsradikalen Parolen verbreiten. Das hielten ein paar junge Cottbuser für ungebührlich, sie wollten keine Nazipropaganda. Ihre Sicht auf die politische Welt fußte auf anderen Werten. Es kam zu Auseinandersetzungen. Die jungen Engländer zeigten sich nicht gerade als Gentlemen, plötzlich blitzten Messer auf, sie stachen zu. Es gab Verletzte.

Staatsanwalt Helbig wurde informiert. Die Nacht war fortgeschritten. Er mußte etwas unternehmen. Eine Messerstecherei ist ein schwerwiegender Straftatbestand. Nun bestand die Gefahr, daß die Burschen sich lautlos aus dem Staub machten. Das durfte nicht geschehen, sie mußten eingefangen werden.

In tiefer Nacht suchte Helbig nach einem Dolmetscher. Das war in der Zeit kurz nach der Wende gar nicht so einfach. Dann war es so weit, die Messerstecher wurden festgenommen, er konnte sie vernehmen. Der Anfangsverdacht bestätigte sich. Helbig blieb nichts anders übrig, als einen Amtsrichter aus dem Bett zu holen, der die Festgenommen verhörte und Haftbefehle ausstellte.

Als am nächsten Morgen im Haus der Staatsanwaltschaft das Leben erwachte, die Staatsanwälte zu ihren Schreibtischen eilten, wunderten sie sich, was sich in der Nacht alles so ereignet hatte. In ihre Verwunderung mischte sich eine scheue Art von Bewunderung. Eine großartige Leistung, die Horst Helbig da vollbracht hatte. Eine wichtige Erkenntnis ging in ihre Überlegungen ein: Ihr Ost-Kollege hatte getan, was sie selbst auch getan hätten. Damit war der erste Schritt zur Integration vollzogen.

Horst Helbig hat nun mit all diesen Dingen nichts mehr zu tun. Was immer er tut, das Glück sei auf seiner Seite.

Vorwort 5
Der Tod der Kinder 7
Der Fall Maurer 68
Die Liebe und der Tod 118
Plädoyer für einen Staatsanwalt 161
Rendezvous im Wald 172
Gefälliger Nachsatz 203

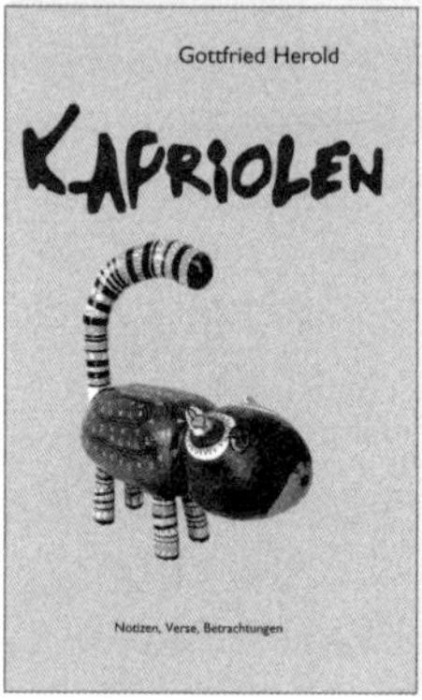

GOTTFRIED HEROLD

KAPRIOLEN

Notizen, Verse und Betrachtungen des unauffälligen Bedenkers Josl Bornschepper aus Steinwalde in der Oberlausitz

VERTRAUENSSACHE
Es spielte ein Mann auf der Laute
das Lied von der schönen Gertraude,
sie war seine Frau.
Er wusste genau,
dass sie seinen Griffen vertraute.

Wenn Sie einmal nichts zu lachen haben und auch von der schönsten Apothekerin kein hilfreiches Mittelchen bekommen, greifen Sie in Ihrer Verzweiflung zu diesem Buch. Es sind darin zwar nicht meine intelligentesten Seufzer, Jauchzer, Schluchzer und Geistesblitze versammelt, aber auch nicht die dümmsten.
Sollten Sie aber das Lachen erst wieder lernen müssen, weil Ihnen lange nicht danach war, oder Sie sich die Darlegungen und verschlüsselten Botschaften nicht alle haben erschließen können, kaufen Sie einfach ein zweites Exemplar dieses Werkes und lesen Sie es noch einmal ganz langsam von vorn. Unverstandene Reste werden Ihnen auch bei weniger bedeutenden Autoren bleiben.

PORTRÄT
Dr Bauer hotte anne Maad,
die ihm garn ann Gefalln tat
ond ebenso dem Knechte;
es war anne Gerechte.

Gottfried Herold: Kapriolen. Verlag Die Furt, Jacobsdorf, 2005. 144 S. mit 10 farbigen Abbildungen. Format 10,8 x 17,4 cm.